# RÜCKKEHR NACH EDEN

EMMA S. ROSE

**Impressum**

**Rückkehr nach Eden**
Deutsche Erstausgabe Januar 2024

Rogue Books, Inh. Carolin Veiland, Franz - Mehring - Str. 70, 08058 Zwickau
emma.rose@gmx.net



**Buchcoverdesign**: Sarah Buhr unter Verwendung von Bildmaterial von St_range Elena Platova; JBOY; design all / Shutterstock

**Lektorat:** T. Jansen
**Korrektorat:** T. Jansen

Herstellung und Druck über tolino media GmbH & Co. KG, Albrechtstr. 14, 80636 München. Printed in Germany.
Fragen zu Produktsicherheit an: gpsr@tolino.media.

*Für meinen Mann.*
*Meinen Heimathafen.*
*Meinen besten Freund.*
*Danke, dass du mich immer stark machst, wenn ich mich schwach fühle.*

Du und ich, wir sind eins. Ich kann dir nicht wehtun, ohne mich zu verletzen.

— MAHATMA GANDHI

# Prolog
# Helena

Der Schmerz, der in meinem Gesicht explodiert, raubt mir den Atem, doch er ist nichts gegen den Schmerz, der mein Herz zerfetzt.

Etwas in mir zerbricht endgültig. Etwas, das bereits seit geraumer Zeit nur noch mühsam zusammengehalten hat, geflickt von schwachen Streifen Kreppband und sterbender Hoffnung.

Ungläubig blicke ich in das Gesicht mir gegenüber. Ein Gesicht, von dem ich einst geglaubt habe, es wäre der Inbegriff von Liebe.

Von dem ich geglaubt habe, ich würde es den Rest meines Lebens ansehen wollen.

Doch schlagartig ist sie weg. Die Liebe. Jeder noch verbliebene Rest dieses warmen Gefühls der Zuneigung löst sich in nichts auf, während ich fassungslos zurückweiche.

Hinter mir ist die Tür. Der Knauf drückt unangenehm in meinen Rücken, lässt mich leise zischend einatmen, während ich mühsam die Tränen wegblinzele, die meine Sicht verschleiern.

Unglaube.

Wut.

Schmerz.

Richard rückt nach, seine Hand noch immer erhoben, sein Gesicht wutverzerrt.

Ich erkenne ihn nicht.

Der Mann, dem ich einst mein Herz zu Füßen gelegt habe, hat konsequent darauf herumgetrampelt. Hat mir immer und immer wieder vor Augen geführt, dass es unterschiedliche Definitionen von Liebe gibt und dass nicht immer zwei Menschen kompatibel sind, die einander lieben, wenn sie etwas völlig Unterschiedliches darunter verstehen.

Für mich war meine Liebe zu Richard stets selbstlos. Ich habe ihn kurz nach meinem Umzug nach New York kennengelernt und seinetwegen meine Pläne angepasst. Und ich habe es gern getan. Doch während ich alles getan habe, damit das mit uns funktioniert, hat Richard nur den Zeitpunkt abgewartet, bis ich wirklich in ihn verliebt war, um sein wahres Gesicht zu zeigen. Seine weniger schönen Seiten, die kontrollierend und eifersüchtig sind.

All die Zeit bin ich damit zurechtgekommen, habe immer eine Ausrede für ihn gefunden. Habe immer einen Grund gesucht, um zu bleiben. Ich habe immer an das Gute in ihm, in uns geglaubt.

Doch die vergangenen Monate waren schrecklich, haben sich immer weiter zugespitzt.

Und nun … nun ist da nichts als Leere.

»Wie kannst du es wagen?«, brüllt er mich an, reißt mich schlagartig zurück in die Gegenwart. In die schreckliche, zerstörerische Gegenwart. Speicheltropfen fliegen aus seinem Mund, treffen mich im Gesicht, treffen die Wand hinter mir.

Anstatt die Feuchtigkeit fortzuwischen, ducke ich mich, schütze mich. Zumindest das kleine, verletzte Ich in mir.

Doch dann straffe ich meine Schultern und recke das Kinn, so schwer es mir auch fällt. »Nein, wie kannst *du* es wagen?«, schleudere ich zurück, all meinen verbliebenen Mut zusammenkratzend. Die Tränen, die meine Augenwinkel verlassen, mindern die Schärfe meiner Worte zwar ab, doch sie sind dennoch richtig. Sie sind *wichtig*. Sie sind das Einzige, was ich in diesem Moment sagen kann. Denn wenn ich ihm jetzt nicht Einhalt gebiete, was dann? Wie wird es weitergehen?

In mir herrscht das reinste Chaos. Ich will ihm die Stirn bieten, doch gleichzeitig verknäulen sich meine Eingeweide vor Angst; Angst, dass er weitermachen könnte. Dass er … mehr machen wird, als mir ins Gesicht zu schlagen. Was bereits unverzeihlich war. Bis vorhin hätte ich die Hand dafür ins Feuer gelegt, dass er diese eine Grenze trotz allem niemals überschreiten würde, doch nun weiß ich gar nichts mehr.

Die einzige Wahrheit in mir besteht aus Schmerz und der Erkenntnis, dass wir das Ende erreicht haben.

Unwiderruflich.

Richards Miene wird noch irrer. »Ich?« Er lacht auf, und erneut trifft mich sein Speichel. Widerlicher, alkoholgetränkter Speichel. »Du hast mich vorgeführt! Hast mit meinem Chef geflirtet wie eine verdammte Schlampe! Mehr bist du doch nicht! Ein kleines Flittchen, das seinen Körper einsetzt, um seine Ziele zu erreichen, so wie bei mir! Aber damit ist Schluss!«

Seine Worte sollten mich nicht treffen, und doch schneiden sie beinahe genauso scharf in mein Fleisch, wie es sein Schlag getan hat. Ich schlucke das Schluchzen herunter. Ja, es ist Schluss. Wenn auch nicht auf die Weise, wie Richard es vielleicht meint.

Neujahr.

Das abrupte Ende einer feuchtfröhlichen Silvesterparty mit seinen Arbeitskollegen, auf die ich nie Lust hatte.

Und das Ende unserer Beziehung. Ich kann vieles ertragen, aber das hier, es ist zu viel. Endgültig zu viel.

Wortlos schiebe ich mich an ihm vorbei, wohl wissend, dass es nichts gibt, was ich ihm sagen kann. Nichts, um ihm vor Augen zu führen, wie falsch er denkt. Denn seine Sicht auf mich ist mir jetzt absolut klar. Er hat keinerlei Respekt vor mir. Vielleicht nie gehabt. Die Erkenntnis ist spät gekommen, aber sie ist da. Und nun kann ich nicht mehr die Augen vor ihr verschließen.

»Ich rede mit dir!«, brüllt Richard mir lallend hinterher, doch ich ignoriere ihn.

Mit rasendem Herzen eilte ich in mein Arbeitszimmer, das ich in diesem phänomenalen Penthouse mit Blick auf den Central Park besitze und das zu meinem Safe Space geworden ist.

Ein Safe Space inmitten all des Chaos, in das sich mein Leben verwandelt hat.

Adrenalin jagt durch meine Adern. Wenn er mich jetzt packt, wenn er mich jetzt erwischt … was dann? Wird er weitermachen? Wird er mich wieder schlagen? Wird er mich … oh Gott … wie ein Flittchen behandeln?

Vor meinen Augen verschwimmt alles, als »Wag es nicht!« ertönt, begleitet von polternden Schritten. Doch dann knallt die Tür bereits hinter mir ins Schloss. Ich drehe den Schlüssel – und atme tief durch, ehe ein lautes Poltern hinter mir mich aufschreien lässt.

Oh Gott. Gerade rechtzeitig. Um Haaresbreite entkommen.

»Lass mich rein, Helena! Verdammt noch mal, mach die beschissene Tür auf!«

Anstatt seinen Worten Folge zu leisten, mich von seinem Gebrüll einschüchtern zu lassen, weiche ich zurück ins dunkle Zimmer. Weiche zurück, bis ich die Fensterfront erreicht habe, die mir einen Blick auf den Park und das nächtliche Manhattan erlaubt. In der Ferne schießen letzte Raketen in die Luft, der Park und die Straßen sind noch bevölkerter als ohnehin schon. Feiernde, fröhliche Menschen, die sich auf das neue Jahr freuen.

Doch in meiner Brust tobt Schmerz. Schmerz und Leere. Und auch Angst. Nicht gerade wenig Angst. Wieder und wieder donnert die Tür unter seinen Faustschlägen, und ich hoffe so sehr, dass sie halten wird, dass die Zarge nicht bricht. Dass sie seinem Ansturm standhält, bis er genug hat. Bis er sich beruhigen konnte. Denn sonst …

Ich will nicht darüber nachdenken, was geschähe, wenn er jetzt hier reinkäme.

Mit zugeschnürter Kehle lasse ich den Anblick der bevölkerten Stadt auf mich wirken, während ich zögerlich nach meiner brennenden Wange taste.

Nein, von hier aus wird es nicht mehr weitergehen.

Nie mehr.

Es gibt keine Zukunft, aber auch keinen Weg zurück. Genau genommen gibt es gar nichts mehr.

Und diese Erkenntnis ist beinahe niederschmetternder als der eigentliche Schmerz in meinem Gesicht. In meinem Herzen. In jeder Pore meines Körpers.

Mein Luftschloss ist endgültig in alle Himmelsrichtungen zerstreut worden.

# Helena 1

Ich weiß nicht, zum wievielten Mal Rachel Plattens *Fight Song* aus den Lautsprechern meines Mietwagens ertönt, aber auch dieses Mal schießen mir Tränen in die Augen.

Ruppig wische ich sie fort, ehe ich wieder mit beiden Händen das Lenkrad umklammere und mich auf die Straße konzentriere.

Keine ganze Stunde mehr bis Eden.

Ich bin zutiefst erschöpft. Körperlich, mental, emotional. Nicht nur von der sechsstündigen Fahrt, die ich zum großen Teil bereits hinter mich gebracht habe, sondern auch von den vergangenen Tagen.

Von den vergangenen *Monaten*.

Am liebsten würde ich an Ort und Stelle halten, mich zusammenrollen und schlafen. Schlafen, bis ein Teil dieser verfluchten Erschöpfung endlich von mir abfällt, mich wieder richtig durchatmen lässt.

Aber das ist keine Option.

Also fahre ich weiter. Und weiter. Gen Norden, fort vom Big Apple, wo ich verzweifelt nach meinem Glück gesucht und es doch nicht gefunden habe.

Bald habe ich die Interstate hinter mir, dann wird es einfacher. Ich hasse den Verkehr, hasse das Risiko, einen Unfall zu bauen. Ich hasse diese Betriebsamkeit.

Und ich hasse die Tatsache, dass ich diese furchtbare Reise überhaupt antreten musste.

Wieder überrollt mich dieses seltsam surreale Gefühl.

Vor einer Woche habe ich noch in diesem phänomenalen Penthouse in Manhattan gelebt. Ich hatte vieles erreicht, wenn auch längst nicht alles, was ich mir immer erhofft hatte, und habe mir eingeredet, glücklich zu sein.

Ich schnaube auf. Glück. Nichts als eine Farce, an der ich mich festgeklammert habe, um nicht zu kapitulieren, um mir nicht eingestehen zu müssen, dass ich gescheitert bin.

Jeden Tag habe ich mir aufs Neue eingeredet, dass es richtig so ist. Dass ich all meine Verluste aufwiegen kann. Dass mein Lebensstandard die Ausrede für alles ist.

Doch dann kam Silvester. Kam das abrupte Ende der Party für mich.

Und das abrupte Ende all meiner Träume und Hoffnungen, die ohnehin längst ausgesaugt und hohl waren.

Gedankenverloren berühre ich mein Jochbein, das immer noch sehr berührungsempfindlich ist. Der dunkle Schatten ist bereits deutlich heller geworden. Sorgfältig überschminkt mit ausreichend Concealer, Foundation und Puder.

Richard ist zusammengebrochen, als er am nächsten Morgen – oder eher Mittag – gesehen hat, wie viel zu weit er gegangen war. Doch der dunkelblaue Fleck unter meinem Auge war nicht wegzurationalisieren, ebenso wenig wie der abrupte Tod all meiner verbliebenen Gefühle für ihn. Wie die tiefen Narben, die seine Worte im Laufe der Zeit auf meiner Seele hinterlassen haben.

Er hat mich auf Knien angefleht, zu bleiben. Ihm noch eine Chance zu geben.

Doch in den vergangenen Jahren habe ich mich viel zu oft verraten, habe viel zu oft verziehen, was unverzeihlich hätte sein müssen. Habe viel zu viel mitgemacht. Ihm zu lange erlaubt, auf mir herumzutrampeln, mein Leben zu bestimmen.

Also habe ich meine Sachen gepackt. Habe endlich den Mut gefunden, einen Schlussstrich zu ziehen.

Als er bemerkt hat, dass all sein Betteln und Flehen nicht hilft, hat er getobt, ja, er hat sogar gedroht. Hat mir gnadenlos vor Augen geführt, dass ich mit nichts dastehe, wenn ich ihn verlasse. All die Jahre in New York – umsonst.

Aber das hatte auch Vorteile. Es war erschreckend einfach, meine Zelte abzubrechen.

Erschreckend einfach, meine wenigen Besitztümer in Kartons zu packen, einen Mietwagen zu organisieren und alles im Kofferraum zu verstauen.

Ich stand nie im Mietvertrag des Penthouse, ich hatte längst keinen festen Job mehr.

Ich konnte meine Existenz in New York problemlos ausradieren.

Und nun bin ich völlig wurzellos.

Zumindest fast …

Ich nehme kaum mein Umfeld wahr, als ich Montpellier hinter mir lasse und die letzte Etappe meiner Reise in die Vergangenheit antrete. Die Route 100 führt mich geradewegs nach Eden, vorbei an einer malerischen Landschaft, die einst mein ganzes Leben bestimmt hat. Die vielen Wälder, die geschwungenen Hügel, die zu dieser Jahreszeit ein wenig kahl und traurig aussehen, überzogen von Schneemassen und Kälte, die in wenigen Monaten aber in üppiger Pracht erstrahlen werden. Das Vermont meiner Kindheit war immer kraftvoll, bunt und wunderschön. Oder kommt es mir nur so vor, weil ich mich unwillkürlich in die friedliche Einsamkeit meiner Vergangenheit flüchte, fort vom pulsierenden Leben der Stadt?

In mir herrschen widersprüchlichste Gefühle.

Hoffnung.

Angst.

Erschöpfung.

Unsicherheit.

Es ist vier Jahre her, dass ich diese Reise zum letzten Mal angetreten bin. Vier Jahre, in denen ich alles gegeben habe, um glücklich zu werden. Meinen eigenen Weg zu finden. Nur, dass ich irgendwann verlernt habe, dass mein Glück in mir selbst zu finden ist. Nicht in Richard, dessen Launen mit der Zeit immer wechselhafter geworden sind. Und auch nicht in materiellem Nonsens, den ich, ohne mit der Wimper zu zucken, zurücklassen konnte.

Der Track wechselt. *Stronger* von Kelly Clarkson. Unwillkürlich richte ich mich auf, drücke den Rücken durch, straffe die Schultern.

In den vergangenen fünf Stunden habe ich versucht, mich mit einer Playlist von Liedern starker Frauen zu motivieren, doch ich ahne, dass ich nicht viel länger aushalte. Kann mich kaum noch auf das konzentrieren, was vor mir liegt, wo mich alles hinter mir doch zurückreißen will. In ein dunkles Loch, das meine Träume begraben hat.

*Was dich nicht tötet, macht dich stärker.*

Ja.

Aber manche Dinge verändern dich für immer. Und ich weiß nicht, ob ich bereits zu weit gegangen bin, um in den Schoß meiner Familie zurückkehren zu können.

Weiß nicht, ob sie mir überhaupt verzeihen werden, dass ich sie einfach so zurückgelassen habe. Buchstäblich und im übertragenen Sinne.

Ich war so dumm. Die Erkenntnis ist da, wenn auch womöglich zu spät.

Aber ich hoffe, es reicht. Hoffe, es reicht, um mir wieder selbst in die Augen blicken zu können.

Irgendwann zumindest …

Als ich in die lange Zufahrt meines Elternhauses einbiege, regt sich mein schmerzendes Herz, das sich seit jener Silvesternacht unter Trümmern versteckt hat. Unzählige Erinnerungen an eine glückliche Kindheit und Jugend fluten mich, verjagen etwas von der kalten Paralyse.

Edens Umfeld ist rau, wenn auch wunderschön.

Eingerahmt von Seen, gleichzeitig hügelig. Wald, so weit das Auge reicht. Die Straßen waren Gott sei Dank alle geräumt, weshalb ich mich an Bergen von Schnee vorbeigeschlängelt habe, ohne vom Weg abzukommen.

Auch die Zufahrt ist geräumt. Dad hat immer dafür gesorgt, und dass es nach wie vor so ist, ist irgendwie beruhigend. Wie die Aussicht auf eine so dringend nötige Konstante im Chaos meines Lebens.

Während ich auf das große Farmhaus zusteuere, das immer meine Zuflucht war, meine Heimat, frage ich mich, wieso ich einst gar nicht schnell genug von hier verschwinden konnte. Ich begreife einfach nicht mehr, was mich damals angetrieben hat. Hinter mir liegen so viel Stress und Schmerz, aber vor mir sehe ich nichts als …

Familie.

Meine Kehle wird eng, und wieder sind da diese fürchterlichen Tränen, von denen ich offenbar einen unermesslichen Vorrat in mir trage.

Schniefend werde ich langsamer, rolle auf den Hof und parke neben dem alten Truck meines Dads, der aussieht, als wäre er älter als ich.

Was er vermutlich sogar wirklich ist.

Der Motor erstirbt, und die Stille hüllt mich schwer ein. Ich umklammere das Lenkrad wie einen Rettungsring, starre geradeaus auf die rote, verwitterte Scheune, in der sich die schweren Geräte befinden, mit denen meine Familie seit Jahrzehnten ihre Arbeit verrichtet.

Milchbauern.

Harte Arbeit. Lange Sommernächte. Bunte Herbsttage. Kalte Winter. Schweiß.

Eintönigkeit.

Aber auch Gelächter. Viel Gelächter. Und ein enger, bedingungsloser Zusammenhalt.

Größer könnte der Kontrast zu meinem Leben in New York nicht sein.

Doch wo gehöre ich noch hin? Es scheint, als hätte ich jegliche Haftung verloren. Nicht länger Teil beider Welten, drifte ich verloren im luftleeren Raum.

Die Schneemassen, die die Einfahrt und den Hof nicht bedecken, türmen sich auf der Wiese vor mir umso höher auf, bilden einen deutlichen Kontrast zum Rot der Scheune. Die Temperaturen sind etwas geklettert, doch erfahrungsgemäß wird es bald schon wieder viel kälter werden. Das Licht ist trübgrau, passt perfekt zu meiner Stimmung.

Einatmen, ausatmen.

Mut fassen, um …

Ein lautes Klopfen reißt mich aus meiner Starre.

Ich wirble zur Seite – und blicke in Jakes Gesicht, der fassungslos gegen die Scheibe poltert. Seine Stimme dringt gedämpft an mein Ohr. »Helena? Was machst du denn hier?«

Ehe ich weiß, wie mir geschieht, reißt er die Tür auf – und mich in eine Umarmung, die mir jegliche Luft abschnürt, weil ich noch immer angeschnallt bin.

Und wie paralysiert.

»Mein Gott, was machst du hier? Wieso hast du nichts gesagt? *Was zum Teufel?*«

Er greift an mir vorbei, um den Gurt zu lösen, und zieht mich aus dem Wagen wie eine Puppe. Meine Knie sind weich und zittrig nach all den Stunden im Auto, doch Jakes Griff ist kräftig. Nie würde er zulassen, dass ich zu Boden gehe. Ich weiß es. Und das ist eine Sicherheit, die ich in den vergangenen Jahren nicht gespürt habe. Es dauert wenige Sekunden, bis ich realisiere, dass ich nicht länger allein und isoliert im Wagen sitze, sondern mich in einer Bärenumarmung meines großen Bruders befinde.

Meines Bruders, dem ich vier Jahre lang aus dem Weg gegangen bin …

Und endlich kommt Bewegung in mich. Ich schlinge meine Arme um ihn, klammere mich nicht mehr am Lenkrad fest, sondern an ihm – und breche wieder einmal in Tränen aus.

Ich bin *zuhause*.

Ich habe es geschafft.

Und verdammt, ich hätte es nicht eine Sekunde länger ausgehalten.

Nach all den Jahren mein Elternhaus zu betreten, fühlt sich falsch und richtig zugleich an.

Es hilft, dass Jake an meiner Seite ist. Mein ältester Bruder, der immer eine schützende Hand über mich gehalten hat … bis ich dieser entflohen bin. Damals kam sie mir erdrückend vor. Gerade sorgt sie dafür, dass ich endlich, endlich wieder durchatmen kann. Zum ersten Mal seit sehr langer Zeit.

»Ich kann es nicht fassen, dass du wieder da bist«, murmelt er, klingt aber alles andere als wütend oder gar ablehnend. Seine Stimme ist rau, vibriert nur so vor unterdrückten Emotionen. Irgendwie habe ich das Gefühl, als wäre er noch größer geworden. Breiter. Der Jake meiner Vergangenheit war bereits beeindruckend. Aber der Gegenwarts-Jake …

»*Mom, Dad, Mason!* Schaut, wer zurück ist!«, brüllt er in diesem Moment los, und ich zucke zusammen.

Er wirft mir einen fragenden Blick zu, doch da tauchen bereits drei Gestalten in der offenen Tür zur Küche auf – und alles versinkt in heillosem Chaos.

Ich hatte knapp sechs Stunden Zeit, mir vorzustellen, wie es sein würde, zurückzukehren.

Ich hatte Angst. Große Angst. Angst vor Ablehnung. Vor Vorwürfen. Angst, dass mir die Tür vor der Nase zugeschlagen wird – wie man sich bettet, so liegt man – und dass ich das Vertrauen meiner Familie erst wieder erarbeiten muss. Etwas, das ihnen absolut zugestanden hätte, nachdem ich sie so plötzlich, so abrupt aus meiner Gegenwart gestrichen habe. Ein weiterer unverzeihlicher Fehler, den ich Richard nicht allein in die Schuhe schieben kann, so gern ich das auch würde.

Dass ich innerhalb von Sekundenbruchteilen das Zentrum einer Gruppenumarmung bin, habe ich mir in meinen kühnsten Träumen nicht vorgestellt.

»Mein Gott, Helena …«

»Wir wussten nicht, dass du kommst …«

»Endlich …«

»Wir haben dich so vermisst!«

Unterschiedliche Satzfragmente prasseln auf mich ein, und jedes einzelne Wort treibt mehr Tränen in meine Augen.

Ich bin nicht die Einzige, die weint. Ich spüre Tränen an meiner Wange, in meinem Haar. Spüre zittrige Arme und Wärme und Nähe und Familie.

Und ich spüre … Geborgenheit.

Vier Jahre war ich nicht hier.

Vier Jahre lang habe ich einen Bogen um mein Zuhause gemacht.

Und dennoch bin ich sofort wieder daheim.

Das ist Familie. Das ist Geborgenheit.

Wofür habe ich mich all die Jahre nur darum betrogen?

Ich kann es weniger denn je sagen.

# Noah 2

Das laute Klicken von Billardkugeln durchbricht das geschäftige Treiben der Bar.

Ich nippe an meinem Bier und lasse meinen Blick schweifen. Es ist viel los, selbst für unsere Verhältnisse. Edens Bewohner lassen sich nicht davon abbringen, ihren Abend in der Bar zu verbringen. Auch nicht von Schnee oder Glatteis. Es ist beruhigend, dass manche Dinge sich niemals ändern werden.

Beruhigend, dass man sich auf manches immer verlassen kann.

Bekannte Gesichter reihen sich aneinander, und ich nicke mehr als einmal in die Luft oder hebe meine Flasche, um jemanden zu grüßen, doch als ich meinen Rundblick abgeschlossen habe, lande ich wieder bei mir selbst.

Allein.

So wie den Großteil meiner Zeit. Und das ist auch gut so. Mir reicht die Gesellschaft der anderen, ohne dabei groß quatschen zu müssen. Das mag eigenbrötlerisch rüberkommen, aber eigentlich … eigentlich bin ich einfach nur gern für mich selbst. Mache gern mein eigenes Ding. Weil es verflucht wehtun kann, wenn man jemanden nahe an sich heranlässt, der dann doch nur an sich selbst denkt.

Also komme ich mindestens dreimal die Woche her, trinke ein, zwei Bier, wechsle gelegentlich ein paar Worte mit jemandem und gehe dann wieder. Mein Input, der dafür sorgt, dass sich meine sozialen Batterien nicht entladen.

Mir ist klar, dass das Leben hier in Eden für viele als zu langweilig gilt.

Mit unseren knapp 1400 Einwohnern, die teilweise in der ganzen Region versprengt sind, gehören wir nicht gerade zu den Metropolen der Staaten. Aber das müssen wir auch nicht. Die Menschen, die hier leben, lieben es. Wir sind Überlebenskünstler, die nicht viel brauchen, um glücklich zu sein.

Ein Abend im Pub mit Freunden und Bekannten.

Ein warmes Dach über dem Kopf, wenn der Winter ausbricht, manchmal mit Schnee von Mitte Oktober bis in den Mai hinein. Ein Kamin, der dafür sorgt, dass es heimelig bleibt, selbst wenn die Nächte lang sind.

Die atemberaubende Natur mit all den Seen und Flüssen und Hügeln und der großen Artenvielfalt, die man heutzutage nicht mehr überall findet.

Wer hier lebt, tut es, weil er es *will*. Weil er es fühlt.

Und wer das nicht tut, der flieht …

Wie aus dem Nichts schleicht mir Helena in den Sinn.

Es ist vier Jahre her, dass sie gegangen ist.

Vier Jahre, seit ich sie das letzte Mal gesehen habe. Drei, seit wir zuletzt miteinander gesprochen haben. Ein normales Telefonat wie all die anderen zuvor; wir haben stundenlang geredet, ausgelassen und entspannt, und uns verabschiedet wie immer.

Doch danach … hat sie nicht mehr auf meine Anrufe reagiert. Nicht auf meine Nachrichten. Nicht ein einziges, beschissenes Mal.

Sie hat mich von einem auf den anderen Tag geghostet. Es hat nicht gereicht, dass sie 350 Meilen fortgezogen ist und damit all unsere Zukunftspläne zerstört hat. Sie musste jedes noch verbliebene Band durchtrennen. Zu mir und auch zu ihrer Familie.

Und bis heute verstehe ich nicht, wieso. Verstehe nicht, was aus der strahlenden, heimatverbundenen Helena geworden ist, mit der ich nächtelang Pläne geschmiedet habe, wie wir unsere Zukunft gestalten werden. Sie und ich, durch dick und dünn. So war es länger, als ich denken kann. Ihr abrupter Verlust hat ein Loch gerissen, das sich bis heute nicht schließen will.

Da mich der altbekannte Frust erfasst, schüttle ich den Kopf, als würde ich so diese Gedanken loswerden, und leere mein Bier mit einem großen Schluck. Etwas lauter als nötig knalle ich die Flasche auf den Tresen, was mir einen fragenden Blick von Mick einhandelt, der gerade ein paar Gläser poliert.

»Wenn da ’ne Macke reinkommt, zahlst du sie«, brummt er, doch seine Mundwinkel zucken.

»Weißt ja, wo ich wohne«, erwidere ich grinsend,

doch es fühlt sich nicht richtig an. Ich fühle mich heute nicht nach Freude.

»Noch eins?«

Ich nicke knapp. »Jepp.«

Seufzend wende ich mich ab. Erneut schweift mein Blick durch die Bar – und bleibt bei einer Frau mit blondem Haar hängen. Kurz stockt mir der Atem, doch dann kneife ich die Augen zusammen.

Es kommt nicht mehr oft vor, dass ich Helena hinter jeder Ecke vermute. Vier Jahre sind eine verdammt lange Zeit, selbst wenn man zuvor beinahe zwanzig Jahre befreundet war.

Oder gerade dann.

Sie kommt nicht wieder. Das wusste ich bereits damals, und mittlerweile sollte sich die Erkenntnis wirklich gesetzt haben. Meine einstige beste Freundin hatte nichts Besseres zu tun, als Eden in einer Staubwolke hinter sich zu lassen. Sie hat klargemacht, dass sie hier nicht glücklich werden kann. Nicht mit mir und ihrer Familie. Wir haben nicht gereicht. Und auch wenn ich ihr jedes Glück der Erde wünsche, kann ich nicht verhehlen, dass sie mich damit verletzt hat.

Tief verletzt.

»Hey, Noah. Wieso so grüblerisch?«

Ich zucke zusammen, wende mich zur Seite, wo eine freundlich lächelnde Brünette auf den Barhocker neben mir geklettert ist.

»Nicht mein Tag heute«, erwidere ich mit einem

schiefen Grinsen, das auf halbem Weg zu meinen Augen erstirbt.

Elsie strahlt dafür umso mehr. Ihre Hand streicht über meinen Unterarm. »Ich seh schon. Aber vielleicht kann ich dir dabei helfen?«

Es wäre allzu leicht, darauf einzugehen. Mich auf ein wenig Flirterei mit ihr einzulassen, wie wir es schon häufiger getan haben. Seit jener Nacht vor einem Jahr, als ich in ihrem Bett gelandet bin, haben wir eine gewisse Verbindung, die wir gelegentlich aufgreifen. Ganz locker und unverbindlich. Aber heute …

Heute nicht.

Also lege ich meine Hand auf ihre, tätschele sie kurz, ziehe meinen Arm dann aber zurück. »Nein, ich denke nicht. Aber danke für dein Angebot. Ich schätze, ich werde mich bald auf die Socken machen.« Um meine Worte zu unterstreichen, nehme ich das Bier, leere die Flasche mit großen Zügen und stelle sie leiser als zuvor zurück auf den Tresen. Dann bedeute ich Mick, dass ich zahlen will.

Elsie wirkt wie vor den Kopf gestoßen, was ich absolut verstehen kann. In mir regt sich bereits das schlechte Gewissen. Es ist nicht meine Art, andere so abzuweisen.

Aber etwas stimmt heute nicht. Als läge etwas in der Luft, das mich unruhig macht.

Und wenn ich schon nicht weiß, was los ist, wieso soll ich dann die Last meiner Launen anderen aufbürden?

Ich verabschiede mich mit einem Kuss auf Elsies Wange. Sie lächelt mich daraufhin versöhnlicher an und spielt mit dem Saum ihres dunkelroten Pullis. Ein letzter Versuch, mich von einem anderen Ausgang des Abends zu überzeugen? Womöglich.

Aber ich ignoriere es, wünsche hier und da eine gute Nacht, nehme meinen Parka von der Garderobe und trete kurz danach raus in die eiskalte Nachtluft.

Über mir erstreckt sich der glasklare Sternenhimmel. Selbst hier, im kleinen Zentrum von Eden, wird nicht genug Lichtverschmutzung produziert, um den spektakulären Anblick zu schmälern. Niemals könnte ich in eine Großstadt ziehen, die mit all ihrem Smog den Blick auf die Sterne verhindert. Niemals könnte ich leben, wo die Chance, nachts auf einen Elch zu treffen, völlig unmöglich ist. Das Leben hier ist so eng mit der Natur verbunden – ich würde es für nichts eintauschen wollen. Nicht einmal für Helena.

Auch wenn mich das mitunter einsam macht.

Mein Atem gefriert zu Wölkchen, steigt langsam auf. Ich fahre mir durchs Haar, ehe ich die gefütterte Kapuze überziehe, meine Hände in die Jackentaschen stopfe und mich auf den Weg nach Hause mache. Ein Fußmarsch von nicht einmal zehn Minuten.

Genug Zeit, um einen klaren Kopf zu kriegen.

Heute ist ein mieser Tag und ich weiß nicht wieso.

Er hat eigentlich sogar ganz gut begonnen.

Seufzend zucke ich die Schultern.

Morgen ist ein neuer Tag. Morgen sieht die Welt schon wieder anders aus. So ist es doch immer.

Nur nicht unterkriegen lassen. Mein Motto seit mindestens drei Jahren. Bisher hat es mich immer über Wasser gehalten.

# Helena 3

Seufzend räkele ich mich. Die Matratze ist weich, die Decke bauschig und warm und so *heimelig.* Ich könnte ewig liegen bleiben, eingehüllt in diese bequeme Wolke, die alles, was außerhalb des Bettes geschieht, völlig nichtig macht. Träumend, entspannend, schwerelos …

Es dauert einen Moment, ehe ich realisiere, wo ich mich befinde.

Nicht länger in dem großen Boxspringbett in New York.

Auch nicht in irgendeinem No-Name-Hotelzimmer.

Nein.

Eine Welle der Erleichterung reißt mich beinahe mit sich, als ich mein Gesicht in mein Kissen presse. Ein Kissen, das sich noch genauso anfühlt wie damals, zumindest bilde ich es mir ein. Hier habe ich so viele Geheimnisse hineingeflüstert, so viele Tränen sind hineingesickert. So viele verzückte Laute. Dieses Kissen ist die Essenz meiner Vergangenheit und liefert gerade genau das, was ich so dringend brauche: vertraute Behaglichkeit.

Ich inhaliere den Geruch von Moms Waschmittel, das sich in all den Jahren nicht geändert hat, und kuschle mich tiefer unter die Daunendecke.

Ich bin *zuhause*.

Und ich kann es immer noch nicht richtig glauben, wie leicht sie es mir gemacht haben.

Gestern war nicht mehr viel mit mir los. Mom, Dad, Jake und Mason haben mit mir am Küchentisch gesessen und überwacht, wie ich etwas von Moms Stew esse, das sie offenbar kurz vor meiner Ankunft aufgetischt hatte. Die Stimmung war nach der anfänglichen Euphorie schon etwas seltsam. Ich konnte ihnen allen ansehen, wie sie ihre Fragen mühsam zurückgehalten haben, um mir Zeit und Raum zu geben. Habe all die ungestellten Fragen regelrecht gespürt. Etwas, worauf ich heute vermutlich nicht mehr hoffen darf.

Nach dem Essen habe ich mich recht schnell nach oben verabschiedet. Jake und Mason sind mir zum Auto gefolgt, haben stumm die Kartons gemustert, die den Kofferraum ausgefüllt haben, dann meinen Koffer und die Reisetasche genommen und für mich nach oben getragen.

Seitdem bin ich allein.

Und das ist auch gut so. Vorläufig. Dass sie mich gestern nicht bedrängt haben, war ein Geschenk, das ich nicht erneut verlangen kann. Und sie haben die Wahrheit auch verdient. Nach allem, was ich getan habe …

Seufzend angle ich nach meinem Handy. Es ist kurz nach meiner Ankunft ausgegangen. Gestern Abend habe ich es zwar noch auf meine Ladestation gestellt, aber nicht wieder gestartet, was ich nun nachhole.

Angespannt warte ich darauf, dass der Bildschirm aufleuchtet. Mit einem schiefen Lächeln stelle ich fest, dass das WLAN-Passwort immer noch dasselbe ist. Manche Dinge ändern sich wohl nie …

Mein Handy vibriert.

Mehrere eingehende Benachrichtigungen. Ich beiße mir auf die Unterlippe, während ich sehe, wie Richards Name immer und immer wieder aufleuchtet. Entgangene Anrufe. Nachrichten.

Sogar eine E-Mail.

Mein Herz krampft sich zusammen. Es war nicht gelogen, meine Liebe ist in jenem Moment endgültig erloschen, als er mich geschlagen hat. Zum ersten Mal. So vieles habe ich mitgemacht, doch damit hat er unwiderruflich eine Grenze überschritten, die alles zerstört hat. Jeden noch verbliebenen Funken Hoffnung in mir.

Und doch hat er mich beinahe vier Jahre meines Lebens begleitet. Ein Sechstel meiner Lebenszeit. Wir hatten schöne Zeiten, und denen trauere ich hinterher …

Ruf mich bitte an, Babe. Wir können das klären.

Komm schon, ich weiß, dass du meine Nachrichten liest. Du kannst mich doch nicht einfach ignorieren. Sag wenigstens Bescheid, wenn du angekommen bist, ja? Ich mache mir Sorgen.

Du bist auch keine Heilige, Helena. Daran muss ich dich nicht erinnern, oder?

Verdammt, Babe, geh ran! Das bist du mir schuldig!

Ich schlucke die Galle runter, das ungute Gefühl, das mich bei seinen Worten erfüllt. Es ist zu viel. Alles ist zu viel. So viele unterschiedliche Emotionen, ein perfektes Abbild seines Charakters, unserer Beziehung. Aber was soll ich tun? Mehr, als ihn zu ignorieren, um endlich davon loszukommen, bleibt mir nicht. Oder nein, besser noch …

Entschlossen blockiere ich seine Nummer. Seine E-Mail-Adresse.

Und ich blockiere ihn auch in sämtlichen sozialen Netzwerken, die mir einfallen. Systematisch gehe ich die Apps durch und kappe jede vorhandene Verbindung.

Schlagartig fällt mir eine tonnenschwere Last von den Schultern. Eine Last, von der ich gar nicht geahnt hatte, wie sehr sie mich niederdrückt.

Dreihundertfünfzig Meilen.

Keine Möglichkeit, mich zu kontaktieren. Er kennt nicht einmal die genaue Adresse meiner Heimat. Er wollte ja nichts mit meiner Vergangenheit zu tun haben.

Das hier ist wirklich ein Anfang. Der Anfang meines neuen Lebens ohne Richard.

Ich kneife die Augen zusammen, atme tief durch – und lausche. Es ist ruhig, beinahe so, als wäre niemand im

Haus. Was durchaus möglich ist, weil Dad und meine Brüder vormittags sicher draußen bei den Tieren sind.

Bei den Tieren …

Plötzlich fällt mir ein, dass eines gestern gefehlt hat. Wo war Bailey? Die Hündin war immer dort, wo Leben war, aber gestern Abend … Eine ungute Vorahnung erfüllt mich, während ich mich aus dem Bett rolle. Sie war damals bereits alt. Aber würde sie … hätten Mom und Dad nichts gesagt?

*Nur wann? Du hast ja nie mit ihnen geredet …*

Stöhnend strecke ich mich – und erschaudere, als mich die kühle Luft trifft. Die Decken sind nicht ohne Grund so dick und schwer. Dick und schwer wie die Sorgen und das schlechte Gewissen, das mich nun niederdrückt.

Zögerlich schlurfe ich aus dem Zimmer ins Bad, wo ich mich eilig etwas frisch mache, ohne jemandem zu begegnen, ehe ich in Jeans und einen schlabberigen Pulli schlüpfe, den ich in meinem Schrank gefunden habe. Den damaligen Highschool-Abschlusspulli von Noah. Er hatte ihn mir eines Abends gegeben, als wir im Garten gesessen, Sterne geguckt und über die Zukunft philosophiert hatten. Ich habe ihn nie zurückgegeben. Ups.

Mein Gepäck steht noch unangerührt in einer Ecke. Darum kümmere ich mich später … ob ein Teil von mir befürchtet, doch noch vor die Tür gesetzt zu werden?

Die Treppe knarzt, als ich langsam die hölzernen Stufen hinabsteige. Die Diele wirkt im Tageslicht viel einladender als gestern Abend. Oder liegt es daran, dass ich gestern zu Tode erschöpft und ängstlich war?

Heute bin ich zumindest erholter. Dieses innere Chaos wird mich allerdings noch eine Weile begleiten, fürchte ich.

Ich biege in die Küche, in der vollen Erwartung, allein zu sein – und zucke zurück, als ich Mom entdecke, die an der großen Kücheninsel steht und Cookies zubereitet.

Mein Herz krampft sich schmerzhaft zusammen. Schokoladen-Cookies waren immer meine Lieblingssüßigkeit und Mom macht sie nach meiner Ankunft, als wäre es etwas völlig Selbstverständliches …

Ich verharre für einen Moment im Türrahmen, atme gegen die Emotionen an, die meine Kehle eng werden lassen, und beobachte sie. Mom trägt ein rot-weiß kariertes Flanellhemd, dessen Ärmel hochgekrempelt sind, zu einer ausgewaschenen Jeans. Ihre dunkelbraunen Locken hat sie zu einem Zopf gebändigt. Graue Strähnen durchziehen ihr Haar, wesentlich mehr als noch vor vier Jahren, und auch die Falten scheinen mehr geworden zu sein. Oder bilde ich mir das nur ein?

Meiner Kehle entweicht ein leiser Laut, der Mom zusammenfahren lässt. Sie hebt ihren Blick. In ihren Augen blitzt Freude auf, die jedoch schlagartig wieder verschwindet. Schmerz flammt in meiner Brust auf, wird allerdings schnell von einem anderen Gefühl verdrängt, als sie leise zischend ihre Hand an den Mund hebt. »Oh, Liebes, was ist nur mit dir geschehen?« Sie wischt ihre Finger an einem Tuch ab und eilt auf mich zu. Tränen füllen ihre Augen, die ich im ersten Moment nicht einordnen kann … bis sie ganz sachte über mein Jochbein fährt.

*Mist.*

Grauen erfüllt mich, während ihr Blick mein Gesicht absucht.

Gestern war ich geschminkt. Heute habe ich einfach nicht daran gedacht, die Spuren zu überdecken …

Ich hebe meine Hand, umfasse ihre, drücke sie. »Es ist …« *Nichts*, will ich sagen, verkneife es mir aber im letzten Moment, weil es gelogen wäre. Ein Veilchen ist nicht *nichts*. Und das Letzte, was meine Familie verdient hat, sind Lügen.

Eine Träne löst sich aus Moms Augenwinkel, während sie mich an sich zieht. Ihre Umarmung ist warm und tröstlich und ich lasse mich in sie sinken. Weil es nichts Heilenderes gibt als eine Umarmung von Mom und weil ich sie mir vier Jahre verwehrt habe.

Für nichts.

»Es tut mir so leid«, flüstere ich erstickt – was dazu führt, dass Mom mich von sich schiebt.

Ihre Miene drückt nichts als Empörung aus. »Dir tut es leid? *Dir?*«

Schniefend nicke ich. »Die letzten Jahre …«

Doch sie macht eine wegwerfende Bewegung mit der Hand – und zieht mich zu sich an die Kücheninsel. Dort rückt sie einen der Hocker so, dass ich mich zu ihr setzen kann, und tritt an die Kaffeemaschine, um mir eine Tasse einzuschenken. Kein fancy Vollautomat, wie ihn Richard in New York hatte, aber das spielt keine Rolle. Ich beobachte, wie sie etwas Creamer hinzugibt. Peppermint Mocha – damals meine Lieblingssorte. Es berührt mich zutiefst, dass sie ihn immer noch da hat. Ich weiß, dass die anderen ihn immer viel zu süß fanden. Ehe ich weiß, wie mir geschieht, habe ich einen Kaffee und einen Frühstücksmuffin vor mir. Ich nehme die Tasse, puste in die warme, wohlriechende Flüssigkeit, bevor ich einen Schluck nehme und wohlig aufseufze.

»Mom«, beginne ich schließlich.

Sie blickt mich aus klugen, braunen Augen an. »Ich sage nicht, dass alles okay ist, Helena. Die Funkstille war schrecklich. Aber wir sind froh, dass du wieder hier bist.« Ihre Miene wird hart, als ihr Blick zu jener Stelle in meinem Gesicht wandert, die sie vorhin so aus der Fassung gebracht hat. »War er das?«

Ich zucke zusammen, weil sie plötzlich so scharf klingt; etwas, das bei meiner sanften Mom eher ungewöhnlich ist. Mühsam schlucke ich den Kloß in meiner Kehle hinunter. »Es war … Ich …«

»Wie lange schon?«, fällt sie mir ins Wort. »Wie lange hat er dich geschlagen?«

Und dann … bricht buchstäblich die Hölle aus, als hinter uns eine dunkle Stimme losdonnert.

»Wer hat dich geschlagen?«

Erschrocken wende ich mich um, sehe Jake im Türrahmen, wie ich vorhin noch dort gestanden habe. Hinter ihm Mason.

Natürlich.

Mit wenigen Schritten sind meine Brüder bei uns, bauen sich neben mir auf wie unerbittliche Wachhunde. Jakes Augen weiten sich, als er die Verletzung in meinem Gesicht erblickt, die gestern unentdeckt geblieben ist. Unwillkürlich will ich sie verbergen.

»Wer?«, knurrt Mason aufgebracht. »War das dieser Penner?«

»Mason! Mäßige deine Zunge!«, tadelt Mom ihn, klingt dabei aber eher halbherzig.

Jake legt eine Hand auf meinen Rücken, als wäre ich zerbrechlichstes Porzellan. »Wo hat er dir noch wehgetan, Helena?«, fragt er, deutlich leiser und weicher als zuvor, aber immer noch voller Wut.

Ich schüttle den Kopf. »Es war nur …«

»Nur?«, fällt Mason mir ins Wort und lacht hart auf. »*Nur*? Du hast ein verdammtes Veilchen, Helena! Das ist unverzeihlich!«

Tränen treten mir in die Augen, eine Mischung aus Wut, Trauer, aber auch Dankbarkeit, weil sie das tun, was Richard all die Zeit versäumt hat: Sie sind auf meiner Seite, stärken mir den Rücken. Erkennen den Unterschied zwischen Richtig und Falsch. Mit wenigen Worten stellen sie mein Vertrauen in die Männer dieser Welt wieder her.

»Deshalb bin ich ja auch gegangen«, erwidere ich langsam, mit fester Stimme. Gleichzeitig rollen mir jedoch Tränen über die Wangen und ich frage mich unwillkürlich, ob das mein neues Ich ist. Innerlich zerrissen. Stark und zerbrechlich zugleich. Oder hoffe ich nur, stark zu sein, bin es aber gar nicht?

»Wehe, er wagt es, auch nur einen Fuß auf unser Grundstück zu setzen«, grollt Mason.

»Wird er nicht«, wirft Jake ein. »Und falls doch, wird er es bereuen.«

Ich erwarte, dass Mom ihnen widerspricht, doch auch sie sieht einfach nur grimmig aus.

»Was ist denn hier los?«

Dad. Natürlich. Natürlich muss auch er noch kommen. Er betritt die Küche, sein Blick zuckt zwischen Mom und meinen Brüdern hin und her. Bevor er etwas realisieren, seine eigenen Schlüsse ziehen kann, knurrt Jake: »Richard, der schwanzlose Mistkerl, hat Helena geschlagen.«

Und einmal mehr entfaltet sich eine wahre Welle Testosteron, während Dad zu uns eilt und mein Kinn packt, um mein Gesicht so zu drehen, dass er die Stelle betrachten kann. Sanft natürlich. Aber bestimmt.

Hätte ich doch bloß nicht vergessen, sie zu kaschieren …

Auf gar keinen Fall will ich Richards Tat verschleiern. Aber ich wollte auch nicht für so viel Aufruhr sorgen …

»Hast du ihn angezeigt?«, brummt Dad. Sofort richten sich vier Augenpaare auf mich.

»Nein«, erwidere ich leise. »Ich habe einfach nur gepackt und bin gegangen.«

»Und es war wirklich das erste Mal?«, hakt Mom nach.

Ich nicke. Es stimmt – zumindest gewissermaßen. Die Hand hat er zum ersten Mal gegen mich erhoben. Doch

Gewalt hat er bereits zuvor ausgeübt. Psychischer, manipulativer Natur. Aber das sollte ich jetzt vielleicht lieber nicht erwähnen …

»Wieso …«, beginnt Mason, kassiert dafür einen beherzten Ellenbogen von Jake.

»Braucht es dafür einen Grund?«, fährt er ihn an – und mein Herz fliegt ihm regelrecht entgegen. »Andere zu schlagen, ist unentschuldbar!«

»Musst du gerade sagen«, murrt Mason, reibt sich die Seite, nickt dann aber. »Hast recht.«

»Du kehrst nicht mehr zu ihm zurück«, stellt Dad fest.

Ich schlucke. »Wenn ich bleiben darf …«

Und das löst ein wahres Chaos an unterschiedlichen Ausrufen aus.

In einer Sache sind sie sich jedoch einig: Natürlich darf ich bleiben. Solange ich will. Weil das hier auch nach vier Jahren Abwesenheit mein Heimathafen ist. Und hier … kann ich endlich wieder heilen.

Davon bin ich fest überzeugt.

# Noah 4

Als Dozent für Biologie an der NVU – der *Northern Vermont University* – verbringe ich die Hälfte der Zeit im *Babcock Nature Reservat* von Eden, um dort gemeinsam mit Kursen oder auch allein zu forschen und die Natur zu beobachten. Ich führe penibel Buch über die dortige tierische Population – und privat auch im näheren Umfeld. Ein paar der Tiere – allesamt wild, ohne Frage – sind mir ans Herz gewachsen, weil ich sie bereits über einen längeren Zeitraum beobachte. Im Winter sind es zum Beispiel die Schneehasen, deren ausgelassenes Spielen mich jedes Mal aufs Neue mit Freude erfüllt. Sie scheinen mich mittlerweile so weit akzeptiert zu haben, dass sie nicht mehr direkt flüchten, wenn ich bedächtig näher komme. Ihnen zu begegnen, gehört zu meinen Tageshighlights. Aber auch die Füchse, zu denen wir gerade eine Studie durchführen, sind mir wichtig.

Meine Liebe für meine Heimat hat mich damals dazu getrieben, Biologie zu studieren, und nun versuche ich, diese Liebe an möglichst viele Menschen weiterzugeben.

Auch wenn es bedeutet, bei Minustemperaturen in

Thermounterwäsche durch den Schnee zu stapfen, der an manchen Stellen hüfthoch ist, und am Ende des Tages kaum meine Finger zu spüren, obwohl sie die meiste Zeit in funktionalen, superteuren Handschuhen gesteckt haben.

Eigentlich will ich nur noch nach Hause, duschen, den Rest des Tages sinnlose Serien auf Netflix gucken und mich am Kamin aufwärmen, doch stattdessen mache ich noch einen Abstecher in den lokalen Supermarkt. Die gähnende Leere im Kühlschrank war heute Morgen bereits frustrierend, doch jetzt habe ich wirklich Hunger.

Während ich den Wagen durch die Gänge schiebe und mit allerhand Zeug fülle, bin ich in Gedanken bereits zuhause.

Obwohl ich normalerweise gern koche, lade ich einen Stapel Krafts Mac'n'Cheese in den Wagen, ein paar weitere Fertiggerichte und zum Ausgleich Obst und Gemüse.

Im Sommer ziehe ich immer selbst ein paar Pflanzen, doch im harschen Winter ist das ein trostloses Unterfangen. Meine Tage sind momentan so lang, meine Laune so drückend – da brauche ich einfaches und schnelles Essen. Comfort Food, wie Mom es immer genannt hat.

Gerade biege ich in den Gang, der die Snacks beinhaltet, als ich einen Namen höre.

*Helena.*

Ich stoppe in meiner Bewegung, spüre, wie mein Herz einen Satz macht, und blicke mich um, als würde ich erwarten, dass sie hinter mir auftaucht. Doch das tut sie nicht. Natürlich nicht.

Ebenso wenig sehe ich, wer das gesagt haben könnte. Irritiert kratze ich mir am Hinterkopf.

Habe ich mir das nur eingebildet?

Vermutlich.

Es fällt mir schwer, mir einzugestehen, dass ich nach all den Jahren immer noch darauf warte, dass sie zurückkehrt. Aber langsam nimmt es ungesunde Züge an. Erst letztens im Pub, jetzt das … vielleicht sollte ich mir mal Gedanken um meinen Gemütszustand machen. Ich sollte mir doch einen Kumpel suchen oder so.

Irritiert werfe ich ein paar Cracker in den Wagen, greife nach einer Tüte Nüssen und laufe weiter.

Die Kasse ist frei, doch dahinter, im Eingangsbereich, stehen ein paar ältere Damen, die offenkundig angeregt tuscheln. Nichts Neues, der Supermarkt ist eine Klatschzentrale, ebenso wie der Bäcker und der Pub und der kleine Baumarkt. Vor allem während des langen Winters ist Tratsch manchmal das Einzige, das langweilige, lang gezogene Abende erhellt.

Ich zahle meinen Einkauf, trage die Tüten an der Gruppe vorbei, die ich nickend grüße.

»… wieder da …«

»… gehört …«

Ihre zischelnden Worte sind wie Nadelstiche, doch ich ignoriere sie, verlasse den Supermarkt und seufze tief auf, als ich registriere, dass es erneut begonnen hat zu schneien.

Zeit, nach Hause zu kommen. Für heute habe ich genug von der Kälte …

Als ich später auf der Couch sitze, eine dampfende Tasse Kaffee vor der Nase, drehe ich nachdenklich mein Handy in der Hand.

Was sagt es über mich aus, dass ich Helena immer noch vermisse? Sie hinter jeder Ecke vermute? Irgendwelche Satzfragmente aufgreife und mir direkt sonst was einbilde?

Sie ist wie ein verdammtes Hirngespinst, das mich einfach nicht loslassen will, mich auch nach all den Jahren noch quält. Bin ich verzweifelt? Einsam? Oder immer noch verletzt nach drei Jahren Funkstille? Ist es am Ende nichts als pure Eitelkeit?

Ehe ich weiß, wie mir geschieht, wähle ich Moms Nummer. Sie lebt bereits seit anderthalb Jahren in Florida, weil sie nach all den Jahren der Kälte im Norden des Landes nur noch Sonne wollte. Nach Dads Tod hat sie es noch genau ein Jahr ausgehalten. Sobald sie sich sicher war, dass ich allein klarkomme, dass ich in der Lage bin, mich um mich zu kümmern, bat sie mich zum Gespräch …

Ich verstehe sie wirklich und wünsche ihr, dass sie all ihre Träume verwirklichen kann, umso mehr nach Dads Verlust, aber es ist nicht von der Hand zu weisen, dass ich manchmal einsam bin. Dad – tot. Mom – weit weg. Helena – aus meinem Leben radiert.

Ich habe natürlich Bekannte. Kollegen. Verdammt, ich bin kein Einsiedlerkrebs. Aber damals hatte ich immer

Helena für alles, sie war stets mein erster Ansprechpartner, wenn es etwas gab, das ich mit jemandem teilen wollte. Und nachdem sie mich einfach geghostet hat, habe ich niemanden je wieder so nah an mich herangelassen. Ich mache das meiste mit mir selbst aus.

Also ja, gut, vielleicht doch ein einsamer Wolf, der allein seine Runden dreht. Oder so.

»Noah! Wie schön, von dir zu hören! Ich habe vorhin noch an dich gedacht.«

»Kannst in solchen Momenten gern selbst anrufen«, erwidere ich schwach scherzend.

»Du bist doch ständig unterwegs. Und ich will ganz sicher nicht, dass ich irgendwelche Tiere aufscheuche, wenn du mal wieder auf der Lauer bist, nur weil ich Sehnsucht nach dir habe.«

Ich verkneife mir den Hinweis, dass ich das Handy im Reservat ohnehin auf stumm stelle, mache es mir auf der Couch gemütlich und kneife die Augen zusammen. Mom war Weihnachten hier, es ist also noch gar nicht lange her, dass wir uns gesehen haben, und doch … fehlt sie mir. Aber das würde ich niemals laut sagen, damit sie am Ende nicht ihre Zelte abreißt und nach Eden zurückkehrt. Zuzutrauen wäre es ihr. Sie hat sich ihr ganzes Leben lang für andere aufgeopfert.

»Was ist los, hm?«, fragt sie mit sanfter Stimme.

Ich schlucke. »Keine Ahnung. Ich komme mir dumm vor. Hilflos. Ich bin ein erwachsener Mann …«

»Und auch die dürfen ihre Mom anrufen, wenn sie sie brauchen«, fällt sie mir entschieden ins Wort.

Augenblicklich sehe ich sie vor mir.

Die Version von damals, nur flippiger. Sie hat nun kurze Haare, eine knallrote Brille und trägt ständig irgendeinen wehenden, knallbunten Kaftan oder so. Als ich sie vor ein paar Monaten besucht habe, war mir alles zu hell, zu warm, zu grell. Aber ich weiß, dass ich da durch muss. Zumindest, wenn ich Mom nicht auch noch verlieren will.

Und das steht nicht zur Debatte.

Seufzend kneife ich mir in die Nasenwurzel. »Ich weiß auch nicht. Heut ist einfach ein mieser Tag.« Schon wieder. Das häuft sich irgendwie. Innerlich debattiere ich mit mir, was ich sagen soll, entscheide mich dann aber für die indirekte Variante. »Hast du in letzter Zeit mal mit Sally gesprochen?«

»Oh, Noah.« Mom seufzt auf. Sie muss direkt durchschaut haben, was los ist. »Leider nicht. Es ist schwierig geworden, seit ich nicht mehr in Eden bin, und …« Seit Helena mich so verletzt hat. Dass sie diesen Teil verschluckt hat, weiß ich ebenso wie die Tatsache, dass Mom es Helena übelgenommen hat. Ihre Irritation hat sich auch auf die restlichen Jacksons übertragen. Ich weiß, dass die ebenfalls nichts von Helena hören, durch Moms Schweigen also doppelt gestraft sind, aber das ist eine Diskussion, die ich nicht mit ihr führen werde. Nicht heute. Am liebsten nie mehr. Sie bringt ohnehin nichts.

»Okay, ja. Dachte ich mir schon.«

»Ihr habt neuen Schnee, oder?«, beginnt sie mit heller Stimme. Ein klarer Versuch, abzulenken. »Hier ist es angenehm. Heute sogar zwanzig Grad. Setz dich in den Flieger und nimm dir ein paar Tage Auszeit. Wir könnten …«

»Das geht nicht, Mom, und das ist auch nicht der Punkt. Wir stecken mitten in der Studie und ich kann nicht einfach alles stehen und liegen lassen. Ich bin einfach nur durchgefroren und frustriert und die Käsemakkaroni schmecken auch nicht so gut wie deine …«

»Ach, mein Junge. Ich würde dir welche kochen, wenn ich da wäre.« Mom seufzt. »Manchmal denke ich, es war ein Fehler, zu gehen. Ich bin furchtbar egoistisch, oder?«

Verdammt. Das wollte ich ganz sicher nicht in ihren Kopf pflanzen. »Nein, bist du nicht. Das Gefühl will ich dir auch gar nicht geben. Es ist einfach nur einer dieser Tage. Du kennst es doch, lange Winternächte. Der Beginn eines neuen Jahres war immer schon etwas schwierig für mich. So …« *Allein.*

»Du solltest dir eine Frau suchen«, erwidert Mom, die natürlich ganz genau weiß, was in mir vorgeht.

Allerdings stößt sie damit auf taube Ohren. »Ich *suche* mir nicht einfach irgendeine Frau, Mom. Irgendwann wird die Richtige kommen, aber ich werde ganz sicher nicht anfangen, zu suchen.« Etwas an der Vorstellung, eine feste Beziehung einzugehen, fühlt sich einfach nicht richtig an.

»In Eden ist der Datingpool eher begrenzt«, wirft sie ein. »Es könnte hoffnungslos sein, wenn du darauf wartest, dass sie dir einfach so über die Füße stolpert. Du könntest natürlich online schauen. Es gibt da doch diese Portale …«

»Auf gar keinen Fall.« Ich bereue es bereits, sie angerufen zu haben. Dieses Gespräch balanciert auf brüchigem Eis, und ich fürchte, jeden Moment einzubrechen. »Dafür habe ich keine Zeit und keine Nerven, Mom. Ehrlich nicht.« Eilig versuche ich, von mir abzulenken, und in der kommenden halben Stunde höre ich mir alles über ihre Yogakurse an, über ihren Versuch in spiritueller Malerei und ihr perfektioniertes Brot, das sie mittlerweile selbst macht. Ein dumpfes Pochen hat sich hinter meinen Schläfen eingenistet, aber ich spüre, wie ich ruhiger werde.

Es war ein langer Tag.

Ein anstrengender Tag.

Momentan häufen sich diese erschreckend. Ich bin emotional nicht im Gleichgewicht – wieso auch immer. Aber das wird schon wieder. Das wird es immer.

Ich muss nur geduldig sein. Und wenn man eines in Eden genug hat, dann ist es Geduld. Zumindest, wenn man hier richtig ist.

Und dass ich das bin, zweifle ich nicht an. Immerhin eine Sache, derer ich mir absolut sicher sein kann.

# Helena 5

»Ich will wirklich nicht …«

»Sei schon still, Helena«, unterbricht Jake mich genervt, während er den letzten Karton aus dem Mietwagen in die Diele schleppt. »Wir machen das jetzt schnell, dann ist die Sache abgehakt. Du brauchst ihn doch ohnehin nicht mehr.«

Ja, das stimmt. »Schnell ist gut, Jake. Es sind fünfzig Meilen bis South Burlington und ihr habt genug Arbeit …«

»Das mag sein, ja, aber wie genau stellst du dir vor, danach wieder zurückzukommen? Willst du ein Vermögen für ein Taxi ausgeben? Per Anhalter nach Eden fahren? Willst du etwa *dort* bleiben? Komm schon. Das ist doch alles Unsinn.«

Ich ziehe meine Unterlippe zwischen meine Zähne und kann nicht verhindern, dass ich mich … gegängelt fühle. Vom großen Bruder. Als ich jünger war, ist das häufiger vorgekommen, und jedes Mal habe ich es gehasst, weil ich mir dann klein und dumm vorgekommen bin. Doch anstatt deshalb nun sauer zu werden, spüre ich … Erschöpfung. Erschöpfung und Scham und das

Bedürfnis, die ganze Sache einfach nur schnell abzuschließen. »Ich … es fühlt sich falsch an. Ich hab euch jahrelang im Stich gelassen und kaum bin ich da, dreht sich alles nur um mich. Es ist zu viel.«

Jakes Miene umwölkt sich, und für einen Moment wirkt es so, als wollte er mir zustimmen, doch dann zieht er mich an sich, reibt seine Faust über meinen Scheitel, wie er es früher ständig gemacht hat, um mich zu nerven, und entlockt mir einen gereizten Schrei.

»*Pass auf meine Frisur auf*«, äfft er mich so realistisch nach, ehe ich selbst den Mund öffnen kann, dass ich ihn mit großen Augen anschaue.

»Manche Dinge vergisst man nie.« Er greift nach seinen Schlüsseln. »Also, lass uns den Wagen loswerden. Das ist doch unnützes Geld, und für die Straßen hier ist das Ding ohnehin kaum geeignet.« Grinsend zwinkert er mir zu. »Neben meinem Jeep sieht er einfach nur lächerlich aus.«

Eines muss man ihm lassen: Er weiß, wie er schwere Stimmungen auflockern kann. Und er ist immer noch derselbe Idiot wie damals. Gereizt stöhnend gebe ich mich geschlagen und schlüpfe in meine Chelsea-Boots. Als ich nach meinem Mantel greife, kommt Mason mit schweren Schritten die Treppe hinuntergestiefelt. »Oh, wieso habt ihr nicht Bescheid gesagt? Ich hätte geholfen.« Stirnrunzelnd deutet er auf die Kartons, die sich hinter mir an der Wand stapeln.

»So viel war es doch gar nicht. Hätt nicht gedacht, dass Helena sich mal so reduzieren kann.« Jake grinst mich an, und erleichtert stelle ich fest, dass das Grinsen seine Augen erreicht. Zwischen uns wird wieder alles okay. Ich bin mir sicher.

»Wo wollt ihr hin?« Mason bleibt am Fuß der Treppe stehen.

»Wir bringen Helenas Mietwagen weg. Sie kann ihn in South Burlington abgeben …«

Mason nickt. »Alles klar, bin dabei.«

»Kommt schon, als wäre ich nicht allein in der Lage«, begehre ich auf, doch ich weiß auch so, dass jeder Widerstand zwecklos ist. Früher schon haben Mason und Jake immer auf mich aufgepasst, aber seit sie am Morgen nach meiner Ankunft die Hinweise auf Richards Missbrauch gesehen haben, übertreiben sie es ein wenig. Und mit ein wenig meine ich total. Wahrscheinlich haben sie Angst, ich könnte zerbrechen, wenn ich das erste Mal für mehr als nur ein paar Minuten unser Grundstück verlasse. Nach einer knappen Woche, in der ich nicht einen Fuß über unsere Grenze gesetzt habe.

Mason und Jake machen sich gar nicht erst die Mühe, mir zu antworten. Mit aufforderndem Blick stehen sie an der Haustür und warten darauf, dass ich komme.

Seufzend ergebe ich mich meinem Schicksal.

~

Meine Brüder folgen mir in Jakes protzigem Jeep, der ungefähr das genaue Gegenteil von Dads ist. Ich höre ein letztes Mal laut all die Songs, die mich auf dem Weg hierher begleitet haben, während ich die fünfzig Meilen westwärts Richtung Lake Champlain nehme. Seit meiner Ankunft hat es noch einmal ordentlich geschneit, aber die Straßen sind frei. Mit diesen Bedingungen kann es mein Wagen sehr wohl aufnehmen.

Vor ein paar Jahren gab es mal einen derart schlimmen Schneesturm, dass die Inseln im riesigen Champlain von der Außenwelt abgeschnitten waren, aber davon sind wir noch weit entfernt. Denke ich.

Als ich den Mietwagen eine Stunde später in South Burlington abgebe, fühlt es sich an, als würde ein weiteres Kapitel sein Ende finden, was gut ist. Aber gleichzeitig fühle ich mich verletzlicher denn je. Der Wagen war die letzte Verbindung zu New York, und auch wenn ich nicht plane, jemals zurückzukehren, breitet sich mehr denn je das Gefühl in mir aus, wurzellos zu sein. Wobei, das stimmt nicht. Meine Wurzeln sind hier in Eden, ohne Zweifel. Aber wo genau habe ich noch einen Platz? Die letzten vier Jahre kommen mir wie eine maximale Verschwendung vor. Mehr noch, ich habe völlig sinnlos den Menschen wehgetan, die mir immer am nächsten waren. Wofür eigentlich?

Mit dieser Schuld werde ich wohl immer leben müssen …

Jake und Mason stehen hinter mir wie eine unerschütterliche Mauer, und als ich die Mietwagenagentur mit ihnen verlasse, würde ich mich am liebsten gegen sie sinken lassen, weil es sich anfühlt, als würde ich jeden

Moment völlig zerbrechen, wenn sie mich nicht zusammenhalten.

»Und nun?«, fragt Jake. »Ich meine, wo wir schon mal hier sind …«

»… in der großen, weiten Welt«, ergänzt Mason grinsend, ehe er mir einen Seitenblick zuwirft. »Zumindest für uns. Du, als New Yorkerin, bist von unserem kleinstädtischen Horizont sicher nicht gerade beeindruckt.«

Ich stoße ihn spielerisch mit der Schulter an, doch er bewegt sich keinen Zentimeter. Natürlich nicht. Jake und Mason sind verdammte Baumstämme. »Gibt es noch dieses Café an der Promenade? Damals gab es dort den besten Apfelkuchen …«

Die beiden grinsen mich an. »Oh, unter all dieser städtischen Attitüde steckt sie noch in dir, unsere alte Helena.«

Mit diesen Worten führen sie mich zum Auto, und ich weiß, es ist alles in Ordnung. Ich werde mir Sprüche anhören müssen, vielleicht sogar für längere Zeit, und die habe ich auch verdient. Aber zwischen uns ist alles okay. Das Gefühl, jeden Moment auseinanderzubrechen, flaut ein wenig ab.

Diese Sprüche auszuhalten, ist das Mindeste, was ich tun kann. Es steht ihnen zu, durch Sticheleien ihre Verletztheit loszuwerden. Wenn man bedenkt, wie sehr ich ihnen vor den Kopf gestoßen habe, ist das wirklich ein geringer Preis. Viel wichtiger ist doch, dass sie da sind. Mit mir reden. Mich ohne zu zögern nach South

Burlington begleiten. All das habe ich einfach nicht verdient.

Als wir keine zwanzig Minuten später in dem kleinen Café am Ufer des Sees sitzen, jeder einen Kaffee und ein Stück Apfelkuchen vor sich, spüre ich, wie mich meine Energie verlässt. Jeder Tag seit meiner Rückkehr nach Eden war wie ein einziger großer Kraftakt emotionaler Natur. Meine Scham, die Erschöpfung, die Wut, die Trauer … so vieles begleitet mich, seit Richard mir in der Neujahrsnacht jede verbliebene Illusion genommen hat. Und noch so viel länger.

Während Jake und Mason über irgendetwas herumalbern, zücke ich mein Handy, um ein Foto von dem Kuchen vor dem Panoramafenster zu machen, halte dann aber inne. Was tue ich hier eigentlich? Wozu das Bild? Wem soll ich es überhaupt schicken?

»Schreibt er dir?«, fragt Jake, schlagartig grimmig, während er mit dem Kinn Richtung Handy nickt.

Auch Masons Grinsen gefriert, während er meine Antwort abwartet.

»Hab ihn blockiert«, erwidere ich lapidar – und stolz, wie ich bemerke.

Jake brummt anerkennend. »Gut.« Seine Augen werden eng. »Denkst du, er wird kommen und nach dir sehen?«

Hilflos zucke ich die Schultern, blicke erst ihn, dann Mason an. Es ist nicht leicht, mit den beiden darüber zu reden. Nicht leicht, mir vor ihnen einzugestehen, wie falsch ich abgebogen bin. Offen zuzugeben, wie schwach ich war. »Ich weiß es nicht. Er weiß gar nicht so genau, wo ich bin, und hat schon verstanden, dass es mir ernst ist, denke ich. Aber …«

»Aber *was*?«, hakt Mason nach. Ein Muskel zuckt gut sichtbar in seinem Kiefer. Er ist drei Jahre älter als ich, Jake fünf. Die beiden kommen mehr nach Mom, mit dunkelbraunem, welligem Haar und dunklen Augen, während ich die blonden Haare meines Dads habe. Wieder fällt mir auf, dass sie größer und breiter wirken als noch vor vier Jahren. Erwachsener. Harte Farmarbeit bleibt eben nicht unbemerkt …

»Aber er hatte nicht immer die gesündeste Haltung zu mir und meinem freien Willen«, gebe ich bedrückt zu.

Und es wird so leise am Tisch, dass man eine Stecknadel hätte fallen hören können.

»Was heißt das?«, erhebt zuerst Jake das Wort. Er klingt sehr, sehr ernst. Und sehr, sehr bedrohlich.

»Es heißt, dass ich viel zu spät bemerkt habe, wie sehr er mich manipuliert.«

»Er ist schuld, oder? Dass du dich all die Zeit nicht gemeldet hast? Dass du Besuche abgelehnt hast?«

Mit gerunzelter Stirn sehe ich, dass Masons Knöchel sich weiß verfärben, so fest umklammert er die Tischplatte.

»Es wäre leicht, ihm nun die Schuld zuzuschieben, aber die Wahrheit lautet, dass ich es mitgemacht habe, oder? Er ist nicht der einzige Verantwortliche. Ich …«

»Er hat dich geschlagen, Helena. Er hat dir deine Lebensfreude genommen. Du wirst ihn nicht in Schutz nehmen«, fällt Jake mir hart ins Wort. Jedes Wort schneidet scharf in mein Fleisch. Mein Appetit ist vergangen, doch ehe ich den Teller von mir schieben kann, fährt er fort: »Iss. Danach fahren wir noch kurz zu Target. Du brauchst gescheite Schuhe und einen dickeren Mantel, wenn du hier in den nächsten Wochen nicht erfrieren willst. Wir müssen nachher noch zu den Rindern, haben also nicht unbegrenzt Zeit, so gerne wir uns die auch für dich nehmen würden.«

»Was ist eigentlich aus Bailey geworden?«, wechsle ich leise das Thema, obwohl ich die Antwort ahne und sie gleichermaßen fürchte. Zögerlich tauche ich meine Gabel in den Kuchen. Die Apfelfüllung quillt zu beiden Seiten hinaus. Ich erkenne die knusprigen Cheddarstreifen in der Masse; eine typische Vermonter Spezialität, die man probiert haben muss, ehe man sie verurteilt. Die Mischung aus scharfem Cheddar und süßem Apfel ist eine regelrechte Geschmacksexplosion, die man nicht beschreiben kann und die ich außerhalb von Vermont noch nirgendwo zu Gesicht bekommen habe.

Masons und Jakes Mienen bewölken sich. »Sie ist vergangenes Jahr eingeschlafen. Krebs.«

Es ist ein schlichter Satz, aber ich höre, was alles darin mitschwingt. Trauer, Verlust. Resignation. Bailey hat uns einen großen Teil unserer Jugend begleitet. Sie war unsere Verbündete in unserem freien und wilden Leben in Edens rauer Umgebung. Sie hat unzählige Bekenntnisse von mir gehört, sie stumm entgegengenommen. Eine treue Begleiterin mit seelenvollen Augen.

Doch ihr Leben ist vorbei und ich habe ihre letzten Monate, die letzten Jahre, verpasst. Habe sie ebenso im Stich gelassen wie alle anderen auch.

Dieses Mal verliere ich den Kampf, lösen sich die Tränen, die heute schon unzählige Male hinter meinen Augen gebrannt haben. Ich habe Bailey geliebt, so sehr. Aber steht mir diese Trauer überhaupt zu?

Jake legt einen Arm um meine Schulter, zieht mich an sich. »Wir sind froh, dass du zurück bist, Helena.«

Ein weiterer schlichter Satz voller Bedeutung.

»Ich auch«, erwidere ich erstickt. »Ich auch.«

Als wir am frühen Nachmittag zurückkehren, sind meine Kartons bereits weg. Ich wölbe die Augenbrauen, doch ehe ich auch nur ein Wort sagen kann, tritt Mom in den Türrahmen zur Küche und lächelt uns an. »Dad und ich haben sie vorhin hochgeräumt. Sie stehen erst mal im Gästezimmer am Ende des Flurs, damit du in Ruhe überlegen kannst, was du damit anstellst.« Sie stockt, scheint sich genau zu überlegen, wie sie ihre kommenden Worte formulieren soll. Dann wird ihre Miene gleichzeitig weicher, aber auch vorsichtiger. »Wir lassen uns eine Lösung einfallen, falls du mehr Platz brauchst.«

*Mehr Platz. Falls ich dauerhaft bleiben will.*

»Mom …« Meine Stimme klingt erstickt, und ich spüre, wie ich einmal mehr drohe, den Kampf zu verlieren. Mit einem dumpfen Geräusch fallen meine Taschen zu Boden und ich eile zu ihr, fliege regelrecht in ihre Arme. Aus dem Augenwinkel sehe ich noch, wie sie meinen Brüdern zunickt, ehe ich mein Gesicht an ihrer Brust verberge und tief und zittrig durchatme.

Ihre Arme schließen sich tröstlich um mich.

»Wir schauen nach Dad«, höre ich Mason sagen, ehe sich ihre Schritte dumpf entfernen.

»Danke«, rufe ich ihnen noch nach, was sie nur mit einem Brummen quittieren. Es ist ohnehin bereits das fünfte oder sechste Mal, dass ich mich bedankt habe – in der letzten halben Stunde. Wahrscheinlich können sie es nicht mehr hören.

Mom führt mich in die Küche, die direkt ins große Wohnzimmer übergeht. Ich sehe, dass sie mitten in den Vorbereitungen für das Abendessen steckt, und greife wortlos nach einem Schälmesser und den Kartoffeln.

»Das musst du nicht«, meint Mom, aber es klingt widerwillig, fast schon hoffnungsvoll.

Sie hat es immer gehasst, Kartoffeln zu schälen, und ich bin froh, dass sich auch das nicht geändert hat.

Weil es mir ein gutes Gefühl gibt. Vertrautheit inmitten eines solchen Bruchs im Leben ist heilsam. Außerdem kann ich ihr so diese Arbeit abnehmen, was sich ein wenig wie Wiedergutmachung anfühlt, auch wenn es das ganz sicher nicht ist. Einmal Kartoffelschälen macht nicht wett, dass ich vier Jahre lang verschwunden war. Aber es ist ein Anfang. »Was gibt es heute?«, frage ich so leichthin wie möglich, als mich die Erkenntnis trifft, dass es in meiner Vergangenheit hunderte Male so war. Wir standen in der Küche, während meine Brüder mit Dad bei den Tieren waren. Bei Wind und Wetter. All die Jahre hindurch. Was mir damals irgendwann eintönig vorkam, ist plötzlich der Himmel auf Erden.

»Ich wollte Kartoffeleintopf machen. Bei dem Wetter mögen die Männer deftige Eintöpfe am liebsten.«

»Klingt gut.«

Eine Weile arbeiten wir schweigend Seite an Seite. Während ich zunächst noch relativ angespannt bin, spüre ich schon bald, wie ich tiefer durchatmen kann. Das hier ist keine negative Stille. Sie schwingt nicht vor Vorwürfen und ungesagten Worten; nein.

Es ist behagliches, gemeinsames Arbeiten. So, wie wir es früher unzählige Male gemacht haben. Dass wir so schnell in unsere gemeinsame Routine von damals zurückfallen, ist beruhigend – und als ich Mom einen Seitenblick zuwerfe, während sie es gerade ebenso tut, und wir uns leicht anlächeln, weiß ich zum zweiten Mal an diesem Tag mit Gewissheit: Wir werden darüber hinwegkommen. Nicht nur meine Brüder, auch Mom wird mir verzeihen. Und Dad ebenso, dessen kann ich mir sicher sein. Ich glaube, er hat mir bereits verziehen, als ich letzte Woche plötzlich in unserer Diele stand.

Sie machen es mir viel zu leicht, aber genau das brauche ich gerade auch. Nach all den vergangenen Wochen, Monaten, Jahren. Nach der ständigen emotionalen Achterbahnfahrt ist diese vertraute Beständigkeit alles, was mir beim Heilen helfen wird.

Sobald der Eintopf auf dem Herd simmert, schenken

wir uns Kaffee ein und gehen mit unseren Tassen rüber ins Wohnzimmer. Meiner mit Creamer, Moms ohne.

Die alte, durchgesessene Couch ist einer neueren Version gewichen; eine Kombination aus zwei Couchen und zwei Lehnsesseln, die sich um einen massiven Echtholztisch gruppieren, alle zum großen Fernseher ausgerichtet.

Wir haben nie am Hungertuch genagt, waren jedoch auch nie wirklich sorglos, was Geld angeht. In den vergangenen Tagen habe ich diverse Veränderungen bemerkt; die meisten subtiler Natur, nicht erschlagend. Bislang habe ich nicht gewagt, nachzuhaken, doch als Mom und ich nun jeder auf einer Couch Platz genommen und unsere Beine ausgestreckt haben, blicke ich sie fragend an. »Wie … ist es euch in den vergangenen Jahren denn ergangen?« Das klingt so falsch. Ich sollte das nicht fragen müssen. Schwach deute ich Richtung Fernseher – ein weniger subtiler Hinweis auf die finanzielle Situation meiner Familie. »Ich meine …«

»Mit der Farm?« Moms Lächeln wird weicher. »Jake und Mason haben in den letzten Jahren einige Veränderungen vorgenommen. Es fiel uns nicht leicht, Dad vor allem. Du weißt, wie er all den modernen Dingen gegenübersteht. Wenn es nach ihm ginge, könnte alles so weiterlaufen wie immer. *Never change a running system*, hm?« Sie lacht leise, und ich stimme ein, während mich Bittersüße erfüllt. Ja, das ist Dad. So war er schon immer. »Aber es ist nicht von der Hand zu weisen, dass es gute Entscheidungen waren. Mittlerweile ist unsere Milch nicht mehr aus der regionalen Versorgung wegzudenken – und sogar darüber hinaus.«

»Ach ja?«, hake ich nach. Ich war nie wirklich involviert in den Milchbetrieb. Ich stand ihm nicht kritisch gegenüber, aber eben auch nicht gerade interessiert. Während Jake und Mason immer schon deutlich gemacht haben, die Farm später übernehmen zu wollen, hat es mich in die weite Welt gezogen. Dennoch freut es mich natürlich, zu hören, dass es gut läuft. Besser.

Moms Blick richtet sich in die Ferne. »In der heutigen Zeit ist es nicht leicht. Als Jake und Mason unsere Internetpräsenz ausgebaut haben, standen wir vielen Anfeindungen gegenüber. Tierquälerei und so weiter …«

»Was?«, falle ich ihr empört ins Wort. Sicher liegt es nicht in der Natur der Dinge, dass Menschen die Milch von Kühen nehmen, aber unsere Haltung war immer schon sehr tierfreundlich. Ein wahrer Balanceakt, gewinnbringend zu arbeiten und den Tieren gleichzeitig ein gutes Leben zu bieten, den wir aber stets gemeistert haben. Etwas, worauf Dad von jeher stolz war. Wir alle.

Mom zuckt mit den Schultern und nimmt einen Schluck Kaffee, ehe sie fortfährt, beide Hände ums Porzellan gelegt. »Du kennst die beiden, sie haben sich nicht aus der Ruhe bringen lassen. Sie haben recherchiert und ein paar Dinge umstrukturiert. Wir werben nun mit einem Bio-Gütesiegel, kannst du dir das vorstellen? Außerdem können Menschen Patenschaften für die Kühe übernehmen – und du glaubst gar nicht, wie viele das tun. Die Mischung aus Patenschaften, Milchbetrieb und Zucht hat für Aufschwung gesorgt. Letztes Jahr konnten Dad und ich sogar Urlaub machen.«

»Nein«, murmele ich fassungslos. »Sag nicht, ihr konntet euch euren Traum von Hawaii erfüllen?«

Moms Lächeln wird breiter. »Doch, und es war herrlich.« Sie stockt kurz. »Wenn auch viel zu heiß.«

Wärme erfüllt mich, steigt bis in meine Augen. All die Jahre hat Mom von dieser Reise geträumt; einst sollten es ihre Flitterwochen werden, doch dann hatte Dad einen Unfall und Mom Komplikationen in ihrer Schwangerschaft mit Jake. Ihnen war dringend von dem Flug abgeraten worden, und danach … war keine Gelegenheit mehr. Dass sie sich nach all der Zeit ihren Traum erfüllen konnten, macht mich glücklich. Und gleichzeitig tieftraurig, weil ich es verpasst habe.

»Es tut mir so leid«, murmele ich erstickt, im selben Moment, als Mom aufspringt und zu mir eilt. Einmal mehr finde ich mich in ihren Armen wieder. Sie wiegt mich, murmelt tröstende Worte, die nicht alle zu mir durchdringen, doch das spielt keine Rolle. Wichtiger ist das Gefühl. Das Wissen, dass ich wenigstens jetzt wieder hier bin.

Als ich New York verlassen habe, wollte ich einfach nur nach Hause. Ich wusste nicht, wie es weitergehen sollte, ob sie mir verzeihen würden, wir einfach so an damals anknüpfen könnten. Ich hatte sicherlich nicht den Plan, einfach wieder hier einzuziehen. Doch jetzt, in diesem Moment, in Moms tröstlicher Umarmung, weiß ich nicht, ob ich jemals noch einmal das Bedürfnis verspüren werde, zu gehen.

Vielleicht bleibe ich einfach den Rest meines Lebens hier. Mit Mom und Dad und Jake und Mason. Etwas, das mich vor vier Jahren in die Flucht getrieben hat, klingt jetzt auf einmal … himmlisch.

Nach allem, was ich je gebraucht habe. Wie sich die Dinge doch ändern können, wenn man dazulernt.

Wenn das Leben geschieht.

Ich kneife die Augen zusammen … und lächle.

# Noah 6

»Et voilà. Ein extrastarker Americano, dazu die Pancakes mit Ahornsirup.«

Ich lächle Steph an, während sie meine Bestellung vor mir auf den kleinen Bistrotisch stellt. Sie zwinkert mir zu, ehe sie sich abwendet, wehender Pferdeschwanz und alles, um an den nächsten Tisch zu hüpfen.

Ich kenne sie noch als kleines Mädchen mit Zahnspange, das es geliebt hat, wenn die großen Jungs auf ihre Streiche hereingefallen sind. Dass wir die Hälfte der Zeit nur so getan haben, als hätte sie uns erwischt, hat sie wahrscheinlich nie bemerkt. Uns war es wichtig, ihr fröhliches Lachen zu hören, das zwischen den vielen Bäumen Edens meilenweit vom Wind davongetragen wurde. Nun, zehn Jahre später, hat sie dem Café mit ihrer fröhlichen Art neues Leben eingehaucht. Wahrscheinlich ist es nur eine Frage der Zeit, bis sie es den alten Besitzern abkauft, die sich bereits nahezu vollständig aus dem aktiven Geschäft zurückgezogen haben. Man munkelt, diese würden sogar überlegen, sie in ihr Testament aufzunehmen. Steph hat einfach alles im Griff, führt ihren Traum fort – und sie haben keine eigenen Kinder.

Ich rühre in meinem Kaffee, ehe ich seufzend in die Samtbank zurücksinke und einen Schluck nehme. Heute war ich schon früh im Reservat, um die Schneehasen und die Fuchspopulationen zu überprüfen, und da weder Studenten kommen noch Kurse stattfinden, für die ich an die Universität müsste, konnte ich bereits Feierabend machen. Vor Montag erwartet niemand etwas von mir, die nächsten Zwischenergebnisse zur Bestandsforschung muss ich erst Ende des Monats fertigstellen. Die Sonne strahlt von einem strahlend blauen Himmel, und obwohl es arschkalt ist, ist es ein herrlicher Tag.

Kein Vergleich zu den letzten, an denen ich mir selbst auf den Sack gegangen bin. Wieso auch immer.

Nur wenige der bunt zusammengewürfelten Tische sind belegt, was um diese Zeit kein Wunder ist. Die meisten sind entweder arbeiten, in der Schule oder an der NVU. Steph verschwindet hinter der Theke und in der angrenzenden Küche, nachdem sie mit einem älteren Pärchen geplaudert hat. Vielleicht, um noch ein paar Brownies zu backen. Davon hätte ich gern einen gehabt, doch sie waren bereits aus, weshalb ich mit den Pancakes vorliebnehmen musste.

Die übrigens ebenfalls exzellent sind.

Auf der Straße herrscht überraschende Betriebsamkeit. Ich sehe den alten Miller vor dem Schaufenster herhumpeln, vermutlich auf dem Weg zum örtlichen Arzt. Immerhin den haben wir hier, wenn auch kein Krankenhaus. Für die richtigen Notfälle müssen wir etwa zwanzig Minuten bis ins *Copley Hospital* nach Morrisville fahren.

Gott sei Dank war das bislang nie ein Problem. Ein paar Fremde marschieren dick eingemummelt Richtung *Eden Lake*, wahrscheinlich Touristen, die sich von dem schlechten Wetter nicht einschüchtern lassen. Keine Ahnung, was sie hergetrieben hat – die Saison hat noch lange nicht angefangen. Das meiste unserer Natur ist doch ohnehin unter einer dicken Schneeschicht versteckt.

Ich entdecke Elsie, die im kleinen Supermarkt schräg gegenüber verschwindet, und allgemein sind viele Autos unterwegs.

Hier gibt es kein Zentrum im eigentlichen Sinne. Eden ist ein weitläufiger, kleiner Ort, dessen einzelne Straßen sich in die hügeligen Wälder schmiegen. Maximale Privatsphäre. Viel Platz zum Spielen und für Abenteuer, wenn man Kind ist, aber auch Raum für Heimlichkeiten. Das Café befindet sich auf halbem Weg zum Lake und ist im Sommer Anlaufpunkt vieler Tagestouristen. Doch im Winter ist alles ein wenig ruhiger und gemächlicher, und so ist es mir auch am liebsten. Die wenigen Touristen, die sich momentan hierher verirren, sind in der Regel genauso schnell wieder weg, wie sie aufgetaucht sind. Sie unterschätzen, wie einsam und kalt die langen Winternächte sein können.

Gerade greife ich nach meiner Gabel und versenke sie in dem Pancake-Stapel, als das Glöckchen an der Tür ertönt. Überrascht hebe ich den Kopf – gerade noch habe ich niemanden gesehen, der reinkommen wollte – und erstarre, als eine blonde Frau das Café betritt. Im ersten

Moment denke ich wieder an Helena, versuche mich aber sogleich wieder vom Gegenteil zu überzeugen. Eine weitere Fata Morgana. Ein weiterer Irrglaube. Langsam fängt es an, lästig zu werden.

Doch mir stockt der Atem. Die Wangen der Frau sind gerötet. Ich sehe sie nur im Profil, aber das reicht bereits, um ihre zurückhaltende Vorsicht zu erkennen. Die Anspannung in ihren Gesichtszügen.

Der vertraute Schwung ihrer Wangenknochen.

Diese Lippen, die untere voller als die obere.

Die kecke Nase.

Nein. Nein … *doch.*

Mein Herz zerspringt in tausende Splitter. Denn dieses Mal … dieses Mal ist sie es wirklich.

Meine Gabel gleitet mir aus der Hand, prallt leise klirrend auf den Teller, doch das vermag ihre Aufmerksamkeit nicht auf mich zu lenken. Zögerlich tritt sie weiter in den Raum. Die Tür fällt hinter ihr ins Schloss, erzeugt erneut das helle Läuten, und dieses Mal wird Steph auf sie aufmerksam. Sie tritt aus der Küche und begrüßt sie mit einem fröhlichen »Hey, hereinspaziert«.

Meine Kehle wird eng, während mich eine ganze Flut an Emotionen erfasst und brutal mit sich reißt.

Mein erster Impuls – aufspringen und sie in meine Arme ziehen – flaut schnell wieder ab, wird ersetzt von dieser tiefen Verletztheit, die ihre plötzliche Funkstille in mir ausgelöst hat. Über zwanzig Jahre Freundschaft hat sie einfach so in die Tonne getreten, und ganz gleich, was ihre Beweggründe auch waren, ich habe mehr verdient als das. Weitaus mehr. Und das ist etwas, das ich ihr nicht verzeihen kann. Umso weniger, wenn sie so plötzlich, so unvermittelt wieder auftaucht, als wäre sie nie weg gewesen. Als hätte sie das Recht, zu kommen und zu gehen, wie es ihr beliebt.

Als wäre es ihr vollkommen egal, was sie damit bei allen anderen anrichtet.

Nein, das ist nicht die Helena, die ich zu kennen glaubte.

Mit dem Gefühl, als würde jemand auf meiner Brust herumtrampeln, sehe ich zu, wie sie den Träger ihrer Tasche umfasst und zögerlich zur Theke geht, den Blick leicht erhoben, um die Kreidetafel zu lesen.

Steph wirft sich das Handtuch, das sie soeben noch benutzt hat, über die Schulter, stemmt die Hände in die Seiten und legt den Kopf schräg. »Ein neues Gesicht? Aber hm, warte … du kommst mir irgendwie bekannt vor.«

»Stephanie?« Sie zu sehen, ist bereits furchtbar, aber ihre Stimme zu hören? Das killt mich geradezu. Sofort ist alles wieder da. Jede noch so kleine Erinnerung an gemeinsame Abenteuer, Momente der Stille und Bedeutsamkeit. Unzählige Nächte, in denen wir die Sterne beobachtet haben. Baumhäuser im Wald. Ernst, Trauer, Verbindlichkeit, Freude. Alles ist da, verschlingt mich wie ein unkontrollierbares Monster, das Hunger auf frischen Schmerz hat. Einst war sie mein liebster Mensch. Mein engster Vertrauter in den Stürmen der Jugend. Und sie hat so ein verdammt tiefes Loch in mir gerissen, dass ich mich bis heute nicht vollständig davon erholt habe.

Festgefroren sitze ich da und beobachte die Szene wie ein verdammter Stalker, hilflos gefangen in meinem emotionalen Tumult.

Stephs Stirn legt sich in Falten, ihre Augen werden eng – bis sich ihre Miene plötzlich erhellt. »Ich glaube es nicht! Helena. Helena Jackson! Du bist wieder da!«

Sie eilt um die Theke – und fällt ihr um den Hals, als wären sie damals beste Freunde gewesen, nicht wir. Dabei hatten sie kaum miteinander zu tun. Unwillkürlich ballen sich meine Hände zu Fäusten.

Genau das scheint auch Steph zu realisieren, denn sie weicht peinlich berührt zurück und lacht auf. »Sorry, es ist nur – ich kenne deine Brüder, sie sind regelmäßig hier, und ich weiß … oh, ich rede zu viel. Das alles geht mich gar nichts an. Die Hauptsache ist doch, dass du wieder da bist. Ich fasse es nicht. Nach all der Zeit! Was kann ich dir machen? Möchtest du etwas trinken? Essen? Ich könnte …«

»Einen Kaffee«, fällt sie ihr ins Wort. Irgendwie sanft, gleichzeitig verschreckt. Ich kann sie immer noch lesen wie damals, und das ist beinahe schlimmer als die Tatsache, dass sie einfach so wieder aufgetaucht ist. Nach vier verdammten Jahren. »Zum Mitnehmen.«

Stephs Augen werden groß. »Oh, nein. Bleib doch bitte. Oder bist du schon wieder auf dem Sprung?«

*Ja, bist du wieder auf dem Sprung, Helena?*

Ich sehe, wie sie mit der rechten Schulter zuckt. »Nein, ich … keine Ahnung. Ich wollte einfach ein wenig spazieren gehen.«

Steph lacht auf. »Oh, das kannst du danach immer noch machen. Außerdem ist der Kaffee doch sofort kalt, wenn du damit jetzt rausgehst. Komm schon, es dauert noch ein wenig, bis die Dämmerung einsetzt. Pass auf, ich mache dir jetzt einen Toffee-Nut-Latte und den gönnst du dir zusammen mit … ein paar Pancakes. Ich würde dir ja einen Brownie anbieten, aber die sind noch nicht fertig. Such dir einen Platz und setz dich schon mal, ich bringe dir gleich alles.«

Helena wirkt überrumpelt. Natürlich tut sie das. Wer wäre das nicht?

Gleichzeitig ertönt eine Stimme aus der anderen Ecke des Cafés.

»*Helena*? Sallys und Conrads Helena?«

Helenas Kopf ruckt in die Richtung, aus der der Ausruf kam. Ich meine zu spüren, wie unangenehm ihr dieser Trubel um sie ist, aber tja, nun, was soll ich sagen? Wer so anstandslos von der Bildfläche verschwindet, nur um dann urplötzlich wieder aufzutauchen, sorgt in einem Örtchen wie Eden für Wirbel. Das hat sie sich ganz allein selbst zuzuschreiben.

Und sie tut mir kein bisschen leid.

Dennoch spüre ich, wie es mich zu ihr hinzieht. Wie auch nicht?

Wie lange ist sie schon hier? Ist sie der Grund für

meine Unruhe in den letzten Tagen? Habe ich gespürt, dass sie wieder da ist? War es das?

Helena geht zögerlich zu den Frederiksons, die jeden Freitag hier vorzufinden sind. Alte Bekannte der Jacksons. Sie spielen gelegentlich mit Sally und Conrad Karten. Oder haben es zumindest getan, bis die Augen von Mr. Frederikson im letzten Sommer bedeutend schlechter geworden sind. Von der OP hat er sich immer noch nicht recht erholt.

Helena begrüßt sie etwas steif, bleibt einen Moment am Tisch der älteren Herrschaften stehen. Jetzt sehe ich mehr als nur ihr Profil. Sie trägt einen neu wirkenden dicken, dunkelgrünen Mantel, ihre blonden Haare sind unter einer rosafarbenen Wollmütze versteckt, die sie sich nun aber vom Kopf zieht. Kurz umfliegen ihre Haare ihren Kopf, ehe sie sich sanft legen.

Dank der dicken Kleidung kann ich nicht viel ausmachen, aber ihr Gesicht wirkt etwas spitzer als damals. Dunkle Schatten liegen unter ihren Augen. Instinktiv spüre ich das Unglück in jeder ihrer Poren.

Aber vielleicht ist es einfach nur mein eigener Schmerz, der selbstgerechte Ausmaße annimmt und den ich auf sie übertrage.

Weil ich es ungerecht fände, wenn ich der Einzige bin, der gelitten hat?

Gerade als Mrs. Frederikson einladend einen Stuhl zurechtrückt, kommt Steph mit einem Tablett. Sie zögert nicht lange, stellt den Kaffee und die Pancakes auf ihren Tisch, sodass Helena gar keine andere Wahl hat, als bei den Frederiksons zu bleiben, wenn sie nicht unhöflich erscheinen will.

Und die Helena, die ich kenne, wollte alles, nur nicht unhöflich sein. Nicht, weil es sonst auf ihre Eltern zurückgefallen wäre, sondern weil sie der freundlichste Mensch war, den ich je kannte.

Mein Herz wird schwer, und nicht nur das.

Obwohl jeglicher Appetit verflogen ist, greife ich erneut nach meiner Gabel und nehme einen Bissen. Vielleicht, weil Helena es auch tut. Das hier ist so verdammt verrückt, dass ich es kaum glauben kann. Gleichzeitig fühle ich mich sicher genug, hier, am anderen Ende des Cafés. Von meinem Platz aus kann ich Helena noch ein wenig beobachten. Sichergehen, dass sie wirklich keine Fata Morgana ist. Dass ich mir all das nicht bloß einbilde oder gar träume. Kann zusehen, wie ihre Schultern ein wenig herabsacken, vielleicht, weil sie sich entspannt, und wie sich ihre Augen genüsslich schließen, als sie ihre Latte probiert.

Zumindest, bis …

»Hey, Noah, alles okay? Schmeckt es dir heute nicht?«

Stephs große Klappe ist offiziell mein Verderben.

Ich sehe, wie Helena ebenso die Gabel aus der Hand gleitet, wie es vorhin bei mir der Fall war.

Ihr Kopf ruckt herum, instinktiv genau in die richtige Richtung. Mein Impuls, mich eilig unter den Tisch zu ducken oder mein Gesicht hinter der kleinen, einlaminierten Getränkekarte zu verstecken, versandet, während sich unsere Blicke kreuzen. Zum ersten Mal seit vier verdammten Jahren.

Alles um uns herum gefriert zu Eis.

Einmal mehr stockt mir der Atem, während ich selbst auf die Distanz erkenne, wie sich ihre Pupillen weiten. Ihre Lippen teilen sich im Schock, sie atmet scharf ein, und ich registriere, wie sich das zarte Rosa ihrer Wangen zu einem dunkleren Ton vertieft. Die Zeit scheint stillzustehen, gleichzeitig rast sie galoppierend davon.

»Noah«, sagt sie. Ich höre es nicht, lese es aber von ihren Lippen. Mehr eine Frage als eine Feststellung. Vielleicht ungläubig, vielleicht … ja, vielleicht sogar voller Scham?

Ich sollte etwas tun.

Irgendetwas.

Nicken, zum Beispiel.

Winken.

Lächeln.

Hi sagen.

Oder?

Aber ich kann es nicht. Ich kann nicht. Kann nicht so tun, als wäre alles absolut in Ordnung, nun, da sie wieder da ist.

Kann nicht so tun, als wären die letzten Jahre nicht geschehen.

Schmerz, Einsamkeit, Unverständnis. Das große Loch in meiner Brust.

Wenn man geghostet wird, durchläuft man die fünf

Phasen der Trauer, weil die Person, die einen so plötzlich ignoriert, wie gestorben ist.

Leugnen. Zorn. Verhandeln. Depression. Akzeptanz.

Ich habe lange geglaubt, bei Akzeptanz angekommen zu sein, auch wenn regelmäßig der Zorn zurückgekehrt ist. Allerdings spüre ich, dass nichts in Ordnung ist. Gar nichts. Nicht einmal ansatzweise. Ich sprühe vor Wut und Verletztheit, weil sie die Dreistigkeit besitzt, nach all den Jahren einfach so wieder aufzutauchen und dann auch noch überrascht zu wirken, gar schockiert. Als hätte *ich* ihr irgendetwas getan.

Das Blut rauscht in meinen Adern, und ich spüre, dass ich ganz kurz davor bin, einen großen Fehler zu begehen, weshalb ich mit zittrigen Fingern mein Portmonee aus meiner Tasche ziehe, ein paar Scheine auf den Tisch werfe und dann so abrupt aufstehe, dass mein Geschirr klirrt.

Steph wirft mir einen erschütterten Blick zu, während ein paar der wenigen Gäste des Cafés anfangen zu tuscheln. Vermutlich die, die genau wissen, in welcher Beziehung wir einst zueinander gestanden haben. Damals. Bevor Helena beschlossen hat, dass wir alle nicht gut genug für sie sind.

Ich greife nach meinem Mantel und eile wortlos raus in die Kälte, unfähig, auch nur einen klaren Gedanken zu fassen.

Ich habe so unfassbar viele Fragen. So viele Dinge, die mir auf der Zunge liegen.

Aber nichts davon darf an die Oberfläche dringen.

Weil es mich sonst endgültig zerstören könnte. Weil es alles zerstören könnte.

Mein Innerstes steht in Flammen, Zorn pulsiert in mir.

Ich muss fort von hier. So schnell wie möglich. Ich …

Es ist einfach zu viel.

Also setze ich mich blind in Bewegung.

Weg, einfach nur weg. Als wäre ich auf der Flucht …

# Helena 7

Völlig erschüttert starre ich auf die Tür, die soeben laut ins Schloss gefallen ist.

Noah.

Noah Edwards.

Es war klar, dass ich ihm früher oder später über den Weg laufen würde, doch hier und jetzt war ich nicht darauf vorbereitet. Ich hatte mir die unterschiedlichsten Szenarien vorgestellt, doch dieses war keines davon. Weil ich naiverweise gehofft hatte, die Kontrolle zu haben. Selbst bestimmen zu können, wann und wie …

»Nun, hm …« Mrs. Frederikson lacht auf. Es klingt verdattert und mitfühlend zugleich. »Der Junge hat dich sehr vermisst.«

»Trudy! Misch dich nicht in die Angelegenheit der Kinder ein«, mahnt ihr Mann sie gutmütig, doch Mrs. Frederikson lässt sich nicht davon beirren.

»Geh ihm hinterher, Liebes. Wir zahlen deine Rechnung schon.«

»Aber«, begehre ich auf, doch Mrs. Frederikson schüttelt entschieden den Kopf.

»Geh, bitte. Ihr solltet reden … nach all der Zeit. Er wirkte ziemlich aufgewühlt, oder?«

Ja, das wirkte er. Und gemessen daran, wie schnell er geflüchtet ist, ist er ohnehin über alle Berge, bis ich das Café verlassen habe – und hat ganz sicher kein Bedürfnis, mich anzuhören. Doch ich habe das Gefühl, als bliebe mir gar keine andere Wahl, also nicke ich Mrs. Frederikson zu. »Danke, ich werde mich revanchieren.«

Und mit den Worten stehe auch ich auf, schlüpfe in meine Jacke, die ich eben erst ausgezogen habe, und ziehe mir die Mütze wieder über den Kopf.

Steph, die immer noch wie eine Salzsäule im Raum steht, rufe ich ein »Sorry« zu, und dann verlasse ich schon das Café, keine zehn Minuten, nachdem ich es betreten habe.

Die eisige Winterluft trifft mich hart. Ich schlucke, blicke nach links – und sehe Noah, der mit hochgezogenen Schultern die Straße Richtung Lake hinaufläuft.

Meine Knie werden weich. Ich bin nicht bereit für diese Art von Konfrontation. Nicht jetzt, vielleicht nie.

Dennoch setze ich mich in Bewegung.

*Ich habe es schließlich nicht anders verdient.*

»Warte!«, rufe ich mit hörbarem Zittern in der Stimme, doch er hält nicht inne.

Vielleicht hat er mich nicht gehört …

»Noah«, setze ich hinterher. »Bitte.«

Da, eine Regung, oder? Seine Schultern sacken herab. Und wird er etwas langsamer? Dennoch stapft er weiter, weshalb ich mich in Bewegung setze. Die Wege sind zwar geräumt, doch ich gerate dennoch ins Straucheln, was vermutlich mit meiner Nervosität zu tun hat. Jedenfalls ganz sicher nicht wegen der schweren Boots mit Profil, die wir in South Burlington gekauft haben.

Noah Edwards.

Er war lange Zeit die andere Hälfte meiner Seele. Der erste Mensch, an den ich dachte, wenn ich etwas zu erzählen hatte. Der Mensch, dem ich morgens zuerst schrieb und abends zum letzten Mal. Neben meiner Familie die eine Person, deren Verlust mir am meisten zugesetzt hat.

Mein bester Freund.

Mein Sandkastenfreund.

Mein Seelenverwandter.

Die Scham, die mich in den letzten Tagen so treu begleitet hat, zuletzt aber schwächer geworden ist, schwillt erneut an, droht, mich endgültig zu verschlingen. Irgendwie … ist das hier noch schlimmer, als meiner Familie unter die Augen zu treten.

Er ist definitiv langsamer geworden, sonst würde ich ihn niemals einholen können. Der Abstand zwischen uns verringert sich zunehmend, und mit jedem Meter, den ich ihm näher komme, möchte ich dringender flüchten. Doch ich tue es nicht.

Das hier ist mein ganz persönlicher Gang der Läuterung. Dass nach meiner Familie Noah an der Reihe sein würde, war mir von Anfang an klar. Ich hätte den Zeitpunkt nur wirklich gern selbst bestimmt. Die Rahmenbedingungen. Andererseits: Ich bin nicht gerade in der Position, Bedingungen zu stellen, nehme ich an.

»Warte bitte«, sage ich erneut, so leise, dass es unter dem Knirschen unserer Stiefel vermutlich ohnehin ungehört bleibt.

Und doch wirbelt er so plötzlich zu mir herum, dass ich erschrocken abbremse.

Und beinahe ins Schlittern gerate.

Der Noah von damals wäre mir sofort zu Hilfe geeilt. Er hätte vielleicht einen Spruch über Tollpatschigkeit gerissen, hätte gutmütig über mich gelacht, aber niemals zugelassen, dass ich mir wehtue.

Doch der Noah von heute ist anders. So viel steht fest. Ich rudere mit den Armen, fange mich auf, ehe ich auf den Hintern knalle, und spüre die Hitze wie Feuer in meinem Gesicht. All das ohne eine Regung in seiner harten Miene.

Und dann stehen wir einander gegenüber. Ihn nach all der Zeit wiederzusehen, tut weh, aber gleichzeitig so gut. Viel hat sich nicht verändert, auf den ersten Blick zumindest. Doch das freche Funkeln in seinen Augen ist verschwunden, ebenso wie das Lächeln, das er eigentlich immer zur Schau getragen hat, und die weichen Züge in seiner Miene. Er ist eindeutig erwachsener geworden. Kantiger.

Kälter.

Seine dunkelbraunen Augen sind wie blankpolierte Murmeln, tiefe Falten haben sich um seine Mundwinkel gegraben. Er strahlt eine düstere Attraktivität aus, die mir neu erscheint. Fremd.

Und doch ist er ohne Zweifel Noah. Mein Noah.

*Mein.*

Das steht mir doch gar nicht mehr zu.

»Hi«, murmele ich atemlos – und will mir dann sogleich mit der flachen Hand vor die Stirn schlagen. Von allen Möglichkeiten, ein Gespräch zu eröffnen, wähle ich die dümmste, platteste, sinnbefreiteste, die es in der Menschheitsgeschichte je gegeben hat. Will ich als Nächstes das verdammte Wetter ansprechen?

Das scheint Noah ähnlich zu sehen, denn er hält es nicht einmal für nötig, zu reagieren. Mit ungemindert harter Miene fixiert er mich. Doch dann sehe ich es, ein leichtes Flackern in seinen Augen. Ein Hinweis darauf, dass mein Anblick doch etwas in ihm auslöst.

Am liebsten hätte ich mich in seine Arme gestürzt, doch der Graben zwischen uns ist tief und unüberwindbar.

Und ich allein habe ihn geschaufelt.

Tränen schießen mir in die Augen. Blinzelnd kämpfe ich sie zurück, verschränke die Arme vor der Brust, als müsste ich mich daran hindern, auseinanderzubrechen.

Und wahrscheinlich ist es auch so. Es fühlt sich an, als bestünde ich aus lauter Einzelteilen. Scharfe Kanten und Scherben, die nicht mehr so recht zusammenpassen wollen. Und unter seinem ungnädigen Blick … falle ich noch weiter auseinander. Gläserne Staubpartikel scheinen sich in der kalten Winterluft aufzulösen und schwerelos davonzuschweben. Kleine Teile, die nie wieder so sein werden wie zuvor.

»Was willst du?«, fragt er dann auch noch mit einer derart kalten Stimme, dass ich schmerzlich zurückzucke. Als hätte er mich geschlagen.

Und doch ist er ganz anders als Richard.

»Ich …«, beginne ich, verstumme jedoch. Denn was soll ich schon sagen? Was? Es tut mir leid? Ja, das wäre ein Anfang, aber es ist zu wenig. Nichts, aber auch gar nichts kann erklären, wieso ich ihn damals von jetzt auf gleich habe fallen lassen. Oder doch, erklären könnte ich es schon, aber nicht entschuldigen.

Er ist wütend. Verletzt. Und ich habe all das verdient. Seine Kälte, seine Ablehnung. Seinen Zorn. Dass er mir seine Freundschaft entzogen hat. Er hat jedes Recht dazu, weil ich es genau so verdient habe.

Das Schweigen dehnt sich aus, während ich mich fühle, als würde mich etwas immer weiter von ihm entfernen. Emotional, aber auch physisch. Seine Miene wandelt sich. Kurz sehe ich etwas Weiches in ihr aufflackern, doch dann ist da wieder nichts als Kälte.

Nichts als Wut.

»Vergiss es«, zischt er – wendet sich abrupt ab und stampft davon.

Dieses Mal halte ich ihn nicht zurück. Ich sehe zu, wie er kleiner wird, ehe er in die Blakeville Road abbiegt und aus meinem Sichtfeld verschwindet.

Ich hätte es nie für möglich gehalten, aber er nimmt ein Stück von mir mit.

Ein weiteres Stück, das mich noch unvollständiger macht.

Noah Edwards.

Einst haben wir alles miteinander geteilt. *Alles*.

Doch diese Zeiten sind unwiderruflich vorbei. Ich habe sie zerstört. Ich allein.

Die Tränen, die über meine Wangen rollen, fühlen sich an wie Eis. Wie mein Innerstes, das aus mir herausströmt und mich immer leerer werden lässt.

Langsam wende ich mich ab, um nach Hause zu gehen, gesenkte Schultern. Geschlagen.

Ich fühle mich wie der schlechteste Mensch dieser Welt.

»Helena?«

Moms Stimme ertönt von unten. Ich sitze in meinem Zimmer, eingekuschelt in meiner Decke auf dem Bett, und starre stumpf Löcher in die Luft.

Alles ist noch wie damals. Dieselben Poster. Dieselben Lichterketten. Dieselben Möbel. Dieselben Bilder an der Kork-Pinnwand über meinem akribisch aufgeräumten Schreibtisch. Ich fand es damals cool und gemütlich, heute ist mir alles viel zu vollgestopft mit Erinnerungen, die wie Nadelstiche schmerzen. Ganz besonders die Bilder. Auf jedem zweiten ist Noah zu sehen. Beim Spielen. In der Schule. Beim Abschluss. Eng umschlungen, lachend, verträumt, vertraut. In unzähligen

Altersstufen und Variationen. Vielleicht sollte ich alles wegwerfen. Von den Wänden reißen und in Kartons stopfen, um dafür Artefakte meines neuen Lebens aufzustellen. Aber ist das überhaupt noch das, was ich will?

Wo zwischen alledem bin ich? Was ist noch von mir übrig?

»Schläfst du, Liebes?«

Ich zucke zusammen, als meine Tür einen Spalt aufgeht. Schniefend wische ich mir über das Gesicht, doch es ist zu spät. Natürlich ist es das. Mom sieht, dass ich geweint habe. Ihre Miene wird weich, während sie sich durch die Öffnung schiebt und näherkommt.

»Hey«, sagt sie leise.

»Hey«, erwidere ich krächzend.

Sie sinkt auf die Matratze und greift nach meiner Hand. »Mrs. Frederikson hat angerufen. Ist … ist alles in Ordnung?«

Ich lache auf, es klingt verzweifelt. »Oh, Mom, was denkst du denn?«

Sie atmet tief durch. »Er war nicht begeistert, hm?«

Frische Tränen schießen mir in die Augen. »Wie auch? Er hat alles Recht der Welt, wütend auf mich zu sein. So wie ihr. Und ich kann nicht erwarten, dass jeder so verständnisvoll reagiert wie ihr.«

Mom wirkt bekümmert. »Ich nehme an, er kennt nicht alle Fakten.«

Die kennt meine Familie auch nicht vollständig, aber offenbar ausreichend, um mir zu verzeihen, obwohl es sich falsch anfühlt, ihre Absolution so widerstandslos zu bekommen. Ich schüttle knapp den Kopf. »Wir haben keine drei Sätze miteinander gewechselt. Er wollte nicht. Er … ich denke, ich habe ihn zu sehr verletzt, Mom. Er ist regelrecht vor mir geflüchtet. Zweimal.« Meine Stimme wird immer leiser, während Bilder vor meinem inneren Auge aufblitzen. Wie er auf der Straße gestanden und mich mit diesem abweisenden Blick gemustert hat. Wie er sich wortlos umgedreht hat und davongestürmt ist, jeder Schritt eine harte Botschaft der Ablehnung. Ich räuspere mich, doch das kratzende Gefühl in meiner Kehle will einfach nicht verschwinden. »Manche Dinge können einfach nicht verziehen werden. Ich denke, bei Noah habe ich diese Grenze überschritten. Das hat er mir heute deutlich gezeigt.«

Mom greift nach meiner Hand. »Gezeigt vielleicht, aber nicht gesagt, oder? Warte ab, Schatz. Vielleicht muss er sich einfach an den Gedanken gewöhnen, dass du wieder da bist. Ihr wart euch immer so nah und er hat sehr darunter gelitten, als du weg warst. Dich plötzlich wiederzusehen, muss ein Schock für ihn gewesen sein. Gib ihm Zeit, ja? Ich bin mir sicher, er wird dich zumindest anhören wollen.«

Ich bin mir da gar nicht so sicher, habe jedoch keine Kraft, zu widersprechen, weshalb ich lediglich nicke. Mom meint es ja nur gut … und ein kleiner Teil von mir, der masochistische, denkt, dass Noahs Reaktion die ist, die ich eigentlich verdient habe. Nicht den verzeihenden, warmen Schoß meiner Familie – obwohl es genau das ist, was ich brauche, um die letzten Jahre zu verarbeiten. Um

Buße zu tun und um auch mir selbst irgendwann wieder zu verzeihen.

»Komm doch mit runter. Wir wollen diese neue Serie schauen. Jake hat Popcorn gemacht, sogar eine Portion mit Karamell …«

Traurig lächle ich sie an, schüttele aber den Kopf. »Heute nicht, Mom. Danke für dein Angebot, aber ich denke, ich werde einfach früh schlafen gehen. Der Tag war in vielerlei Hinsicht anstrengend.«

Sie durchschaut mich sofort, versucht jedoch nicht, mich zu überzeugen. »Du weißt, wo du uns findest. Immer.« Mit diesen Worten erhebt sie sich, haucht mir einen Kuss auf die Stirn und zieht sich zurück.

Sie hinterlässt eine Wolke ihres Duftes und eine Leere, die beinahe übermächtig wird. Die Stelle, wo ihre Lippen mich berührt haben, prickelt noch, als sie längst wieder unten ist.

Und wieder einmal frage ich mich, ob es wirklich richtig war, zurückzukehren. Im ersten Moment vielleicht, ja. Für mich. Egoistisch betrachtet. Aber offenkundig füge ich manchen Menschen dadurch doppelten Schmerz zu. Menschen, die sich womöglich gerade erst mit meinem Abtauchen arrangiert hatten. Dabei habe ich es schon beim ersten Mal nicht gewollt …

Der kommende Morgen bricht mit strahlendem Sonnenschein an. Weil ich gestern so früh eingeschlafen bin, werde ich früh wach und begleite Dad in den Stall, was er mit freudig blitzenden Augen registriert. Offenbar erledigt er die Arbeit morgens häufiger allein, Jake und Mason gehen erst vormittags ans Werk. Ich fühle einmal mehr, dass ich zu lange kein Teil dieses Lebens war, während er mir all die Anweisungen erteilt. Dinge, die früher selbstverständlich für mich waren, verunsichern mich nun. Am Ende stehe ich die meiste Zeit nur herum und sehe ihm beim Arbeiten zu.

Doch das scheint okay für ihn zu sein. Er war nie der gesprächige Typ und auch jetzt begrenzt sich unser Gespräch auf wenige, knappe Sätze, aber kein einziges, wohl platziertes Wort gibt mir das Gefühl, falsch zu sein. Ihn zu nerven. Stattdessen fühle ich mich in meine Kindheit zurückversetzt, und einmal mehr frage ich mich, wieso genau ich damals nicht zu schätzen wusste, was ich hier hatte. Aus heutiger Sicht kommt es mir wie das wertvollste Gut der Welt vor.

Als wir ins Haus zurückkehren, riecht es bereits verführerisch nach Rührei, Speck und frischem Stuten. Mom begrüßt uns mit einem freudigen Lächeln, ehe wir uns umziehen und waschen.

Wir frühstücken ausgiebig an dem Küchentisch, der nach all den Jahren immer noch derselbe ist. Ich erkenne die kleinen Macken, die ich damals hineingeknibbelt habe, wenn ich gelangweilt war, spüre so viele Erinnerungen in mir aufkeimen, während ich sanft mit den Fingerkuppen über die weichen Kanten streiche. Kein

Wunder, dass der Tisch noch nicht ersetzt wurde. Er ist ein imposanter Zeitzeuge.

Während sie ihre Tagesplanung besprechen, schweifen meine Gedanken immer wieder in die Ferne.

Zu Noah.

Zu unserer gestrigen Begegnung.

Und zu der ungewissen Zukunft, die vor mir liegt.

Ich muss mir darüber klarwerden, was ich tun will. Brauche einen Job. Perspektiven. Doch das Einzige, was mir momentan ohne jeden Zweifel klar ist, ist die Tatsache, dass ich auf gar keinen Fall nach New York zurückkehren werde. Komme, was wolle.

Jedoch kann ich mich nicht für immer hier verkriechen und auf der Stelle treten, auf Kosten anderer leben. So verlockend die Vorstellung gerade auch ist.

Als würde meine Familie merken, dass ich abgelenkt bin, lassen sie mich in Ruhe, aber ich spüre Moms Blick, der immer wieder auf mir haftet. Sie hat dieses verdammte Mom-Gen. Niemand von uns konnte je viel vor ihr verheimlichen.

Gerade als wir den Tisch abräumen, klopft es an der Tür.

Ich sehe, wie Jake und Mason einen Blick wechseln, Dad die Stirn runzelt, doch es ist Mom, die das Handtuch auf die Spüle wirft und in die Diele geht. Ob sie jemanden erwartet?

Ich öffne den Kühlschrank, um die Marmelade zu verstauen, als ich einen überraschten Ausruf höre, der mich zu Eis gefrieren lässt.

»Noah, mein Lieber! Ich habe mit dir gerechnet. Komm doch rein!«

Augenblicklich wird meine Kehle eng.

Ich werfe Jake einen Blick zu, der mich irgendwie aufmunternd anlächelt, und für einen Moment fühlt es sich so an, als wäre ich in eine Falle getappt, die sie alle für mich ausgelegt haben.

Panik. Das ist es, was ich empfinde.

Helllichte Panik.

»Helena?«, ertönt Moms Stimme in der Diele und ich kneife kurz die Augen zusammen.

Dad schiebt mich sanft zur Seite, um den Kühlschrank zu schließen, an dessen Tür ich mich eben noch festgeklammert habe. »Geh«, sagt er leise, beinahe aufmunternd, und drückt einmal meine Schulter.

Ich schlucke fest.

»Besuch für dich«, fährt Mom fort und klingt ganz so, als hätte sie völlig vergessen, wie sehr ich gestern noch am Boden zerstört war. Als wäre das hier vollkommen normal. Ein Samstagvormittag, wie wir ihn unzählige Male erlebt haben.

Ehe ich alles zerstört habe.

Gestern bin ich ihm hinterhergelaufen. Als er mich stehengelassen hat, hat es so verflucht wehgetan.

Doch heute bin ich diejenige, die flüchten will. Die sich vor seinem Anblick fürchtet. Mein Gott, dabei ist es doch nur Noah … wieso fühle ich mich, als würde meine größte Prüfung auf mich warten? Eine Prüfung, bei der ich nur versagen kann?

»Geh«, murmelt Mason mir leise zu. »Wir sind da.« *Wenn du uns brauchst.* Das sagt er zwar nicht, doch dieser Zusatz schwingt überdeutlich zwischen seinen Worten mit, und die Erkenntnis ist so angenehm beruhigend, dass ein Teil meiner Panik abebbt.

Irgendwie schaffe ich es, dass sich meine Beine in Bewegung setzen. Nicht, weil ich glaube, dass ich Masons Hilfe brauche, sondern weil ich weiß, dass sie da sind, wenn es schiefgeht, und mich auffangen werden. Sie sind mein Sicherheitsnetz.

Dennoch fühlt es sich an, als würde ich durch Teer waten, während ich Schritt für Schritt Richtung Diele gehe.

Als ich durch den Türrahmen trete, schießt mein Blick sofort zu Noah, der neben der Haustür steht, noch immer im Mantel, seine dunkle Wollmütze mit beiden Händen umklammernd wie einen Cowboyhut. Wie einen Rettungsring.

Und wieder ist da diese ganz intensive Erkenntnis von gestern.

Er ist mein Noah. Und gleichzeitig ist er es nicht mehr.

Völlig zerrissen steht er da und wirkt, als wüsste er selbst nicht, wieso er hier ist.

Tränen schießen mir in die Augen, während ich seine kantigen Gesichtszüge in mich aufnehme und meine Lippen zu einem schwachen Lächeln zwinge. »Hey«, murmele ich wackelig, umklammere mit der rechten Hand meinen linken Ellenbogen und lehne mich gegen den Türrahmen.

Sicherheitsabstand.

Dennoch spüre ich, wie die Luft knapp wird. Als wäre nicht genug Sauerstoff für ihn *und* mich da.

Sein rechter Mundwinkel zuckt minimal in die Höhe. »Hallo, Helena.«

Oh Gott. Das ist beinahe zu viel.

Mom lächelt mich aufmunternd an. »Wie wäre es, wenn ich euch ein wenig allein lasse?«

Kurz flackert so etwas wie Panik in Noahs Miene auf – ungefähr dieselbe, die auch ich spüre –, doch dann deutet er mit dem Kinn Richtung Tür. »Hast du Lust, ein paar Meter zu gehen?«

Mich fluten Erleichterung und Enttäuschung zugleich. Erleichterung, weil es sich gut anfühlt, dieses Gespräch fernab von neugierigen Ohren zu führen. Und Enttäuschung, weil es mir das Gefühl gibt, dass er nicht zu tief in unsere einstige Vertrautheit eintauchen will. Die andere Option wäre mein Zimmer gewesen, wo wir aberhundert Stunden verbracht haben.

Aber das will er offensichtlich nicht betreten.

Mit trockener Kehle schlucke ich. »Klar, ich … ich zieh mir nur eben etwas anderes an. Gib mir fünf Minuten.«

Und mit diesen Worten stürme ich die Treppe hinauf, wohl wissend, dass sein Blick auf mir ruht.

Noah Edwards will mit mir reden.

Und ich weiß … ich bin immer noch nicht dazu bereit.

# Noah 8

Die wenigen Minuten, die Helena braucht, fühlen sich an wie Stunden. Sally bleibt in der Diele, als wollte sie überwachen, dass ich meine Meinung nicht doch ändere und davonstürme, und stellt mir ein paar Fragen zu Mom und meinem Job. Es fühlt sich so verflucht gestelzt an.

Einst war sie wie eine zweite Mutter für mich, doch als Helena verschwand, als Dad starb … ich fiel in ein Loch, konnte den Gedanken nicht ertragen, ins Haus der Jacksons zurückzukehren, das lange eine Art Zuhause für mich war. An Angeboten hat es nicht gemangelt, Sally und Conrad haben immer betont, dass ich herzlich willkommen sei – auch ohne Helena. Doch ich konnte es einfach nicht. Konnte nicht zu den Jacksons zurückkehren, wohl wissend, dass sie alle da wären – nur die eine Person nicht, die mir am wichtigsten war. Die mir so wehgetan hat, wie kein anderer Mensch es je vermocht hat. Ich habe damals nicht nur Helena verloren, sondern einen großen Teil meines Lebens. Und das macht es so viel schwerer, jetzt hier zu stehen, die vertrauten Möbel zu sehen, die gewohnten Düfte wahrzunehmen. In Sallys liebe Augen zu blicken.

Als wären die vergangenen vier Jahre nur ein Albtraum gewesen.

Als befände ich mich in zwei verschiedenen Welten zugleich. Vergangenheit und Gegenwart überlappen sich, und das Bild, das dadurch erzeugt wird, ist schmerzlich zerreißend.

Da, endlich.

Helena kommt die Treppe wieder hinuntergepoltert. Ihre Wangen sind gerötet, ihr Haar gekämmt, und statt des dünnen Longsleeves trägt sie einen dunkelroten Strickpullover, der ihr hervorragend steht.

Peinlich darauf bedacht, meinem Blick auszuweichen, schlüpft sie in Boots und Mantel, schiebt ihr Handy in die Tasche und wendet sich dann noch einmal ihrer Mom zu. »Ich … wenn was ist …«

Sally tritt vor, haucht ihr einen Kuss auf die Stirn, der seltsamerweise dafür sorgt, dass meine Kehle eng wird. »Wir sind hier.« Und, an mich gewandt: »Wir essen gegen fünf. Es gibt Clam Chowder. Du bist herzlich eingeladen.«

Die selbstverständliche Einladung zum Essen sorgt für Risse in meinem Herzen, die brutal aufreißen und all die sorgsam verstaute Verletztheit der vergangenen Jahre wieder an die Oberfläche dringen lassen. Sallys Clam Chowder habe ich immer geliebt. Meine Mom ist da nie rangekommen, obwohl sie es weiß Gott oft genug versucht hat. Selbst mit Sallys Rezept hat sie es nicht geschafft. Ich weiß, dass sie das immer sehr frustriert hat.

Ich nicke knapp, ehe ich den Kopf schüttle. »Danke, aber ich …«

»Wir sind weg«, ruft Helena in dem Moment, stülpt ihre rosa Mütze über die Haare und eilt an mir vorbei zur Tür, um sie aufzureißen. Ich werfe Sally noch einen letzten Blick zu, sehe, wie sie mir aufmunternd zulächelt, ehe ich mich von Helena nach draußen ziehen lasse. Ihre Hand auf meinem Arm brennt sich in meine Haut, obwohl mein dicker Mantel und ihre Fleecehandschuhe im Weg sind. Sobald wir draußen sind, lässt sie mich los, als hätte sie das ebenfalls gespürt. Als hätte sie sich ebenso verbrannt wie ich.

Wir verlassen die Terrasse, die einmal um das ganze Haus geht, stehen dann etwas verloren in der Einfahrt. Mein Blick fällt auf den alten Jeep der Jacksons, neben dem ein wesentlich prunkvollerer unter einer dichten Puderschicht Schnee parkt.

Helena lacht erstickt auf. »Jakes Schwanzverlängerung.«

Ich werfe ihr einen überraschten Blick zu. Es fühlt sich falsch an, dass sie so über ihren Bruder redet – ihn hat sie doch ebenso zurückgelassen wie mich, wie alle anderen! Gleichzeitig fragt diese leise Stimme in mir, ob ich ihr auch einfach verzeihen kann, wenn ihre Familie es so offensichtlich konnte.

Ich bin mir unsicher.

Unsicher, wieso ich eigentlich hier bin. Wieso ich eine

verdammte schlaflose Nacht hinter mir habe, weil mich ihr verlorener, gebrochener Anblick von gestern Nachmittag einfach nicht losgelassen hat. Wann immer ich die Augen geschlossen hatte, sah ich sie vor mir. Ihre hoffnungslosen Augen, in denen ungeweinte Tränen geschimmert haben. Ihre Verzweiflung.

Sieht so ein Mensch aus, der anderen aus eiskalter Berechnung wehtut?

War Helena je der Typ Mensch, der so etwas tun würde? Die Antwort lautet Nein. Aber genau deshalb tat es auch so verflucht weh, als sie mir dermaßen überraschend ein Messer in den Rücken gerammt hat.

Ruppig stopfe ich meine Hände in die Manteltaschen und deute mit dem Kinn Richtung Auffahrt. »Wollen wir?«

Helena räuspert sich. »K…klar.« Schon wieder wirkt sie so zerbrechlich. Beinahe durchscheinend. Als würde sie erwarten, dass ich um mich schlage – und es bereitwillig in Kauf nehmen, ein paar Treffer zu kassieren.

Meine Kehle wird eng. Ich will um mich schlagen, ja – aber mit Worten. Verletzen will ich sie jedoch ganz sicher nicht. Selbst nach all der Zeit nicht. Im Gegenteil, wie sie so dasteht, beinahe in ihrem olivgrünen Mantel und unter der rosafarbenen, so zart wirkenden Wollmütze untergehend, möchte ich sie auch nach all den Jahren an mich ziehen. Sie in den Arm nehmen und vor allem schützen, was in der großen, bösen Welt auf sie lauert. Und diese Erkenntnis … lässt mich ahnen, dass mein Schmerz besiegbar ist. Irgendwie. Zumindest ein bisschen.

Wir stapfen los. Die Zufahrt ist geräumt, doch sobald wir das Grundstück der Jacksons verlassen, wird der Weg unbequemer. Unser Atem gefriert in Wölkchen über uns. Die abgelegeneren Straßen und Wege sind rutschig und mit Schneematsch bedeckt; ein Dauerzustand in dieser Jahreszeit. Wir biegen schon bald in einen schmalen Pfad ein, der in die Wälder führt, die die Farm der Jacksons einkesseln. Hier waren wir damals häufiger unterwegs. Es fühlt sich falsch und zugleich so richtig an, hier zu sein, dem geschlängelten Weg zu folgen, den wir in unserer Vergangenheit unzählige Male gelaufen sind.

Eine ganze Weile ist das Knirschen unserer Stiefel das einzige Geräusch, ebenso wie unser Atem. Helenas geht schon bald angestrengter, während mich der Marsch keinerlei Kraft kostet, weshalb ich meine Schritte verlangsame. Hier geht es nicht darum, sie abzuhängen oder ihr das Gefühl zu geben, dass sie ihrem alten Leben nicht mehr gewachsen ist.

Tausend Dinge gehen mir durch den Kopf, doch ich beschließe, abzuwarten, bis wir die kleine Anhöhe erreicht haben, wo wir unzählige Male gesessen und geredet haben. Eine kleine Lichtung inmitten der dichten Wälder, mit Blick auf die Farm und den Lake in der Ferne. Ich weiß noch ganz genau, wo das Haus liegt, in dem Mom, Dad und ich gelebt haben. Damals, als alles … anders war. Glücklicher. Und als wir die Lichtung schließlich erreichen, kostet es mich keine zehn Sekunden, um auszumachen, wo mein aktuelles Haus ist. Klein. Fein. Mein.

Allein.

Helena deutet auf den verwitterten Baumstamm. »Er ist noch da.«

»Ob er unser Gewicht hält?« Ich werfe ihr einen Seitenblick zu, ehe ich die provisorische Bank mustere, auf der wir so oft gesessen haben.

Bevor sie ging.

Vier Jahre ist es her, dass ich zuletzt hier war. Ein einziges Mal hab ich allein dort gesessen, ungläubig und verletzt, weil sie tatsächlich gegangen war. Etwas, das ich immer nur für einen Scherz gehalten habe. Danach habe ich mich nie wieder hergetraut. Die Geister, die Erinnerungen, waren einfach zu präsent.

Verletzlichkeit huscht über ihre Miene, dicht gefolgt von Scham, ehe sie einen Schritt vorgeht. »Probieren wir es aus.«

Meine Kehle wird trocken, während ich zusehe, wie sie sich hinsetzt, vorsichtig, als würde sie erwarten, dass der Stamm unter ihr nachgäbe.

Was er nicht tut.

Ich hocke mich neben sie, mit bedeutend mehr Abstand als damals.

Wahrscheinlich ist es nicht die klügste Idee, bei Minustemperaturen hier oben zu sitzen, aber es kam mir irgendwie unweigerlich vor. Hier haben wir die wichtigen Dinge besprochen. So wichtig sie bei Heranwachsenden sein konnten. Alles – bis auf eines.

Unser Atem steigt in Wölkchen auf. Immerhin sorgen die vielen Baumstämme für Windschutz.

Erneut werfe ich Helena einen Seitenblick zu. Ihre Wangen sind gerötet, sie atmet noch immer schwer. Ihre Wimpern sind dunkel und lang und sie knetet rastlos ihre Hände.

»Seit …« Ich räuspere mich, als ich höre, wie rau ich klinge. »Wie lange bist du schon hier?«

Sie wendet sich mir eilig zu, aber ebenso schnell wieder ab, als sie sieht, dass ich sie beobachte. »Letzte Woche Mittwoch.«

»Oh.« Das heißt, sie ist bereits zehn Tage hier.

Zehn.

Und sie hat es nicht für nötig gehalten, mir das zu sagen …

Erneut ein schneller Blick – nur dass sie dieses Mal verharrt. »Ich wollte mich bei dir melden. Wirklich. Es ist nur, ich … die ersten Tage habe ich das Haus gar nicht verlassen. Die Farm nicht. Und dann …« Ihre Stimme verebbt, sie zuckt mit den Schultern.

»Aber du hast dich nicht gemeldet«, sage ich bitter. Viel bitterer als erwartet. »All die Jahre nicht.«

Sie springt auf. Tränen stehen ihr in den Augen. »Das ist ein Fehler. Oh Gott, ich …« Es wirkt, als würde sie davonrennen wollen, doch obwohl ich gestern dasselbe getan habe, will ich ihr diese Option jetzt nicht lassen. Ich bin gekommen, um zu reden, oder? Ich. Nun lasse ich sie nicht einfach flüchten. Gönne ihr ganz sicher keinen einfachen Ausweg.

Also springe auch ich auf – und packe sie am Handgelenk, ehe sie wirklich lossprinten kann. Sie gerät ins

Straucheln, und ich greife sie mit der anderen Hand, um sie am Stürzen zu hindern.

War sie damals schon immer so wackelig auf den Füßen?

»Helena«, murmele ich dunkel, beinahe flehend. Meine Stimme vibriert vor unterdrückten Emotionen. »Nicht.«

Eine verlorene Träne löst sich aus ihrem rechten Augenwinkel, und mehr als alles andere berührt mich dieser Anblick. Es lässt einen Teil meiner Wut zerschellen wie ein filigranes Glas, das zu Boden fällt.

Wie in Trance hebe ich eine Hand – und wische die Träne fort. Trotz Handschuh durchfährt mich die Berührung wie ein Blitz.

Helena scheint es ähnlich zu gehen, denn ihre Pupillen weiten sich schlagartig, verdunkeln ihre Augen.

»Lauf nicht weg«, murmele ich leise. »Bitte.« *Nicht schon wieder.*

Sie nickt kaum merklich, atmet so tief durch, dass ich ihre Resignation spüre, und kehrt langsam zum Baumstamm zurück.

Dieses Mal ist die Distanz zwischen uns geringer, wenn auch nach wie vor da.

»Es tut mir leid«, sagt sie brüchig. »Ich weiß, dass das nichts wettmacht. Gar nichts. Es ist unverzeihlich, was ich dir und allen anderen angetan habe, und ich werde es mir garantiert niemals verzeihen. Ich …«

»Warum?«, frage ich leise. »Warum bist du dann gegangen? Und warum hast du dich nicht gemeldet? Nie?

Wenn ich es nur verstehen würde … lag es an mir? Habe ich etwas falsch gemacht? Dich eingeengt? Habe ich dir das Gefühl gegeben, dass du mir nicht trauen kannst?«

Nun rollen mehr Tränen über ihre Wangen, doch sie bleibt stumm. Einzig, weil ich sie beobachte, sehe ich, dass sie einen inneren Kampf ausficht. Dass sie meinen Fragen nicht einfach nur ausweicht, sondern dass sie etwas quält.

Sehr.

Also gebe ich ihr Zeit, obwohl ich dringend Antworten brauche. So dringend. Vielleicht … kann ich dann endlich einen Abschluss finden.

Ich weiß nicht, ob es von hier aus einen gemeinsamen Weg geben kann. Zu viel Schmerz hat sich in mir aufgestaut. Aber es endlich hinter mir zu lassen, wäre schon eine verdammte Hilfe. Nicht länger von der Wut vergiftet zu werden …

Um uns herum ist es still. Beinahe gespenstisch. Als würde auch der Wald darauf warten, dass Helena sich genügend gesammelt hat, um eine Erklärung für ihr jahrelanges Schweigen zu liefern. Ich schlucke fest, wappne mich für das Gespräch. Versuche, die Wut in mir in Schach zu halten. Heute ist sie tatsächlich nicht ansatzweise so präsent wie gestern. Vielmehr fühle ich mich wie der Noah vor drei Jahren, der so plötzlich die Welt nicht mehr verstanden hat. Es war schlimm genug, Helena gehen zu lassen. Aber die plötzliche Funkstille … sie hat mich zerstört.

»Es ist keine Ausrede«, beginnt sie schließlich langsam. Still. Die Luft um uns herum wird schwer. »Ich will die Verantwortung nicht von mir schieben. *Ich* habe die Entscheidungen getroffen. Hätte … hätte es anders lösen können. Aber das habe ich nicht.«

»Was ist?«, scherze ich schwach. »Musstest du eine Schwangerschaft vertuschen?« Gleichzeitig erfüllt mich eine seltsame Hitze. Ein ganz und gar unbekanntes Gefühl, das ich nicht einordnen kann, weil ich es niemals im Zusammenhang mit Helena empfunden habe. Nie.

»Nein«, erwidert sie ernst. »Aber es hatte tatsächlich mit einem Mann zu tun …«

Schlagartig geht ein Ruck durch mich. Ich schwinge ein Bein über den Baumstamm, damit ich so sitze, dass ich sie unverwandt ansehen kann, hindere mich im letzten Moment daran, nach ihrer Hand zu greifen. Stumm bedeute ich ihr, fortzufahren.

Sie schluckt fest, ehe sie es tut, den Blick in die Ferne gerichtet. »Ich war damals unglücklich. Rückblickend weiß ich nicht mehr, wieso. Aber ich schätze, so ist es im Leben. Manchmal muss man erst etwas verlieren, bis man begreift, wie toll es war. Man muss älter werden, um die wahre Bedeutung schätzen zu können.« Sie lacht auf, es klingt hohl und ironisch. »Gott, was für schreckliche Plattitüden. Sorry.« Sie räuspert sich, wirft mir einen blitzschnellen Blick zu, ehe sie sich wieder auf die Ferne konzentriert. »Damals war ich nicht dazu in der Lage. Ich … war jung. Rastlos. Wusste nicht, was ich wollte. Außer fort von hier. Die öde Einsamkeit hat mich wahnsinnig gemacht.«

»Ich weiß«, murmele ich in ihre kurze Pause, spüre den altbekannten Schmerz der Zurückweisung.

Ich war ihr nicht Grund genug, um zu bleiben. War Teil dieser öden Einsamkeit, die nach ihrem Verschwinden nur noch schlimmer geworden ist.

»New York erschien mir wie eine gute Idee. Das absolute Gegenteil von Eden, weißt du? Ich hatte Träume. Visionen. Aber schon bald … war ich verloren. Es war zu laut. Zu bunt. Zu viel. Keine Ruhe. Da war niemand, den ich kannte. Der Job war eine Katastrophe. Stunden in einer kleinen Bürobox, nicht ansatzweise das, was ich mir vorgestellt hatte. Ich wollte Journalistin sein, wollte etwas bewegen. Doch da durfte ich nicht ein bedeutsames Wort schreiben. Es war, als würden all meine Illusionen platzen.«

»Und das hast du vier Jahre mitgemacht?«, frage ich – und kann den Spott in meiner Stimme nicht verbergen. Das Unverständnis. Bislang begreife ich nicht, wieso sie so lange weg war.

Sie schüttelt den Kopf. »Nein, das waren nur die ersten Monate …«

»Warum hast du nichts gesagt? Wieso bist du nicht zurückgekehrt? Ich meine, zumindest am Anfang haben wir doch noch geredet, oder? Du hast so getan, als wäre alles genau so, wie du es dir gewünscht hattest.« Mist, ich wollte nichts sagen. Man hört mir klar an, wie wenig ich es verstehe.

Helena zieht ihren Kopf zwischen die Schultern, wirkt, als hätte ich sie geschlagen. *Schon wieder.* »Ich wollte mir nicht eingestehen, dass es ein Fehler war. Und wenn ich es mir gegenüber schon nicht zugeben konnte, wie dann vor euch allen, die mich gewarnt haben? Also habe ich gespielt. Ich habe euch so lange Glauben gemacht, dass ich glücklich bin, bis ich es selbst geglaubt habe.«

»Das klingt verflucht deprimierend, Helena«, bringe ich mühsam hervor. Sie weicht ein weiteres Stück von mir zurück. »Und erklärt auch nur das erste Jahr. Meines Wissens hast du danach niemandem mehr etwas vorgespielt. Du warst einfach nur *weg*.«

Dieses Gespräch hilft uns nicht weiter. Es entfernt uns nur noch mehr voneinander, zumindest fühlt es sich so an. Der Schmerz reicht einfach zu tief. Vielleicht kann ich es doch nicht. Ihr verzeihen. Ich weiß es nicht.

»Dann kam Richard«, fährt sie fort, und es wirkt, als würde sie den letzten Rest ihres Mutes zusammenkratzen. Mich erfasst eine unwillkürliche Welle der Übelkeit. »Er war alles, was ich zu jener Zeit brauchte. War witzig. Selbstbewusst. Gut aussehend. Er gab mir das Gefühl, dass es kein Fehler war, nach New York zu kommen.«

Sie verstummt erneut, und ich komme einfach nicht gegen das ungute Gefühl an, das mich zunehmend erfüllt.

»Ich … er … er war eifersüchtig.« Wieder dieser schnelle, verschreckte Seitenblick. Wieder wendet sie sich ab. »Nicht von Anfang an, aber es ging relativ schnell los. Ich habe es damals nicht begriffen. Erst, als es viel zu spät war. Wie gesagt, ich will die Schuld nicht auf ihn abwälzen, aber ich war einsam und verletzt und er war das

Licht, das ich so dringend brauchte, um nicht völlig zu verzweifeln. Er gab mir einen Grund, zu bleiben. Ich habe nicht bemerkt, wie manipulativ er ist, bis es zu spät war. Bis ich mich so lange bei keinem von euch gemeldet hatte, dass ich den Eindruck hatte, es gäbe kein Zurück mehr. Ich habe mich geschämt. Habe mich gefühlt, als hätte ich mein eigenes Grab geschaufelt. Obwohl er damals derjenige war, der mir einen Ausweg aus der Einsamkeit bot, war ich bald noch einsamer als jemals zuvor.«

Es fühlt sich an, als würde ich über uns schweben. Als Unbeteiligter die Szenerie beobachten. In mir herrscht Leere, die jedoch zunehmend von einem Gefühlscocktail überlagert wird, den ich nicht einordnen kann. Hilflosigkeit. Wut. Unverständnis. Unglaube. Aber auch Hoffnung. Winzig klein mischt sie sich mit hellen Tönen zwischen all die negativen Schattierungen. Denn langsam … wird es greifbarer.

»Und doch bist du hier«, sage ich tonlos. Gott, ich verhalte mich wie ein Arsch. Was sie gerade erzählt hat, ist ungeheuerlich. Es klingt nach Manipulation. Nach einem Mistkerl, der sie bewusst von allen isoliert hat – doch wieso?

Sie blickt mich an wie ein verfluchtes Reh im Scheinwerferlicht, das genau weiß, dass es jeden Moment vom Auto erfasst werden wird. »Jetzt bin ich hier.«

»Und warum?«, presse ich hervor. »Ich meine, was ist anders? Wo ist *er*?«

Wir zucken beide zusammen, weil ich das letzte Wort so verächtlich ausspucke.

»Ich habe ihn verlassen«, murmelt sie leise, wendet sich ab – und fasst sich unwillkürlich an die Wange.

Ihre Worte sind neutral, relativ, doch etwas an der Geste, etwas daran, wie klein sie sich macht … sorgt dafür, dass ein Puzzleteil an den rechten Fleck fällt. Eines, das ich niemals hätte sehen wollen. Wie sehr sie auf der Hut wirkt. Wie sie bereits mehrfach zusammengezuckt ist, sich geduckt hat, als würde sie eine Attacke erwarten. Die Dinge, die sie bereits angedeutet hat, klingen bereits ungeheuerlich, doch das … Der Gefühlscocktail explodiert, flutet mich mit einer Hitze, die kaum zu ertragen ist. Viel heißer und glühender als die Wut, die ich all die Zeit auf sie verspürt habe. Unwillkürlich springe ich auf. »Hat er … hat er dir wehgetan?«

Und meine Worte hallen laut und hart durch die Stille der Bäume.

Sie starrt geradeaus, zuckt zusammen, macht sich noch kleiner. Aber sie schweigt.

»Helena!« Ich sinke vor ihr in den platt getretenen Schnee, scheiße darauf, dass er meine Hose durchweichen wird, greife nach ihren Händen, die gut sichtbar zittern. »*Hat. Er. Dich. Geschlagen?*« Jedes einzelne Wort presse ich angespannt hervor.

Sie hebt ihren Kopf, begegnet meinem Blick, und obwohl sie kein Wort sagt, schlummert die Antwort in ihren Augen, die so verloren und verletzt schimmern, dass sich mir die Kehle zuschnürt.

Sie hat mir wehgetan. So, so sehr.

Und ja, man kann die Schuld nicht einfach so auf andere abwälzen und sofortige Vergebung verlangen, doch … *fuck!*

Niemand, absolut niemand, schlägt Helena. *Meine* Helena.

Ein Schaudern durchfährt mich, als ich sie an mich ziehe. In meine Arme.

So, wie ich es gestern im Café im ersten Moment bereits tun wollte. Und obwohl noch immer dieser Schmerz in mir herrscht, der verletzte Noah von damals, und tausende weitere Fragen mich quälen, spüre ich, wie sich das Loch in mir schließt.

Zumindest ein winziges bisschen.

Helena seufzt, und es dauert einen Moment, ehe ich registriere, dass sich ihr Laut in meinem widerspiegelt.

Verzweifelt schlinge ich meine Arme um sie, presse sie fest an mich.

Und weiß, dass ich ihr glaube.

Ob jetzt alles wieder gut ist?

Nein, sicher nicht.

Ob ich ihr verzeihen kann, dass sie mich so plötzlich geghostet hat?

All die Jahre lautete meine Antwort darauf »Nein«, doch mir wird bewusst, dass die Welt selten aus Schwarz und Weiß besteht. Es gibt aberhundert Schattierungen dazwischen, und irgendwo dort befindet sich auch die Antwort.

Es war nicht richtig, was sie getan hat. Aber vielleicht

hatte sie wirklich keine andere Wahl. Hat zumindest gedacht, dass es so ist. Ich weiß, dass es manipulative, toxische Beziehungen gibt. Klebrige Fallen, aus denen sich Opfer nur schwer befreien können.

Kann ich ihr also verzeihen? Vielleicht.

Kann ich ihr in diesem Moment böse sein? Nein.

Stattdessen ist da dieses mächtige, beinahe urtümliche Bedürfnis, sie zu schützen, jeden weiteren Schmerz abzuwenden. Und verdammt viel Wut auf diesen Richard. Diese … diese … erbärmliche Wurst.

Sie ist in meinem Arm. Sie schluchzt an meiner Schulter. Und das fühlt sich richtiger an als alles, was ich in den vergangenen Jahren erlebt habe.

Das ist doch ein Anfang, oder?

# Helena 9

Es ist so verdammt surreal.

Vor zwei Wochen war ich noch in New York.

Letzte Woche bin ich verletzt und am Boden zerstört nach Hause gekrochen gekommen, unsicher, wie meine Familie mich aufnehmen würde.

Und heute – heute sitze ich mit Mom, Dad, Mason, Jake und *Noah* an einem Tisch und esse Moms berüchtigte Muschelsuppe.

Ein angenehmes Gefühl von Heimeligkeit erfüllt mich, während ich den Löffel in die sämige Flüssigkeit tauche und ein paar der Miesmuscheln beiseiteschiebe, ehe ich mich schließlich für eine entscheide.

Man sagt, man solle Miesmuscheln in Monaten essen, die mit einem »R« enden, weil sie dann am besten schmecken. Mom hat diesen Eintopf immer nur im Herbst und Winter gemacht, und damals war er stets etwas Besonderes. Ich nehme mal an, auch heute ist das nicht anders, gemessen an der unverhohlenen Freude in den Gesichtern meiner Brüder. Sie haben die Suppe immer ebenso geliebt wie ich.

Es war nicht leicht, vorhin wieder nach Hause zu kommen. Und das nicht nur, weil Noah an meiner Seite war.

Meine Augen waren dermaßen verquollen von all den Tränen, die ich da oben in unserem Geheimversteck vergossen hatte, dass Jake und Mason im ersten Moment … nun ja. Sie wirkten, als würden sie Noah windelweich prügeln wollen, weil er es gewagt hat, mich unglücklich zu machen.

Dass ich selbst es bin, die für dieses Unglück verantwortlich ist, konnten sie nur schwer akzeptieren.

Als sie jedoch begriffen haben, dass Noah nicht ihr Feind in dieser Angelegenheit ist, haben sie ihn herzlich und mit lautstarkem Rückenklopfen begrüßt. Männer, ehrlich. Testosteronbegleitetes Machogehabe.

Und jetzt ist auch Noah in den Schoß der Familie zurückgekehrt, sozusagen.

Einst war Noah mein ständiger Begleiter und häufiger hier als nicht. Sie hatten sich immer gut verstanden, weil sie sich in einer Sache stets sicher waren: Niemand sollte mir auch nur ein Haar krümmen.

Während ich mir einen weiteren Löffel Suppe in den Mund schiebe und die verschiedenen Aromen genieße, Weißwein und Knoblauch und den ganz eigenen Geschmack der Muscheln, lausche ich dem Gespräch, das sich zwischen Mom und Noah entspinnt.

Sie behandelt ihn, als wäre er immer hier gewesen, obwohl ich bereits begriffen habe, dass er in den vergangenen Jahren einen Bogen um unser Haus gemacht hat.

Wahrscheinlich wäre es zu schmerzlich gewesen … Und vermutlich hätte ich an seiner Stelle haargenau so gehandelt.

»Wie geht es deiner Mom denn?«, fragt sie ihn gerade – und ich verstehe nicht ganz, wieso sich ihre Miene dabei so bewölkt. Noahs Mom und meine haben sich immer gut verstanden.

»Es geht. Ich denke, sie liebt das Leben in Florida …«

Ich verschlucke mich fast an meiner Suppe. »Florida?«, bringe ich hustend hervor. Sämtliche Augen richten sich auf mich, aber es ist Noahs Blick, der sich besonders schmerzlich in mich brennt.

»Jepp«, sagt er mit einem seltsamen Unterton. »Sie versucht, sich selbst zu verwirklichen.« Ich sehe, wie sein Adamsapfel hüpft. »Als Dad vor drei Jahren gestorben ist, war es hart für uns alle.«

Kälte. Schmerz. Scham. Das Gefühl, ihn im Stich gelassen zu haben. All das durchzuckt mich heftig, als seine Worte in mich sacken. Die gesagten, aber auch die ungesagten, die schwer zwischen uns schweben.

*Ich hätte dich gebraucht, Helena. So sehr.*

Obwohl ich fest davon ausgegangen bin, keinerlei Tränen mehr übrig zu haben, fließen neue über meine Wangen, während ich voller Grauen eine Hand vor meinen Mund presse. »Es tut mir so leid«, murmele ich erstickt. Das alles. Sein Verlust. Dass ich nicht da war. Dass ich in einer so dunklen Zeit nicht der Anker war, der ich hätte sein sollen. Sein *müssen*.

Noah hält meinen Blick, und wieder sehe ich sie. Die

Zurückhaltung. Einen Hauch von Kälte. So viel Verletztheit. Dann nickt er mir knapp zu, ehe er sich an Mom wendet. »Sie genießt die Wärme.«

»Für mich wäre das ja nichts«, sagt Mom und wirkt dabei … sehnsüchtig. »So auf Dauer, meine ich.« Und irgendwie sehe ich sie neben Noahs Mom auf einer Sonnenliege, ein Cocktailglas mit Schirmchen in der Hand, Sonnenbrille auf der Nase. Ein Urlaub mit einer alten Freundin. Verdient hätte sie es …

»Du könntest sie vielleicht mal besuchen«, werfe ich ein. Meine Stimme klingt kratzig, wie ein verdammtes Reibeisen.

Wieder richten sich sämtliche Blicke auf mich.

Mom wirkt für einen Moment so, als würde sie das wirklich in Erwägung ziehen, doch dann schüttelt sie den Kopf. »Nein. Du weißt doch, wie das ist. Ich werde hier benötigt. Die Männer arbeiten hart, brauchen vernünftige Mahlzeiten, und außerdem …«

»Ich bin doch jetzt hier«, unterbreche ich sie – und klinge ich nur in meinen Ohren so verzweifelt?

Totenstille legt sich über den Tisch.

Ich sehe, wie Mom Tränen in die Augen steigen.

Sehe, wie Dad schluckt.

Wie Jake und Mason einen Blick tauschen.

Und Noah … er sieht mich an. Unverwandt. Einst konnte ich ihn so gut lesen. Ich wusste immer, was ihm durch den Kopf ging. Doch jetzt scheint ein Vorhang zwischen uns zu hängen. Ich weiß nicht, was er denkt. Weiß nicht, was er von diesen Worten hält. Er ist plötzlich wie ein Mysterium für mich. Äußerlich fast derselbe, aber ansonsten … ein Fremder. Mein einstiger bester Freund.

Die Stimmung wird drückend, doch ehe ich etwas Dummes tun kann – zum Beispiel aufspringen und flüchten oder laut ausrufen, dass ich weiß, dass man mir nicht mehr trauen darf –, lobt Noah Mom für die Suppe, und es ist, als würde ein Ruck durch den Raum gehen. Abrupt wendet sich jeder einem anderen Gesprächsthema zu, und wieder sitze ich zwischen ihnen, wortlos, unfähig, mich zu beteiligen. Ich fühle mich isoliert von allen anderen. Aber es ist eine Isolation, die ich selbst herbeigeführt habe. Und die anderen bauen Brücken zu mir.

Jake, Mason, Mom, Dad.

»Alles klar?«, murmelt Noah mir unvermittelt zu. Ich hebe meinen Blick, spüre – Überraschung –, wie es hinter meinen Augen brennt, und schlucke schwer. Mein Lächeln ist schief und alles andere als überzeugend, das sehe ich in der Spiegelung schräg hinter ihm, und doch … doch breitet sich eine unvermittelte Wärme in mir aus. Eine ziehende Sehnsucht nach alten Zeiten. Vergangenen Zeiten.

Noah Edwards. Er war einmal der wichtigste Mensch in meinem Leben. Ich habe ihn sehr verletzt, das wusste ich auch vor unserem heutigen Gespräch. Vor unserer gestrigen Begegnung. Ich habe ihn so verdammt hängen lassen. Beim Tod seines Dads nicht für ihn dagewesen zu sein, trifft mich schwer, erhöht die Last auf meinen Schultern ungemein.

Und doch schenkt er mir nun ein Lächeln, das wesentlich echter aussieht, als sich meines anfühlt. Baut eine weitere Brücke, die es mir erlaubt, mich aus meiner Isolation zu befreien.

Etwas regt sich in mir, zart und flatternd.

Hoffnung?

Besteht etwa wirklich die Möglichkeit, dass auch Noah mir noch eine Chance gibt?

Ich traue mich kaum, es auch nur zu denken …

»Lass dich wieder häufiger hier blicken, Junge«, murmelt Dad, klopft Noah auf die Schulter. Auch Mom und meine Brüder verabschieden sich ähnlich von ihm, ehe ich ihn schließlich in die Diele begleite, wo wir vor der Haustür innehalten.

Die Stimmung wird … ein wenig komisch.

Okay, sie wird verdammt komisch.

Noah schlüpft in seine Jacke, umklammert mit der einen Hand seine Mütze und umfasst mit der anderen seinen Nacken. Dann gibt er ein brummendes Geräusch von sich, ehe er mit dem Kinn Richtung Tür deutet. »Ich sollte los.«

Ich schlucke. Einerseits kann ich es kaum erwarten, dass er geht, andererseits … ihn nach all den Jahren wiederzusehen, tut gut. Trotz allem. Und irgendwie fühlt es sich an, als würde ich ihn wieder verlieren, wenn er nun durch diese Tür tritt. Als würde jeder Hoffnungsschimmer, der heute in mir zu glimmen begonnen hat, direkt wieder erlöschen, wenn ich ihn einfach so gehen lasse. Ich weiß, dass es ihn viel gekostet hat, diesen Schritt auf mich zuzugehen. Ob er das noch einmal schafft?

»Was machst du morgen?«, frage ich hastig, verhaspele mich beinahe an den Worten, als er seine Hand Richtung Türklinke ausstreckt.

Er hält inne, seine Pupillen weiten sich merklich. »Oh, ich … keine Ahnung. Hab noch keine großen Pläne. Nachher wollte ich noch in den Pub.«

Ich schlucke. »Verstehe. Je nachdem, wie wild der Abend wird …«

Er rollt mit den Augen und sieht plötzlich wesentlich jünger aus als zuvor. Wie der sorglose Junge, der er einst war. »Du kennst mich, so übertreibe ich es nie …« Wie vom Donner gerührt hält er inne, und auch ich atme scharf ein.

*Du kennst mich …*

»Noah, es tut mir …«

»Nicht«, fällt er mir ins Wort, weicht einen Schritt zurück. In ihm steigt etwas auf, das wie Panik wirkt. Er schüttelt den Kopf, legt ihn dann in den Nacken und gibt einen frustrierten Laut von sich, ehe er mir wieder in die Augen sieht. »Bin so gegen neun im Pub. Falls du, na ja, auch mal rauswillst. So oder so, man sieht sich.«

Und mit diesen Worten flüchtet er endgültig in die Dunkelheit.

Ich starre ihm hinterher, erschaudere unter dem

eisigen Wind, der ins Haus pfeift. Und vielleicht auch aus anderen Gründen.

Hat er mich gerade wirklich eingeladen, ihm im Pub Gesellschaft zu leisten? Hat er es ernst gemeint? Oder war das eine reine Höflichkeitsfloskel, ausgesprochen, weil er ohnehin davon ausgeht, dass ich niemals kommen würde?

Eigentlich hatte ich nicht geplant, mich so schnell wieder derart unter Edens Anwohner zu mischen. Es ist zu früh und ich weiß, dass sie alle starren werden. Reden werden. Aber andererseits …

Noah hat mich eingeladen.

Mein Noah.

Nachdem er mir heute buchstäblich die Hand gereicht hat. Vielleicht hat er es ja doch ernst gemeint. Vielleicht würde er sich wirklich freuen, wenn wir uns noch im Pub sehen?

Solange diese Chance besteht – kann ich da wirklich Nein sagen?

# Noah 10

Es missfällt mir, das zuzugeben, aber ich sitze voller Anspannung auf einem der Hocker, den Tresen im Rücken, und beobachte den Eingang. Ich bin schon eine gute halbe Stunde hier, weil mir zuhause buchstäblich die Decke auf den Kopf gefallen ist. In der Stille meiner eigenen vier Wände ist Helenas Stimme laut geworden. Immer wieder sehe ich sie vor mir – wie sie in einer verstohlenen, verletzlichen Geste an ihre Wange fasst.

Dort hat er sie geschlagen, davon bin ich überzeugt.

Ein anderer Mann hat sie geschlagen. Und ich war nicht da, um sie zu schützen. Um den Mistkerl dafür büßen zu lassen …

Mein Blick wandert unruhig zu der großen Uhr bei den Billardtischen. Fünf Minuten nach neun. Ich nippe an meinem Craft Beer und zucke zusammen, sobald die Tür aufgeht, doch jedes Mal aufs Neue muss ich feststellen, dass nicht Helena reinkommt.

Eddie, die Vollmer-Zwillinge, Steph, am Ende sogar Elsie, die mich verlegen winkend anlächelt und wie üblich die Billardtische ansteuert, wo sie sich meist an einem der Stehtische aufhält.

Kein Blondschopf, der bis vor kurzem eine Fata Morgana war und nun doch unerwartet reale Züge angenommen hat. Und ich weiß nicht, ob ich deshalb froh sein soll – oder enttäuscht.

Um Viertel nach neun beschließe ich, dass ich genug gewartet habe. Sie wird nicht kommen. Es war naiv, zu glauben, dass sie nach all den Jahren ihrer Abwesenheit hier reinspazieren würde, als wäre nichts geschehen, oder? Wenn in ihr noch ein Funke der alten Helena steckt, wäre ihr das unangenehm. Ihr war nie egal, was andere von ihr gedacht haben.

Andererseits, ins Café ist sie doch auch einfach so gekommen, oder nicht? Und wie lange will sie sich noch auf dem Hof ihrer Eltern verstecken?

Gedanken an ihren Ex lassen mich erneut meine Kiefer aufeinander mahlen. Ob der Penner wohl herkommen wird, um sie zurückzugewinnen? Nun, dieses Mal werde ich da sein. Und Jake und Mason. Dann hat er wenigstens Gegner in seiner Gewichtsklasse …

Meine Laune erreicht ihren absoluten Nullpunkt, doch gerade, als ich beschließe, den Abend an den Nagel zu hängen und einfach nach Hause zu gehen, fliegt die Tür ein weiteres Mal auf …

Und da ist sie.

Ich bilde mir ein, zu hören, wie ein Raunen durch den Pub geht. Aber vermutlich ist das nichts als reiner Irrglaube.

Oder vielleicht auch nicht, gemessen daran, wie verschreckt Helena sich umsieht. Aus dem Augenwinkel sehe ich, dass die meisten Leute noch ihrem eigenen Scheiß nachgehen, doch es gibt auch ein paar, die ihre Köpfe zusammenstecken und tuscheln, den Blick auf sie gerichtet.

Die Tür fällt hinter ihr ins Schloss und sie zuckt merklich zusammen. Wieder erinnert sie mich an ein verletzliches Reh im Scheinwerferlicht.

An eine Frau, die Missbrauch erleben musste.

Mein Herz beginnt zu rasen, während ich den Impuls unterdrücke, aufzuspringen und zu ihr zu eilen.

*Lass sie diesen Weg selbst gehen. Sie war so lange fort und ist einfach wieder aufgetaucht, dann muss sie mit dieser Aufmerksamkeit leben.*

Aber in mir ist nicht nur diese bittere Stimme. Auch nicht das reine Bedürfnis, sie vor dem Gerede zu schützen. Ich spüre, wie sich meine Mundwinkel in die Höhe biegen. Ein bisschen nur, aber genug, um mir deutlich zu machen, dass ich ihr schon jetzt vergeben habe. Zumindest größtenteils.

Die Wut auf sie war immer da, wahrscheinlich wird sie auch noch eine Weile bleiben – immerhin hat sie uns vier Jahre gestohlen –, doch die Freude, sie wiederzuhaben, ist einfach größer.

*Aber hast du sie denn wieder?* Die verbitterte Stimme lässt nicht locker. *Wer sagt denn, dass sie nicht wieder verschwindet? Dieses Mal vielleicht für immer?*

Ein Gedanke, der so schmerzt, dass ich ihn gleich

wieder verdränge. Er ist wahr. Auch wenn sie eine Erklärung für ihre Abwesenheit geliefert hat … damals ist ihr ausreichend die Decke auf den Kopf gefallen, um Eden den Rücken zu kehren. Wer sagt, dass sie das nicht wieder tut, sobald ihre Wunden verheilt sind? Sobald sie realisiert, dass vielleicht Jahre ins Land gezogen sind, sich hier in Eden aber nicht viel verändert hat?

Eine eisige Faust legt sich um mein ohnehin schon angeschlagenes Herz. Was es für mich bedeuten würde, wenn sie erneut verschwände, will ich mir gar nicht erst ausmalen. Ich habe noch nicht einmal verarbeitet, dass sie damals den Kontakt abgebrochen hat und nun wieder da ist – und denke schon wieder an eine weitere Katastrophe? In mir muss ein sehr masochistischer Kern stecken …

Ich nippe erneut am Bier, und genau in diesem Moment fällt Helenas Blick auf mich. Selbst im schummrigen Licht des Pubs erkenne ich, wie sich ihre Miene vor Erleichterung aufhellt – ehe sie wieder diesen defensiv-wachsamen Ausdruck annimmt, den ich heute schon viel zu oft bei ihr gesehen habe.

Ich nicke ihr zu und beobachte, wie sie sich einen Ruck gibt, ihren Mantel an der Garderobe neben der Tür aufhängt, die Mütze in einen Ärmel stopft und näher kommt. Ihre Haare sind elektrisch aufgeladen, umfliegen ihren Kopf, und ihre Wangen sind stark gerötet.

»Hey«, murmelt sie verlegen, als sie mich erreicht hat, deutet auf den freien Hocker neben mir. »Darf ich?«

Mir liegt eine sarkastische Antwort auf den Lippen –

ich habe sie immerhin aufgefordert, zu kommen, oder nicht? –, aber die Verletzlichkeit in ihrer Miene lässt mich jeden blöden Kommentar runterschlucken. Stattdessen nicke ich nur.

Sie gleitet auf den Hocker, und mich umhüllt ein Duft, der mich leise keuchen lässt. Fruchtig, fröhlich. Exakt der Geruch, den ich damals schon immer mit ihr verbunden habe. Ein absolut surreales Gefühl packt mich, und ich muss mich kurz abwenden, um mich irgendwie sammeln zu können. Das Brennen hinter meinen Augen ist verdächtig. Fuck. Ich bin nicht auf diese emotionalen Stürme vorbereitet.

Mühsam rutsche ich auf dem Barhocker herum, bis ich wieder dem Tresen zugewandt bin, und bedeute Mick mit der leeren Flasche, dass ich Nachschub brauche. »Noch eins hiervon und …« Ich werfe Helena einen fragenden Blick zu. Sie drückt gerade ihre Haare platt und wirkt sichtlich überfordert.

»Was trinkst du denn?«

Mein rechter Mundwinkel zuckt. »Craft Beer, eher nichts für dich. Wie wäre es mit einem Pink Cider?«

Sie blinzelt nur kurz, ehe sie nickt. »Ja, gern.«

»… und ein Pink Cider«, wende ich mich Mick wieder zu, der sich sofort an die Arbeit macht. Nicht, ohne uns einen neugierigen Blick zuzuwerfen.

Mick hat den Pub erst vor zweieinhalb Jahren übernommen, ist dafür aus Lowell hergezogen. Er weiß nicht, dass Helena und ich mal beste Freunde waren. Für ihn ist sie eine fremde Frau, und da ich, abgesehen von Elsie, selten mit jemandem hier sitze, erregt das natürlich seine Aufmerksamkeit. Immerhin ist er ein vernünftiger Kerl, der sich aus dem Klatsch und Tratsch einer Kleinstadt raushält. Dabei würde mich manchmal wirklich interessieren, welche Meinung er zu den diversen Themen hat, die hier allabendlich kursieren. Oder was genau seine Geschichte ist. Aber über die schweigt er ebenso wie über alles andere.

Helena zuckt zusammen, als Mick ein Glas vor ihr auf den Tresen knallt.

Ich schiebe ihm einen Schein zu und drehe mich dann ein wenig in Helenas Richtung. Sie wirkt völlig angespannt. Ich bereue es bereits, sie überhaupt eingeladen zu haben. Gleichzeitig freut es mich, dass sie trotz ihrer offensichtlichen Vorbehalte gekommen ist.

»Also …«, beginnt sie, verstummt dann jedoch wieder.

Ich hebe meine Flasche, halte sie ihr entgegen. Sie versteht, stößt mit mir an. Das Klirren des Glases geht im allgemeinen Lärm des Pubs unter, der typischerweise für einen Samstagabend gut besucht ist.

»Also«, wiederhole ich wenig hilfreich.

Sie seufzt leise auf. »Wieso wolltest du, dass ich komme?«

Eine exzellente Frage. »Wieso nicht?«, gebe ich zurück, um Zeit zu schinden, komme mir dabei ziemlich albern vor. Seufzend knibble ich am Flaschenetikett.

»Ich kann wieder gehen«, flüstert sie, aber es dringt

bis an mein Ohr. »Ich will dir deine Stimmung nicht versauen …«

»Tust du nicht«, erwidere ich eilig. »Eigentlich habe ich sogar auf dich gewartet.«

Ihre Augen werden groß. »Ja?« Sie klingt so aufrichtig überrascht, dass sich mein Herz zusammenzieht. Kurz lächelt sie, ehe sie zerknirscht den Blick abwendet. »Sorry, dass ich zu spät bin, ich … nun, ich hatte noch eine kleine Diskussion mit meinen Brüdern.«

»Ach ja?« Milde interessiert hebe ich die Augenbrauen. »Weshalb?«

Sie wendet sich mir wieder zu, reckt dabei kampflustig das Kinn. Mühelos erkenne ich sie in ihr wieder, die Helena von damals. »Sagen wir es so: Ihnen ist kurz entfallen, dass ich zwar ihre kleine Schwester, aber durchaus volljährig bin. Sie waren wenig begeistert davon, dass ich abends allein hierher will.«

Ich lache schallend auf. Das klingt so verdammt nach Jake und Mason. »Aber wieso? Ist ja nicht so, als wolltest du allein hier abhängen. Ich bin doch hier.«

»Ja, *hier*.« Sie wirft mir einen vieldeutigen Blick zu. »Aber eben nicht unterwegs. Ich schätze, sie sind der Meinung, ich wäre Edens Straßen nicht gewachsen.« Sie lacht leise auf. »Als wäre ich in New York nicht ganz anderen Risiken ausgesetzt gewesen.«

Schlagartig richten sich meine Nackenhaare auf, und das nicht, weil ich denke, sie sollte sich abends nicht allein hier bewegen. Wir sind in Eden, verdammt! Aber daran erinnert zu werden, wo sie gelebt – und was sie durchgemacht – hat, gefällt mir gar nicht.

Seufzend lege ich den Kopf schief. »Ich bringe dich nachher heim. Kannst du ihnen gern schreiben. Vielleicht entspannen sie sich dann ja. Ich wette, sie liegen zuhause auf der Lauer, bis du wiederkommst.«

»Wovon du ausgehen kannst.« Sie seufzt auf. »Du musst mich aber nicht bringen. Ich bin alt genug, um allein nach Hause zu gehen. Und auch alt genug, um mich nicht von ihnen bevormunden zu lassen …«

»Ich habe kein Problem damit«, erwidere ich schulterzuckend, lasse das Thema dann aber fallen. Das ist ein Krieg zwischen Helena und ihren Brüdern. Ein Kampf, den sie früher schon ständig ausfechten musste. Bereits damals haben sie sich immer aufgespielt. Helena war der kleine Goldschatz, das Nesthäkchen der Familie Jackson. Ob das einer der Gründe war, wieso sie es hier nicht mehr ausgehalten hat?

Seltsamerweise habe ich darüber noch nie nachgedacht.

Für einen Moment herrscht Schweigen, doch es ist nicht unangenehm. Helena nippt an ihrem Pink Cider, seufzt zufrieden und sackt in sich zusammen. Ich beobachte sie aus dem Augenwinkel und spüre, wie sich mein Puls beschleunigt. Sie ist hier. Neben mir. Und obwohl sich offenkundig ein paar Dinge geändert haben, ist sie immer noch … Helena.

Nachdenklich ziehe ich ein weiteres Stück von dem Etikett ab. Mein Kopf ist übervoll. Ihre Rückkehr, die

Dinge, die ich heute erfahren habe … so viele Fragen. Aber etwas sagt mir, dass der Tag bereits schwer genug war. Vielleicht sollten wir einfach nur ein bisschen abhängen, so wie früher. Ich werde alle Antworten bekommen, die ich brauche. Das spüre ich. So war es früher immer. Keine Geheimnisse. Und ich will daran glauben, dass wir wieder an diesen Punkt gelangen werden.

»Hör mal, Helena …«

»Oh, Noah, du bist ja hier!«, unterbricht mich in genau diesem Moment eine helle Stimme, deren Nuancen ich allzu gut kenne, weshalb ich die Eifersucht sofort heraushöre.

Mühsam unterdrücke ich ein Seufzen, während ich mich Elsie zuwende, die sich zu meiner anderen Seite aufgebaut hat und zart mit ihren Fingern über meinen Oberarm streicht.

Die Geste hat etwas Besitzergreifendes an sich, das ich gar nicht mag – und ihre Frage ist darüber hinaus auch noch absolut lächerlich. Sie hat mich doch vorhin entdeckt, als sie hier angekommen ist.

»Ja«, erwidere ich dennoch betont freundlich. »Und du offenbar auch.«

Etwas blitzt in ihren Augen auf. Sie leckt sich über ihre Lippen – will sie mir damit irgendetwas sagen? –, ehe sie zu Helena starrt, die mit ihren Fingern gegen das kalte Ciderglas tappt. »Wer bist denn du?«

Ich schnaube leise auf. »Ernsthaft, Elsie? Das ist Helena. Du kennst sie.«

»Hi«, murmelt Helena eher halbherzig.

Ihre Zurückhaltung rührt sicher daher, dass Elsie deutlich negative Wellen ausstrahlt. Dass dies aus anderen Gründen geschieht als aus den von ihr vermuteten, steht auf einem anderen Blatt Papier.

»Ist sie mit dir hier?«, fährt Elsie fort. Immer noch klingt sie ziemlich genervt.

Nun wende ich mich ihr mit meinem ganzen Körper zu. Teils, weil ich Helena vor ihren Blicken schützen will, teils, weil ich langsam wirklich genervt von ihr bin.

»Okay, Elsie, ich weiß wirklich nicht, was gerade dein Problem ist. Ich sitze hier mit einer langjährigen Freundin und möchte ein wenig quatschen. Es war nett, dass du Hi gesagt hast, aber …«

»Willst du nachher mit zu mir kommen?«, fällt sie mir ins Wort, und ich verschlucke mich beinahe an meiner eigenen Spucke.

So direkt war sie noch nie. So … verzweifelt. Unwillkürlich bereue ich es, mich je auf sie eingelassen zu haben. Das wird mir definitiv nicht noch einmal passieren, so viel steht fest. Ich habe ein verdammt ungutes Gefühl bei der Sache – und ja, ein wenig peinlich ist es mir auch vor Helena. »Elsie«, bringe ich bemüht ruhig hervor. »Du siehst doch, ich bin mit Helena hier. Wenn du also bitte einfach gehen würdest?«

Verletztheit blitzt in ihren Augen auf, aber auch noch etwas anderes, das mein schlechtes Gewissen direkt im Keim erstickt. Entschlossenheit? Sie feuert Giftpfeile Richtung Helena ab, wirft dann ihr Haar zurück und zuckt mit den Schultern. »Dein Verlust, nicht meiner.«

Und dann stolziert sie mit übertrieben wiegenden Hüften davon.

Sprachlos starre ich ihr hinterher. Was war das denn bitte? So habe ich sie vorher nie erlebt.

»Nun, das war … aufschlussreich«, stellt Helena in diesem Moment fest. Vermutlich darum bemüht, amüsiert zu klingen, doch stattdessen … hört es sich einfach nur niedergeschlagen an.

Wieso das denn?

Ich wende mich ihr wieder zu – nicht ohne vorher zu überprüfen, wohin Elsie abgedampft ist. Sie steht wieder bei den Billardtischen und mustert uns wütend. »Wovon redest du?«

Helena zuckt mit den Schultern, lächelt mich aber an. Und jepp, sie wirkt eindeutig traurig. »Dass Elsie Sanders mal auf dich stehen würde. Verrückt.«

»Hey«, empöre ich mich so gespielt wie möglich. »Willst du mir damit sagen, dass du mich hässlich findest?« Aber ein kleiner Teil von mir befürchtet das irgendwie schon. Nicht, dass es eine Rolle spielen sollte.

Der Versuch, sie zum Lachen zu bringen, scheitert kläglich. Keine Ahnung, wieso, aber die Luft um uns herum lädt sich knisternd auf. Ich bekomme erneut eine Gänsehaut, dieses Mal aber viel intensiver, während sie leise seufzend ihren Blick über mich schweifen lässt.

»Nein«, sagt sie schließlich leise. »Alles andere als das.«

Und als mir dieses Mal die Worte fehlen, sich

Schweigen zwischen uns einstellt, ist es längst nicht so angenehm wie zuvor …

Wir bleiben eine knappe Stunde im Pub, bis Helena herzhaft gähnt und ich beschließe, dass wir genug von Elsies Giftpfeilen haben. Richtig locker ist die Stimmung zwischen uns nach ihrem Auftritt ohnehin nicht mehr geworden. Es ist, als wäre das Potenzial des Abends durch das kleine Eifersuchtsdrama in sich zusammengefallen und hätte sich nicht mehr davon erholt.

Helena erzittert, als wir durch die Tür ins Freie treten, und auch ich spüre, wie es mir kalt den Rücken hinabkriecht. Unser Atem gefriert in Wölkchen vor uns, steigt hinauf in die sternenklare Nacht.

Helena zieht die Mütze über ihre Haare, legt dann aber den Kopf in den Nacken und seufzt leise auf.

»Es ist so schön.«

Ich tue es ihr gleich – und weiß sofort, was sie meint.

Über uns funkelt ein Lichtermeer. Hier ist die Luft- und Lichtverschmutzung so gering, dass die Aussicht auf die Sterne über uns kaum getrübt wird. Letztes Jahr gab es einige Nächte spektakuläre Ausblicke auf die Aurora borealis. Ich habe das als Anlass genommen, mir ein Teleskop zu kaufen. Heute wäre die perfekte Nacht, um den Himmel abzusuchen.

»In New York war alles anders«, murmelt sie da leise.

Der dumpfe Unterton in ihrer Stimme gefällt mir gar nicht.

Unwillkürlich greife ich nach ihrer Hand. Sie ist dick behandschuht, so wie meine, und doch verschränke ich unsere Finger miteinander. Früher haben wir das häufiger getan. Haben uns an der Hand gehalten, uns Halt gegeben. Doch jetzt spüre ich sofort, dass etwas anders ist. Es fühlt sich anders an. Tröstlich, ja, aber es geht tiefer. Viel tiefer, als ich erwartet hätte. Hitze schießt durch meinen Arm. Falls Helena Ähnliches spürt, lässt sie sich nichts anmerken.

Anstatt sie sofort wieder loszulassen und einen Schritt zurückzutreten, wie es diese bittere Stimme in mir unwillkürlich verlangt, klammere ich mich verbissen an ihr fest, versuche, ihr mit dieser Geste meinen stummen Support zu zeigen.

Helena lächelt mich schief an. Wieder sind ihre Augen so verdammt traurig, dass es regelrecht in mein Fleisch schneidet. »Sterne habe ich dort selten gesehen. Der Ausblick wäre niemals so toll gewesen …« Sie seufzt. »Ich habe mir auch gar nicht die Zeit genommen, in den Himmel zu schauen. Mitten in der Nacht allein durch die verlassenen Straßen zu gehen, wäre ohnehin lebensmüde gewesen.« Nun schnaubt sie leise auf. »Nicht, dass die Straßen je wirklich verlassen waren.«

Langsam setzt sie sich in Bewegung. Ein Teil von mir erwartet, dass sie sich von mir löst, doch das tut sie nicht. Sie klammert sich ebenso an mir fest wie ich mich an ihr. Schulter an Schulter schlendern wir die Main Street hinab. Vor uns liegen keine fünfzehn Minuten Fußmarsch, aber plötzlich wünschte ich mir, wir hätten noch eine Stunde.

Oder zwei.

Die ganze Nacht wäre mir recht, verdammt.

Doch um so lange draußen rumzumarschieren, ist es zu kalt. Und ich bin noch nicht bereit, sie in mein Haus zu bitten.

»Weißt du, anfangs hat es mich wirklich gereizt. Du konntest rund um die Uhr jedes Essen bekommen, wonach es dich verlangt. Immer hatte irgendein Supermarkt offen. Kinos, Bars, Cafés – alles in Hülle und Fülle vorhanden.« Sie lacht leise auf. »Wenn man aus Eden kommt, einem kleinen Ort wie diesem, ist es anfänglich völlig überwältigend.«

Mein Herz krampft sich zusammen. Ob sie es schon wieder vermisst? »Und jetzt bist du doch wieder hier, wo du nachts schräg angeguckt wirst, wenn du allein rummarschierst. Du gehörst entweder nach Hause oder in den Pub«, werfe ich schwach ein.

Ob unbeabsichtigt oder nicht, Helena lehnt sich gegen mich und meine Kehle wird eng.

»Das mag sein, ja. Alles hat seine Vor- und Nachteile. Jetzt, hier, weiß ich allerdings nicht mehr, was mich je so an der Großstadt gereizt hat. Ich habe dieses Übermaß an Angeboten ohnehin nicht ständig in Anspruch genommen. Und man verlernt es, die Dinge zu schätzen.«

»Klar, wenn alles so einfach zugänglich ist.«

»Nicht alles«, widerspricht sie mir seufzend. »Ich habe es nie geschafft, wirklich Freunde zu finden. Wenn das der Fall gewesen wäre – vielleicht hätten sie mich vor Richard gewarnt.«

»Aber vielleicht wärst du dann nicht zurückgekehrt«, wende ich leise ein.

Sie wirft mir einen zaghaften Blick zu. »Vielleicht – vielleicht aber auch doch. Es fühlt sich gut an, wieder hier zu sein. Eigentlich sogar zwangsläufig. Natürlich hatte es seinen Reiz, mal ein anderes Leben kennenzulernen, aber wirklich glücklich hat es mich nicht gemacht. Wahrscheinlich soll es einfach so sein.« Sie zuckt mit den Schultern. »Du weißt schon. Der berüchtigte Bumerang.«

»Wer weiß. Jetzt, nach allem, tut es dir gut, hier zu sein. Aber vielleicht treibt es dich bald schon wieder fort von hier«, entfährt es mir, ehe ich es verhindern kann. Am liebsten hätte ich mir selbst in den Hintern getreten. Und das nicht nur, weil ich dabei so … traurig klinge. Desillusioniert. Verletzt. Nein, es ist noch lange nicht wieder gut. Leider.

Helena versteift sich, ihre Hand zuckt, als wollte sie sich aus meiner lösen, doch dann seufzt sie auf. »Ich kann es nicht versprechen. Dass ich bleibe, meine ich. Aber ich habe auch nicht vor, direkt wieder zu gehen. Ich … ich muss wohl herausfinden, was ich wirklich will. Wie ich endlich wieder glücklich werde.« Sie stockt. »Wenn dir das zu unsicher ist, verstehe ich das. Wenn du nicht willst, dass wir uns sehen, weil du Angst hast, dass ich dich nur wieder verletze, werde ich dich in Ruhe lassen. Aber falls du darüber hinwegsehen kannst, dass ich gerade völlig planlos bin, würde ich mich sehr freuen, wenn du gelegentlich Zeit für mich hättest. Es mag egoistisch klingen und ich habe keinerlei Recht, solche Ansprüche zu stellen, aber ich könnte dich gebrauchen. In all den Jahren hatte ich keinen richtigen Freund. Ich bin selbst schuld, ich weiß, aber …«

»Hör auf«, presse ich hervor, und sie verstummt abrupt. Vielleicht ebenso erschrocken über die Härte in meiner Stimme wie ich selbst. Für einen Moment ist ihr leises Keuchen alles, was die klirrende Stille unterbricht. Ob es von der leichten Steigung kommt, die wir gerade erklimmen, oder von meinen Worten, weiß ich nicht. Seufzend räuspere ich mich. »Du musst damit aufhören, immer wieder im Dreck zu kriechen. Ja, du hast mich, uns alle, verletzt, weil du so getan hast, als würden wir nicht mehr existieren. Aber ich habe verstanden, dass es dafür einen Grund gab. Ob er wirklich richtig war? Ich weiß es nicht. Ob du einen Weg hättest finden können, mit uns zu sprechen? Vermutlich. Aber weder deine Familie noch ich können uns ein Urteil darüber erlauben, wie es dir wirklich ging. Wir waren ja nicht dabei. Außerdem … ich hätte kommen können, oder? Hätte dich persönlich zur Rede stellen können. Stattdessen habe ich mich verletzt und schmollend zurückgezogen. Aber du bist wieder da, hast den Mut gefunden, dich uns zu stellen. Mach es nicht kaputt, indem du immer wieder auf die Knie gehst und um Vergebung bettelst. Wenn ich nicht in der Lage wäre, dir zu verzeihen, wäre ich jetzt nicht hier.«

Sie schluckt mühsam. »O…okay.«

In ihren Augen glitzert es verdächtig, und der Anblick bringt mich beinahe um. Ich werde es nicht ertragen, wenn sie weint. Nicht meinetwegen. Seufzend lasse ich ihre Hand los, aber nur, um den Arm um ihre Taille zu schlingen und sie noch enger an mich zu ziehen. Mein Herz macht einen unangenehmen Salto. »Du hast mir so verdammt sehr gefehlt, Helena. Jeden einzelnen Tag.«

Sie schluchzt leise auf. »Du mir auch, Noah.«

Ich werde vermutlich nie verstehen, wie es sein kann, dass sie mich dennoch jahrelang wie Luft behandelt hat, aber ich glaube ihr. Glaube den Emotionen in ihrer Stimme.

Sie hat mich vermisst. Sie ist hier. Sie wird nicht direkt wieder abhauen. Es mag dauern, bis ich ihr das wirklich glauben kann, bis ich ihr ausreichend vertraue, um nicht zu erwarten, dass sie jeden Moment wieder wortlos von der Bildfläche verschwindet, aber jetzt und hier ist sie in meinem Arm.

Meine beste Freundin, die den Großteil meines bisherigen Lebens mit mir verbracht hat.

Kleine Schritte.

Tag für Tag.

Die Hauptsache ist doch, dass sie zurückgekehrt ist. Alles Weitere wird die Zukunft zeigen.

Den Rest des Weges legen wir schweigend zurück.

Alles Nötige ist gesagt, und ich weiß, dass Helena meine Worte verarbeiten muss.

Aber trotz allem ist die Stille zwischen uns nicht bedrückend.

So wie es früher schon immer gewesen ist.

# Helena 11

Früher gab es sonntags immer einen luxuriösen Brunch. Mom hat gebacken, es gab Eier, Speck, unendlich viele Leckereien, die es innerhalb der Woche niemals auf den Frühstückstisch schafften, und wir nahmen uns viel Zeit, um über alles zu reden, was uns beschäftigte.

Ich weiß nicht, ob sich während meiner Abwesenheit etwas an dieser Tradition geändert hat, doch seit ich da bin, wird sie definitiv fortgeführt.

Und ich liebe es.

Während Jake, Mason und Dad im Stall sind, bereite ich mit Mom alles vor.

Es tut so gut, Seite an Seite mit ihr in der Küche zu werkeln.

Mein Gespräch mit Noah lässt mich nicht los, weshalb ich mich leise räuspere, als Mom gerade den frischen Stuten aus dem Backofen holt. Der süße Hefegeruch erfüllt die Küche, lässt mir das Wasser im Mund zusammenlaufen. »Schon verrückt. Damals hatte ich das Gefühl, alles zu verpassen, wenn ich hierbleibe. Jetzt fühlt es sich so himmlisch an. Als hätte ich *hier* alles Wichtige verpasst, weil ich gegangen bin. Ich verstehe nicht, wieso ich all die Jahre einer Illusion nachgerannt bin.«

Mom schnieft leise, greift nach meinem Unterarm und drückt ihn. »Die Hauptsache ist doch, dass du wieder hier bist. Nimm dir alle Zeit, die du brauchst, um herauszufinden, was dein Ziel ist. Wie du glücklich werden kannst. Dad und ich sind einfach nur froh, dass du da bist. Du kannst bleiben, so lange du willst.«

Ich schlucke schwer. »Noah hat gestern Abend Ähnliches gesagt. Außerdem meinte er … er meinte, ich solle nicht ständig auf dem Boden herumrutschen und um Vergebung bitten, aber … ich verstehe nicht, wieso ihr es mir so leicht macht. Es fühlt sich nicht richtig an, nach all den Jahren zurückzukehren und so zu tun, als wäre ich nie weg gewesen.«

Nun füllen sich Moms Augen eindeutig mit Tränen. »Aber so ist es doch. Weil du unsere Tochter bist, Helena. Daran hat sich nichts geändert. Wir wollen, dass du glücklich bist. Wenn das bedeutet, dass du in einer Großstadt lebst und dich dort verwirklichst, ist das so. Wir haben gehofft, dass du glücklich bist. Zu wissen, dass du es all die Jahre nicht warst, ist das wirklich Tragische an der Sache. Ja, natürlich haben wir uns gewünscht, dass du mit uns redest, dich meldest, dich uns öffnest, aber die Dinge sind nun mal, wie sie sind, und wir können die Vergangenheit nicht ändern. Wir haben so viele Jahre vergeudet, wieso sollten wir noch mehr davon verschwenden, indem wir wütend aufeinander sind?«

Ich blicke sie mit großen Augen an. In ihren Worten liegt so viel Schmerz, aber auch so viel Wahrheit.

Sie ist so weise.

Ich habe meine Mom immer geschätzt, aber erst jetzt wird mir bewusst, wie stark sie wirklich ist. Wie emotional gefestigt. Und mehr denn je wird sie zu meinem Vorbild. Gewillt, Dinge zu versprechen, von denen ich noch gar nicht weiß, ob ich sie wirklich halten kann, falle ich ihr in die Arme, und wir verharren genau so, bis ein Poltern an der Hintertür ankündigt, dass die Männer zurückkehren.

Verlegen löse ich mich von Mom, registriere ihre geröteten Augen und die feuchten Spuren auf ihren Wangen. Sie ähneln meinen deutlich.

»Lass uns schnell noch den Tisch zu Ende decken«, murmelt sie mit belegter Stimme, ehe sie sich abwendet.

»Natürlich.« Eilig trete ich einen Schritt zur Seite, um die selbstgemachte Marmelade aus dem Kühlschrank zu holen. Gefühle waren nie ein Problem in dieser Familie, nichts, was man verstecken müsste, aber ich schätze, uns ist beiden bewusst, dass es so schnell keinen Ausweg mehr gibt, wenn wir wirklich diesen Pfad der Tränen betreten. Kurz vor unserem gemütlichen Sonntagsbrunch vielleicht nicht die beste Idee.

Mom wirft den Speck in die Pfanne, und das laute Brutzeln übertönt meine rasenden Gedanken.

Heimeligkeit. Das empfinde ich.

Ich fühle mich so zuhause wie sehr lange nicht mehr. Und sicher.

Ganz gleich, wie es weitergeht – so schnell kann ich das definitiv nicht mehr eintauschen. Ich *will* es gar nicht. Ich bin ein ausgetrockneter Schwamm, der jeden Tropfen dieser flüssigen Liebe aufsaugt.

Und in mir ist noch verdammt viel Platz für mehr.

In der kommenden Woche begleite ich Jake bei der Arbeit. Natürlich geht es vorrangig um körperliche Herausforderungen, bei denen ich nur bedingt eine Hilfe bin, doch ich höre ihm fasziniert dabei zu, wie er mir von all den Erneuerungen berichtet.

Melkmaschinen hatten wir damals schon, eine verdammt riesige Investition, die Dad viele schlaflose Nächte bereitet hat, ehe sie ihren Nutzen wirklich bestätigen konnten, aber dass es mittlerweile vollautomatisierte Melkstationen gibt, ist mir neu.

Und das Patensystem – es ist grandios.

Jake zeigt mir die Homepage und erläutert das Programm dahinter. Wer sich für eine Patenschaft entscheidet, bekommt regelmäßig Bilder seiner Tiere und kann zudem Milch von der eigenen Kuh anfordern. Es gibt unterschiedliche Pakete. Wer den monatlichen Basispreis bezahlt, bekommt einmal monatlich ein Update. Bei der Luxusvariante gibt es mehrere Updates, dazu ein paar Liter Milch – und selbstgebackene Kekse sowie eine persönliche Dankeskarte zu Weihnachten. Um ehrlich zu sein, wundert es mich wenig, dass viele die Luxusvariante ausgewählt haben. Selbstgebackene Kekse sind ein Traum. Die Idee ist gleichermaßen klug und ungewöhnlich. Nicht direkt hochprofessionell, dafür aber charmant und persönlich. Wahrscheinlich hätte ich auch direkt so eine Patenschaft abgeschlossen, wenn ich unter anderen Umständen davon erfahren hätte.

Aktuell haben vierzig der knapp zweihundert Kühe Paten, und als Jake mir zeigt, wie viel monatliches Einkommen das bedeutet, werden meine Augen groß.

Allein dadurch sind die meisten Fixkosten abgedeckt. Wenn man dann noch die Einnahmen durch den Milchverkauf und die Zucht hinzunimmt, konnte unser Betrieb ein deutliches Wachstum in den letzten Jahren verzeichnen. Tendenz steigend. Kein Wunder, dass sie sich diesen riesigen Fernseher leisten konnten – und Jake sich diesen Bonzen-Jeep.

Mason hat während meiner Abwesenheit via Fernstudium ein paar Kurse in Medieninformatik belegt, um die Homepage selbst zu führen, während Jake einen Abschluss in BWL absolviert hat. Ich kann nicht fassen, dass er das neben der Hofarbeit geschafft hat.

Ich bin noch unsicher, wie, aber in mir wächst der Wunsch, sie zu unterstützen. Etwas zu tun, um meine Anwesenheit zu rechtfertigen. Um meinen Teil zum Familienunternehmen beizutragen. Früher hat mich das nie interessiert, aber jetzt … jetzt sieht das anders aus. Jake und Mason sind zwar der Meinung, dass ich gar nichts tun muss, um mir meinen Aufenthalt hier zu verdienen, aber das hält mich nicht davon ab, Gedanken zu wälzen. Mein Journalismus-Studium bringt mich nur bedingt weiter, aber ich hatte auch ein paar Kurse zum Thema Marketing. Vielleicht helfen die uns irgendwie …

Von Noah höre ich ein paar Tage lang gar nichts, aber dank Jake weiß ich, dass er oft stundenlang nur unterwegs ist. Entweder ist er im *Babcock Nature Reservat* oder an der *NVU*, wo er offenbar als Dozent arbeitet. Er hat seinen Traum, Biologie zu studieren und sich der einheimischen Flora und Fauna zu widmen, also verwirklicht. Und das, ohne Edens sicheren Hafen je so richtig zu verlassen. Seine Erfolgsquote ist also deutlich besser als meine. Beeindruckend.

Die Temperaturen klettern ein wenig, aber ich weiß nicht, ob das matschige Tauwetter so viel besser ist. Gefühlt versinken wir mit unseren Stiefeln knöcheltief im Schlamm, und die weitläufigen Wiesen, die nach und nach zum Vorschein kommen, sind trist und braun.

Ich mache mir keine Illusionen, der Winter ist noch lange nicht vorbei, uns steht der schneereichste Monat Februar erst noch bevor. Dennoch kann ich es schon jetzt kaum erwarten, zu sehen, wie hier alles erblüht.

Und wie im Herbst die strahlenden, kräftigen Rot-, Gelb- und Orangetöne alles überlagern werden.

Bei diesem Gedanken werde ich ein wenig demütig, weil mir bewusst wird, dass ich zwar nach wie vor nicht weiß, wie es mit meinem Leben weitergehen soll, ich aber offenbar plane, das Jahr über hierzubleiben. Die Erkenntnis ist erleichternd – als hätte ich zumindest eine wichtige Entscheidung getroffen und damit Druck von meinen Schultern genommen.

Am Freitag nehme ich all meinen Mut zusammen und gehe abends in den Pub.

Er ist genauso gut gefüllt wie vergangene Woche, doch Noah entdecke ich nicht, weder am Tresen noch bei den Billardtischen oder irgendwo sonst.

Ich beschließe, trotzdem zu bleiben. Zumindest für ein Pink Cider. Ich bestelle es und setze mich damit dann in eine der Nischen neben dem Tresen; hier ist es etwas ruhiger und sichtgeschützter, aber ich habe den Eingang gut im Blick, sollte Noah doch noch auftauchen.

Elsie ist auch da. Sie stolziert am anderen Ende des Pubs bei den Billardtischen umher. In meinen Augen ist sie die absolute Verkörperung einer Kleinstadttussi, mit ihrem Croptop und der enganliegenden Jeans, dem pinken Lippenstift und den langen Haaren, die sie immer wieder affektiert über die Schulter wirft.

Viele Männer kleben an ihr, und ich bin mir sicher, dass sie sich dessen mehr als bewusst ist.

Ob sie und Noah wohl etwas miteinander hatten? Ein bisschen klang es danach.

Und wieso stört mich der Gedanke nur so sehr?

Um mir irgendeine Beschäftigung zu geben, ziehe ich mein Handy hervor, entsperre den Bildschirm und starre dann ratlos darauf.

Was nun?

Ich frage mich, was Richard wohl gerade tut. Ob er einfach weitermacht? Hat er sich bereits eine Neue angelacht? Ich habe ihm geglaubt, dass er sich einst in mich verliebt hat, aber ich denke, dass seine Liebe nichts mit meinem Verständnis von Liebe zu tun hatte. Männer wie er brauchen Kontrolle. Ich wette, er hat bereits die nächste Frau an der Angel, die schwach genug ist, um sich von ihm manipulieren zu lassen.

Der Gedanke gefällt mir nicht – ich will nicht, dass jemand anderes so leiden muss. Aber er ist immer noch besser als die Vorstellung, dass er sich auf den Weg macht, um mich zurückzuholen, weil ein Mann wie er nicht nur die Kontrolle braucht – er kann auch nicht zulassen, dass jemand anderes bestimmt, wie es weitergeht. Klar, er wusste nie genau, wo ich wohne, aber ich bin nicht naiv. Wenn jemand mit emotionaler Energie beseelt ist, entfesseln sich ganz neue Talente.

Und dass er mit der Trennung nicht einverstanden war, hat er mehr als deutlich gemacht. Mehrfach. Reue, weil er mich geschlagen hat, hat er jedoch nur ganz kurz gezeigt … und das auch nur, weil er gehofft hat, mich wieder auf meine Position zu manipulieren. Wäre ich geblieben, hätte er mich weiterhin geschlagen, davon bin ich überzeugt.

Ich zucke heftig zusammen, als mein Handy plötzlich aufleuchtet. Eine eingehende Nachricht … mein Puls schießt in die Höhe, ein Teil von mir rechnet wohl, dass sie von Richard kommen muss, obwohl ich seine Nummer blockiert habe – als hätte er gespürt, dass ich an ihn denke. Doch dann sehe ich, dass sie von Noah stammt.

Wir haben letzte Woche keine Nummern getauscht, aber offenbar bin ich nicht die Einzige, die in den vergangenen Jahren ihre Nummer nicht gewechselt hat.

Hey, Jake meinte, du bist im Pub?!
Brauchst du Gesellschaft oder bist du verabredet?

Ich schnaube leise auf. Jake? Ernsthaft? Doch dann kommt mir ein anderer Gedanke. Meine Finger fliegen über das Display.

Warst du bei uns?

Sofort beginnt er zu antworten.

Ich bin es noch. Sitze aber im Wagen. Stellt sich nur die Frage, wo ich jetzt hinfahre. Zum Pub oder nach Hause?

Du könntest auch herkommen, wenn ich verabredet bin. Der Pub ist groß genug für uns beide.

Helena!

Ich lache leise auf.

Schon gut, schon gut. Ich bin hier, weil ich gehofft hatte, dich zu treffen.

Gib mir fünf Minuten.

Mich erfüllt ein angenehmes Kribbeln, während ich darauf warte, dass die fünf Minuten verstreichen. Die längsten fünf Minuten meines Lebens, um ehrlich zu sein.

Bis Noah endlich den Pub betritt, ist mein Cider leer. Sein Blick schweift suchend durch den Raum, und als er mich entdeckt, hellt sich seine Miene so deutlich auf, dass es sich anfühlt, als würde die Sonne aufgehen. Freitagabends um halb neun. Im Laufe der Woche habe ich angefangen, mich zu fragen, ob er mir bewusst aus dem Weg geht. Aber diese Reaktion spricht Bände.

Das tut übrigens auch eine weitere Reaktion: Über Noahs Schulter hinweg sehe ich, wie Elsie auf ihn aufmerksam wird und ihn mit einem so besitzergreifenden Blick mustert, dass ich sie am liebsten in ihre Schranken weisen würde.

Aber das ist nicht meine Aufgabe.

Ein kleiner Wärmeball formt sich in meiner Magengrube, als er zu mir tritt. »Hey, du.«

»Hey«, erwidere ich – eine Spur atemlos.

»Noch so eins?«

Ich sehe, wie er mit dem Kinn Richtung Glas deutet, und nicke. Wortlos greift er danach und tritt an die Theke. Elsie wirkt wie ein Raubtier, bereit, sich auf ihn zu stürzen, doch bewusst oder nicht, er zeigt ihr die buchstäbliche kalte Schulter.

Wenige Minuten später kommt er zu mir zurück, ein Cider für mich, für sich eine …

»Coke?«, frage ich überrascht.

Er zuckt mit den Schultern. »Bin mit dem Wagen hier.

Und wenn ich ein Bier trinke, schlafe ich wahrscheinlich direkt am Tisch ein.« Seufzend sinkt er auf die Bank mir gegenüber.

Ich fixiere ihn genauer, und mir wird bewusst, wie erschöpft er aussieht.

»Harte Woche?«, frage ich mitfühlend.

Er lacht leise auf. »Du hast ja keine Ahnung.«

Ich runzle die Stirn. »Willst du darüber reden?« Ich hoffe so sehr, dass er es tut. Dass er mich für würdig genug erachtet …

Doch er schüttelt den Kopf, und diese minimale Bewegung zerschmettert mein Herz. »Nein. Beziehungsweise … es ist eigentlich nicht der Rede wert. Nur Probleme im Reservat und ein Haufen schriftliche Ausarbeitungen, die ich am besten bis gestern korrigiert haben muss.«

Hm. Die Scherben fügen sich zaghaft wieder zusammen. »Also … Arbeit?«

»Im Großen und Ganzen.« Er zuckt die Schultern. »War diese Woche meist früh im Reservat, ehe ich nach Johnson gefahren bin, nur um anschließend noch mal in den Wald zu fahren. Ich könnte das ganze Wochenende durchschlafen.«

»Wieso liegst du dann nicht im Bett?«, frage ich.

Er lächelt mich schief an. »Weil ich tagelang nichts von dir gehört hab und sichergehen wollte, dass du noch da bist.«

Autsch. Dieser Seitenhieb sitzt, aber da er dabei lächelt, ringt er mich nicht völlig zu Boden.

Ich ziehe meine Unterlippe zwischen die Zähne, ehe ich seufzend sage: »Nun, ich bin noch da. Dich trennt also nichts mehr von deiner Matratze.«

»Helena …«, murmelt er rau. »Ich will lieber noch ein bisschen Zeit mit dir verbringen, verstehst du das nicht?«

Und wenn das mal nicht runtergeht wie Öl …

»Erzähl mir von deiner Woche, ja? Was hast du so getrieben?«

Seufzend puste ich mir ein paar Strähnen aus der Stirn. »Im Vergleich zu dir nicht allzu viel.«

»Ich bin ganz Ohr.«

Lächelnd versinke ich in seinen braunen Augen. Ich sehe nichts als Aufrichtigkeit in ihnen. Er ist hier, weil er wirklich wissen will, wie meine Woche war. Trotz Erschöpfung. Von der deutlichen Zurückhaltung, ja, gar Ablehnung, die er mir vor einer Woche noch entgegengebracht hat, ist nichts mehr zu spüren. »Ich hab mir von Jake und Mason den Hof erklären lassen. Also – die Neuerungen. Wusstest du, dass sie Tierpatenschaften anbieten? Ich finde das Konzept ziemlich cool. Sie wollen gerne auch die sozialen …« Ich verstumme, als mir schlagartig die Lösung in den Sinn kommt. Ein Weg, wie ich mich beteiligen, wie ich unserem Betrieb helfen kann.

»Helena?« Noah runzelt die Stirn. »Alles okay?«

Ich lache auf. »Sorry, mir kam nur gerade der Einfall schlechthin. Weißt du, ich hab die ganze Woche schon überlegt, wie ich helfen könnte. Wie ich meinen Teil dazu beitragen kann, dass der Hof …«

Doch weiter komme ich nicht. Dieses Mal nicht,

weil mir erneut ein Blitzgedanke kommt, sondern weil ein Schatten auf mich fällt, dicht gefolgt von einer kalten, klebrigen Dusche. Einer *äußerst* klebrigen Dusche.

»Upsie«, flötet Elsie zuckersüß und grinst mich mit einem so bösen Lächeln, so voller Schadenfreude an, dass mir Tränen in die Augen schießen. Dabei hat jemand wie sie diese Energie gar nicht verdient.

»Was zum Teufel?«, grollt Noah, springt auf und packt Elsie am Arm. Die wirkt im ersten Moment begeistert, ehe sich ihre Augen erschrocken weiten. Vielleicht, weil Noahs Griff sicherlich nicht zärtlich ist und er sie mustert, als würde er sie am liebsten auf den Mond schießen. Oder noch viel weiter weg. »Entschuldige dich sofort bei Helena!«

Elsies Schock wandelt sich in zickige Wut. Ihr Blick streift mich verächtlich. »Auf gar keinen Fall. Kann doch nix dafür, dass ich stolpere. Wäre sie nie zurückgekommen, hätte sie auch nicht im Weg gesessen. Meinst du wirklich, ich habe meinen Drink extra an jemanden wie *sie* verschwendet?«

Mein Herz quetscht sich schmerzhaft zusammen. Ich weiß nicht, wieso Elsie plötzlich auf einem privaten Rachefeldzug ist. Ich habe ihr nichts getan, hatte früher nie großartig Probleme mit ihr. Wir waren zwar nicht gerade Freunde, aber garantiert keine Feinde. Dass sie mir so offen bösartig begegnet, kann ich nur schwer vertragen. Umso mehr, weil ich nach Eden gekommen bin, um mich von der Bösartigkeit meines Lebens in New York zu erholen. Nicht, um mich hier einem weiteren Feind zu stellen …

Mit zittrigen Fingern wische ich meine nassen Strähnen aus der Stirn. Shit. Ich habe mich nicht großartig geschminkt, ehe ich hergekommen bin, aber meine Mascara läuft mit Sicherheit gerade in schwarzen Bahnen meine Wangen hinunter. Und ich *stinke*.

Mein Herz rast so schnell, gleichzeitig atme ich so flach, dass mir schwindelig wird. Das alles fühlt sich surreal an. Ich kenne das Gefühl, hatte es zuletzt in New York. Ich wollte es ganz bestimmt nicht hier empfinden. Es ist so falsch. So …

»Komm«, knurrt Noah in diesem Moment in meine Richtung. »Wir gehen.«

»Wag es nicht, mich jetzt hier stehenzulassen, Noah Edwards!«, zischt Elsie – während sie mir einen Blick zuwirft, als wollte sie mich umbringen. Unwillkürlich hebe ich meine Schultern, mache mich noch kleiner. »Wenn du das tust, bist du bei mir unten durch!«

»Du«, fährt Noah sie an, »hältst ab sofort den Ball flach, kapiert? Ich weiß wirklich nicht, was dein Problem ist. Das mit uns war niemals exklusiv und es war der größte Fehler, den ich begehen konnte! Lass verdammt noch mal Helena in Ruhe, sie hat dir nichts getan!«

Mit diesen Worten angelt er nach meiner Hand, zieht mich auf die Füße und zur Garderobe. Elsie schnaubt giftig auf, ich meine sogar zu spüren, wie sie gegen meinen Rücken stößt, und zucke heftig zusammen.

Sofort wirft Noah mir einen Blick zu. Obwohl er

außer sich vor Wut ist, so wütend, wie ich ihn selten erlebt habe, sehe ich Fürsorge in seinen Augen. »Alles okay?«

Ich kann nicht antworten, kann nicht einmal mit den Schultern zucken.

Bei der Garderobe hilft er mir in seinen Mantel, der so groß ist, dass ich regelrecht darin verschwinde. Ich bin so verwirrt, dass ich im ersten Moment nicht begreife, wieso, mich auch nicht dagegen wehre.

Erst als er sich meinen schnappt und ohne Jacke aus der Bar tritt, reiße ich die Augen auf. »Noah!«

Ich zerre an seiner Hand, die meine fest umklammert, doch er hält nicht inne. »Ja?«

»Du … deine Jacke!«

Doch da bleiben wir schon vor einem dunklen Pick-up stehen. Noah reißt die Beifahrertür auf. »Steig ein.«

»Du frierst!«

»Deshalb sollst du ja einsteigen!«

Er wirkt immer noch so außer sich, dass ich nicht widerspreche … doch dass ich in seinem Mantel verschwinde, während er nur seinen Rollkragenpullover trägt, fühlt sich falsch an.

*Alles* fühlt sich falsch an.

Als würde ich die Ruhe hier empfindlich stören. Alles, was ohne mich eine Routine gefunden hat, scheint durch meine Ankunft zu implodieren.

Wieder einmal habe ich das Gefühl, nicht hierherzugehören. Meinen Platz hier verwirkt zu haben.

Bloß … wenn New York nicht mein Zuhause ist – es

nie war – und ich auch hier nicht mehr zuhause bin … wohin soll ich dann?

# Noah 12

Am liebsten würde ich zu mir fahren, Helena in mein Haus bringen und vor jeder Bösartigkeit schützen, aber dann steuere ich doch die Farm der Jacksons an. Ich schätze, sie braucht die Sicherheit ihrer eigenen vier Wände jetzt dringender.

Sie hört einfach nicht auf zu zittern. Ich weiß nicht, ob sie es wirklich bemerkt, aber sie schüttelt sich wie Espenlaub und ist kreidebleich. Dazu die schwarzen Spuren ihrer verlaufenen Mascara, das feucht-klebrige Haar, der Geruch nach Bier und, das ist das Schlimmste, dieser traurige, verletzte Ausdruck in ihren Augen …

Ich könnte *durchdrehen.*

Wäre Elsie ein Kerl gewesen, ich hätte für nichts garantieren können. Ich halte nicht viel von Gewalt, ehrlich nicht. Nach allem, was Helena erzählt hat, sogar noch viel weniger. Doch dass Elsie den Abend, der so vielversprechend begonnen hat, derart versaut hat, macht mich fuchsteufelswild. Helena ist von allein dorthin gekommen, um mich zu suchen! Wie stehen die Chancen, dass sie das so schnell wieder tun wird? Allein diese Tatsache macht mich bereits so sauer.

Warum habe ich nie bemerkt, was für ein Miststück sie ist?

Meine Wut hält an, doch es mischt sich zunehmend ein neues Gefühl unter. Als wir in die Einfahrt biegen, realisiere ich, dass es Enttäuschung ist.

Helena hat den Pub aufgesucht, weil sie zu *mir* wollte. Sie hatte gerade angefangen, mir von ihrer Woche zu erzählen, wirkte so entspannt wie lange nicht mehr. Fuck, sie hat von innen geleuchtet … und dann das.

Meine Knöchel treten weiß hervor, so fest umklammere ich das Lenkrad. Als ich neben Jakes Jeep parke, zum zweiten Mal an diesem Abend, seufzt Helena auf. Ich werfe ihr einen verhaltenen Blick zu, mich innerlich gegen alles wappnend.

»Deine Jacke ist jetzt versaut. Du hättest nicht …«

»Darum ging es ja«, falle ich ihr ins Wort. »Ich hab zuhause noch eine. Die hier wasche ich und gut. Ich wollte nicht, dass noch mehr von deinem Zeug nach Bier stinkt.«

Sie sieht mich an, und die Tränen, die in ihren Augen schimmern, bringen mich beinahe um. »Es tut mir leid …«

»Nicht«, sage ich hart. »Dir muss gar nichts leidtun.«

Sie blinzelt, und ich sehe ihr an, dass sie anderer Meinung ist. »Doch. Offenbar mache ich das mit euch kaputt, und außerdem …«

»Da war nie etwas! Fuck!« Aufgebracht fahre ich mir durchs Haar, gleichzeitig erzittere ich. Nun, da der Motor aus ist und damit auch die Heizung, kühlt sich das Auto rasend schnell ab. »Wir sind im Bett gelandet, ja, aber es war unverbindlich und ich bereue es mittlerweile zutiefst.«

Es wirkt, als würde sich eine Tür in Helenas Innerem schließen. Als hätte ich genau das Falsche gesagt. Gleichzeitig seufzt sie auf, klingt dieses Mal noch viel deprimierter. »Du frierst. Ich sollte … wir … kommst du noch mit rein?«

Damit habe ich nicht gerechnet, doch ich muss nicht zweimal überlegen. »Klar!«

Eilig verlasse ich den Wagen, nehme ihren Mantel vom Rücksitz und trete zu ihr. Seite an Seite gehen wir zum Haus, dessen Tür auffliegt, ehe Helena auch nur an die Klinke packen konnte.

»Was ist passiert?«, knurrt Jake, der vor uns aufragt, als hätte er die ganze Zeit im Flur auf Helenas Rückkehr gewartet. Als hätte er nur darauf gewartet, dass etwas schiefgeht.

»Nichts«, erwidert sie eilig, während ich »Elsie« zische.

Jakes Stirn legt sich in Falten, aber er tritt beiseite, sodass wir beide eintreten können.

Ich atme erleichtert durch. Shit. Eine Minute länger da draußen und meine Eier wären mir abgefroren.

Verlegen schlüpft Helena aus meinem Mantel, hält aber inne, als sie ihn mir reichen will.

In dem Moment kommt Sally um die Ecke. »Helena? Noah? Was ist passiert?«

»Bierdusche«, stellt Jake fest, die Arme vor der Brust

verschränkt. Sein Blick huscht fragend zu mir. Schätze, das muss ich erklären.

Ich hänge Helenas Mantel auf und nicke. »Elsie scheint ein Problem damit zu haben, dass ich Zeit mit Helena verbringe. Es tut mir leid.«

»Du kannst doch nichts dafür!«, protestiert Helena. Gleichzeitig schießen frische Tränen in ihre Augen. Sie wirkt, als würde sie jeden Moment zerbrechen. Von ihrem inneren Strahlen ist nichts mehr übrig. Gar nichts.

»Oh, Mäuschen.« Sally kommt näher, nimmt ihr meinen Mantel aus der Hand. »Geh doch schon mal hoch, dich umziehen und frischmachen, ja? Ich stecke den hier schnell in die Waschmaschine, dann komme ich nach.«

Ich weiß zwar nicht, wie genau Sally ihrer erwachsenen Tochter helfen will, doch Helena scheint das weniger zu hinterfragen. Sie wirft mir einen letzten, entschuldigenden Blick zu, ehe sie mit hängenden Schultern die Treppe ansteuert. Zuzusehen, wie geschlagen sie nach oben schlurft, facht erneut meine Wut auf Elsie an.

Jake klopft mir auf die Schulter. »Danke, dass du sie nach Hause gebracht hast, Mann. Möchtest du einen Scotch?«

Eben habe ich Alkohol verweigert, doch jetzt, spüre ich, kann ich etwas gebrauchen, was meine Nerven beruhigt – und mich von innen wärmt. Bei Minustemperaturen nur in Pulli und Jeans rumzulaufen, ist nicht gerade eine kluge Entscheidung. Ich nicke und folge Jake ins Wohnzimmer, wo Mason sich durch die TV-Kanäle zappt.

»Dad schläft schon«, erklärt er mir, als würde das irgendeinen Unterschied machen. »Setz dich.«

»Hey, schon wieder da?«, ruft Mason, der jetzt erst zu bemerken scheint, dass sie Besuch bekommen haben.

Ich verziehe das Gesicht. »Jepp …«

Ohne weiter darauf einzugehen, konzentriert er sich wieder auf den Fernseher. Er ist bei irgendeiner Wiederholung eines Eishockeyspiels hängen geblieben, und für einen kurzen Moment fesselt diese auch meine Aufmerksamkeit.

»Hier.« Jake drückt mir ein schweres Kristallglas in die Hand. Anstatt sich zu Mason auf die Couch zu setzen, deutet er zum Esstisch, wo wir uns schließlich niederlassen.

Wortlos nippe ich an meinem Glas.

»Du und Elsie also, hm?«

Ich verschlucke mich fast an dem Scotch. Zu schade, er ist wirklich gut. Irritiert stelle ich das Glas ab und begegne Jakes Blick. Der Spott liegt tief verborgen in seinen Augen, aber er ist da. »Es war offensichtlich ein Fehler.«

Jake nickt. »Und jetzt ist sie eifersüchtig auf Helena.«

Ich zucke mit den Schultern. »Scheint so.«

»Gibt es denn einen Grund dazu?«

Irritiert wölbe ich die Augen – Jakes Stimme hat sich verändert, er klingt angespannter, schärfer. »Nein?«, erwidere ich defensiv. »Sie hat keinerlei Recht dazu, sich so aufzuführen. Helena war immer meine beste Freundin. Es ist doch klar, dass ich Zeit mit ihr verbringe, wenn sie endlich wieder zurück ist.«

Die Spannung scheint aus Jakes Schultern zu weichen. »Ja, natürlich ist das klar«, brummt er, nimmt ebenfalls einen Schluck. Seufzend fährt er fort. »Es ist große Scheiße, dass so etwas passiert. Wir wollen nicht, dass Helena wieder verschwindet, aber wenn ihr so offen feindselig begegnet wird …« Sein Blick verliert an Fokus, ehe er mich ansieht. »Gibt es noch mehr davon? Mehr Leute, die es ihr irgendwie schwer machen?«

Ich zucke die Schultern. »Keine Ahnung. Ich habe nichts mitbekommen. Sonst hat sich im Pub kaum jemand für sie interessiert – wenn man mal von Neugierde absieht. Ich denke, die meisten werden sich einfach nicht einmischen wollen. Ist am Ende ja ihr Ding. Beziehungsweise eures.« Oder unseres.

Jake brummt.

Von oben ertönt ein Poltern, dann das Rauschen von Wasser in der Leitung. Wahrscheinlich duscht Helena gerade das Bier ab – und wieso spüre ich einen seltsamen Hitzeball in meinem Bauch, während ich darüber nachdenke?

Nachdenklich nippe ich an meinem Scotch und sinniere nicht zum ersten Mal darüber nach, wie schnell sich die Dinge doch ändern können. Vor zwei Wochen hätte ich im Leben nicht darüber nachgedacht, so schnell wieder mit Jake an einem Tisch zu sitzen und Scotch zu trinken.

Letzte Woche war ich noch voller Wut und hätte es

niemals in Erwägung gezogen, Helena so schnell zu verzeihen.

Und doch sitze ich jetzt hier und warte darauf, dass sie wieder runterkommt, voller Zorn auf Elsie, die es gewagt hat, sich ihr zu nähern.

Jake stellt sein Glas etwas lauter als geplant ab. »Hör zu, Noah …«

Ich wende mich ihm zu, die Augenbrauen gewölbt. »Ja?«

»Mir ist klar, dass sie dir wehgetan hat. Du wirst unter ihrer Abwesenheit genauso gelitten haben wie wir.«

Eine eisige Faust umklammert mein Herz. Mehr als ein Nicken bringe ich nicht zustande. Worauf will er hinaus?

Plötzlich wird seine Miene weicher. »Wir sind sehr froh, dass du ihr die Chance gegeben hast, sich zu erklären. Dass du trotz allem für sie da bist. Sie hatte es nicht leicht …«

Ich spanne mich an, als mir klar wird, worauf er hinauswill. Sobald ich nur daran denke, könnte ich durchdrehen. »Ich bin froh, dass sie den Mistkerl verlassen hat.«

Seine Augen funkeln hart. »Wir auch. Hat sie dir gegenüber irgendwas erwähnt? Hat … keine Ahnung, hat er sich bei mir gemeldet?«

Ich schüttele den Kopf. »Nicht dass ich wüsste … wir haben diese Woche aber auch nicht viel geredet. Und im Pub hatten wir auch keine Zeit, ehe es zu diesem Vorfall kam.«

Jake nickt, und es herrscht Schweigen, bis kurz darauf Helena die Treppe hinabkommt. Sie betritt die Küche mit suchendem Blick.

Meine Kehle wird trocken, als ich ihr Outfit registriere: Leggings und einen alten Hoodie, den ich unwillkürlich wiedererkenne. Es ist meiner vom Highschool-Abschluss, den ich ihr eines Abends geliehen hatte, als sie gefroren hat. Ich habe ihn nie wiedergesehen.

Völlig ungeschminkt, mit noch feuchten Strähnen, kommt sie näher. Ehe ich etwas sagen kann, steht Jake auf, breitet seine Arme aus und zieht sie an sich.

Ich sehe, wie ihre Schultern erzittern, und realisiere, wie schlecht es ihr immer noch geht. Irgendwie vergesse ich es in den kurzen Momenten, in denen es sich einfach nur gut anfühlt, sie zurückzuhaben.

Sie ist nicht ohne Grund wieder hier. Hat nicht einfach so den Schritt gewagt, der für viele Menschen wie Scheitern klingt: nach Jahren wieder bei den eigenen Eltern einzuziehen.

Dass Menschen wie Elsie es ihr schwermachen, ist absolut inakzeptabel. Ich kann und werde das nicht tolerieren.

Während ich Jake und Helena in diesem intimen Moment beobachte, fühle ich mich plötzlich fehl am Platz. Leise räuspernd erhebe ich mich. »Vielleicht sollte ich einfach …« Weiter komme ich nicht, weil sich Helena so schnell von Jake löst und gegen mich wirft, dass mir sämtliche Luft aus den Lungen gepresst wird. Sie klammert sich an mir fest, als wäre ich ihr Rettungsring, und in diesem Moment … in diesem Moment lasse ich jeden noch verbliebenen Groll einfach los. Es spielt keine Rolle, was war. Der Schmerz, die Wut, jede gequälte Nacht ist Vergangenheit. Alles, was zählt, ist, dass sie wieder zurück ist. Dass ich Helena wiederhabe.

Und dieses Mal … werde ich sie nicht einfach so gehen lassen. Egal wie, ich werde es nicht zulassen.

»Bitte bleib hier«, murmelt sie, ihr Gesicht gegen meine Brust gepresst. »*Bitte.*«

Als hätte sie meine Gedanken gelesen.

Ich fange Jakes Blick auf. Er wirkt irgendwie überfordert mit der Situation, zuckt dann jedoch mit den Schultern und deutet Richtung Wohnzimmer. »Bin dann mal bei Mason.«

Und mir bleibt nichts anderes übrig, als meine Arme fester um Helena zu schlingen, sie zu halten, weil es das ist, was sie gerade braucht.

Und ich auch, wird mir bewusst.

Ich auch.

So verdammt sehr.

Dass »Bleiben« auch über Nacht impliziert, wird mir erst bewusst, als wir kurz darauf nach oben gehen.

Helena führt mich fast schon verlegen in ihr Zimmer, und ich keuche leise auf, als ich es betrete. Es ist, als hätte mich eine Zeitmaschine geradewegs in die Vergangenheit befördert. Alles ist noch so wie damals. Dasselbe weiße

Holzbett mit der zusätzlichen Matratze im Bettkasten. Die Lichterkette an der Wand dahinter. Der Schreibtisch am Fenster, auf dem sich noch dieselbe Unterlage, derselbe Stifteköcher befinden. Der zottelige Teppich, über den wir so oft gestritten haben, weil ich ihn als schmutzig-pink bezeichnet habe, Helena aber auf Altrosa bestanden hat. Voller Bittersüße schlendere ich zu der Korkpinnwand und fahre mit meinen Fingerkuppen über unser Bild, das lange zu meinen Lieblingsfotos gehört hat. Wir beide, Seite an Seite, die Arme umeinander geschlungen, am Ufer des Lake Eden. Die Sonne war im Begriff unterzugehen und hat orangegolden im Wasser gefunkelt. Noch war vom anstehenden Herbst nicht viel zu spüren, aber das Licht ließ bereits erahnen, dass bald schon der Indian Summer beginnen würde. Mason hat den Schnappschuss gemacht, nur um uns anschließend gnadenlos ins Wasser zu schubsen. Wir wirken jung, ausgelassen, fröhlich; der Sommer gehörte zu den besten meines Lebens. Kein Jahr später war Helena fort und mit ihr sind auch all diese schönen Erinnerungen nach und nach verschwunden, sind langsam ertrunken. Mich durchzuckt ein schweres Gefühl von Verlust, nicht allein dadurch begründet, dass ich das Bild zerrissen habe, kurz nachdem mir vollumfänglich bewusst geworden war, dass sie mich ghostet. Ich fühle mich schrecklich beraubt. Vier Jahre unserer Freundschaft sind fort. Vier beste Sommer. Und ich wünschte, ich könnte sie zurückholen, könnte uns die Chance auf diese Zeit ermöglichen …

Aber es liegt nicht in meiner Macht.

Ein Poltern ertönt hinter mir, und ich wirble zu Helena herum. Sie zieht an der Schublade unter ihrem Bett, in der sich die Matratze befindet. Früher habe ich oft dort geschlafen. Weder die Jacksons noch meine Eltern hatten je Zweifel daran, dass wir uns benehmen würden. Es stand einfach nie zur Debatte, dass unsere Hormone mit uns durchgehen würden. Wieso eigentlich nicht? »Warte, ich helfe dir.«

Wortlos ziehen wir das Bett aus. Die Schublade klemmt, als wollte auch sie ihren Protest äußern, weil sie so lange nicht genutzt wurde. Während Helena die Matratze bezieht, nehme ich mir die dicke Wolldecke von ihrem Fußende und ein paar ihrer unzähligen Kissen. Eine Routine, die schon so lange nicht mehr vollzogen wurde, uns aber dennoch im Blut liegt.

Staubpartikel schweben in der Luft, und die Stimmung wird irgendwie schwer.

Helena kaut auf ihrer Unterlippe herum. »Ich … brauchst du noch irgendwas? Soll ich ein paar Snacks holen oder was zu trinken oder …«

»Gib mir nur einen Moment im Bad. Hast du eine Zahnbürste für mich?«

Sie blinzelt. »Äh, sicher. Warte, ich gucke, wo Mom die Vorräte aufbewahrt.« Eine zarte Röte breitet sich auf ihrem Gesicht aus, während sie mich noch ein paar Sekunden anstarrt, als wäre mir ein zweiter Kopf gewachsen.

Ich habe unzählige Male hier geschlafen. Die Vorbereitungen waren absolut vertraut.

Und trotzdem fühlt es sich plötzlich völlig neu an, als ich ihr dabei zusehe, wie sie aus ihrem Zimmer schlüpft.

Was genau tue ich hier eigentlich?

Zwanzig Minuten später liege ich in Shirt und Boxershorts auf der Matratze, auf der ich schon so viele Stunden verbracht habe. Es ist still im Zimmer. Nichts als die Lichterkette hinter uns sorgt für Helligkeit, was das Zimmer in ein angenehm dämmriges, gelbliches Licht hüllt. Nicht ein Hauch von Licht dringt von draußen durch die Scheiben. So war es hier schon immer. Wenn es dunkel wurde, war es dunkel. Stockdunkel.

Leise dringen die Geräusche des Fernsehers von unten an mein Ohr, was ein wenig von dem Gefühl abmildert, völlig allein auf dieser Welt zu sein. Abgesehen davon ist Helenas Atem alles, was die Stille durchbricht. Ich klammere mich an der Wolldecke fest, inhaliere ihren süßlich-fruchtigen Duft, der von allen Seiten auf mich einströmt. Ob sie ihr Parfüm nie gewechselt hat? Oder hat sie hier einfach noch einen kleinen Vorrat von damals, den sie nun wieder nutzt?

Nichts erinnert an die Bierdusche von vorhin, Gott sei Dank. Wenn man mal von dem verbliebenen Groll absieht, der noch in mir schlummert.

Ich spüre, wie sich ihre Stimmung verändert, noch ehe sie sich leise räuspert. Als würde die Spannung in der Luft zwischen uns zunehmen, als würde … würde sie gleich brennen. »Meinst du, es war ein Fehler, zurückzukommen?«

Schlagartig richte ich mich auf, greife nach ihrer Hand. Auch sie setzt sich hin, bis wir einander im Schneidersitz gegenübersitzen. Ich ein wenig niedriger als sie, weshalb wir beinahe auf Augenhöhe sind. »Nein«, sage ich mit Nachdruck. »Auf gar keinen Fall. Du hast deine Familie und mich sehr glücklich mit deiner Rückkehr gemacht.«

»Aber erst habe ich euch unglücklich gemacht. Und es gibt offensichtlich Menschen, die es weniger freut …«

»Vergiss Elsie«, falle ich ihr ins Wort – und ergreife auch noch ihre andere Hand. Ich wusste, dass es sie nachhaltig beschäftigen würde, dass sie diese Schmach nicht in der Dusche abwaschen konnte. Das werde ich Elsie niemals verzeihen.

»Aber wie? Hast du gesehen, mit wie viel Verachtung sie mich angesehen hat? Und glaubst du wirklich, sie hört damit auf?«

»Irgendwann wird sie es. Spätestens wenn sie merkt, dass sie ihr Ziel dadurch nicht erreicht.«

»Welches Ziel denn?«

Ich lächle sie schief an. »Nun, sie scheint sich irgendwelche Besitzansprüche auszumalen, oder? Aber wenn sie glaubt, dass ich deshalb aufhöre, Zeit mit dir zu verbringen, hat sie sich geschnitten.«

»Siehst du, genau das meine ich. Ich komme nach all den Jahren wieder und du wirfst alles über den Haufen. Das habe ich nicht verdient …«

Ohne nachzudenken, schiebe ich mich zu ihr aufs Bett, ziehe sie an mich. Sie erschaudert, ähnlich wie vorhin bei Jake, und ich halte sie, bis ich spüre, dass sie sich endlich ein wenig entspannt.

Als sie sich von mir löst, wirkt sie verlegen, aber ich gleite nicht zurück auf meine Matratze und sie scheint es auch nicht zu wollen. Stattdessen rutschen wir beide zurück, lehnen uns an die Wand.

Sie beginnt, mit meinen Fingern zu spielen, und eine Weile konzentriere ich mich auf das angenehme Gefühl, das mich wellenartig erfasst.

»Erzähl mir von ihm«, sage ich rau. »Hast du etwas von ihm gehört, seit du hier bist?«

Ihr Blick zuckt überrascht zu mir. Im ersten Moment glaube ich, sie wird verneinen, doch dann seufzt sie leise auf. Das schwache Licht zeichnet ihre Konturen ganz weich, dennoch sehe ich, wie verletzlich sie plötzlich wird. Gleichzeitig hört sie auf, mit meinen Fingern zu spielen, was mich beinahe enttäuscht protestieren lässt. Ich verkneife es mir, schlinge meine stattdessen um ihre und halte sie.

Helena räuspert sich leise. »Nein. Ich habe ihn überall blockiert. Ich glaube nicht, dass ich noch von ihm hören werde. Männer wie er brauchen die Kontrolle, und ich denke, er hat bemerkt, dass er mich nicht mehr kontrollieren kann. Also sucht er sich vermutlich ein neues Opfer. Oder hat es längst gefunden.«

*Oder er will dich zurückholen,* schießt es mir durch den Kopf, doch ich spreche den Gedanken nicht laut aus.

Gleichzeitig beschließe ich, dass sie selbst hier in Eden nachts nicht mehr allein durch die Straßen laufen sollte. Vielleicht auch tagsüber. Plötzlich verstehe ich Jakes Bedenken nur allzu gut …

»Er war nicht immer so«, murmelt sie bekümmert.

Ein heftiger Stich durchfährt mich. Das Letzte, was ich jetzt hören will, ist eine romantische Kennenlerngeschichte. Doch sie gehört dazu, wird mir bewusst. Sie gehört zu Helena, und wenn ich wissen will, was in den vier Jahren geschehen ist, die sie fort war, muss ich mir alles anhören, was sie zu teilen bereit ist.

Auch das.

Also drücke ich ihre Hand sanft, um sie zum Weiterreden zu ermutigen.

Ein weiteres Seufzen, das aus ihrem tiefsten Inneren zu kommen scheint und voller Schmerz vibriert. »Im Nachhinein betrachtet war ich das perfekte Opfer. Aber das habe ich natürlich damals nicht erkannt. Was ich erkannt habe, war, dass ein sehr gut aussehender, wohlhabender Mann sich plötzlich für mich interessiert hat. Die kleine Reporterin, die in ihrem Bürowürfel gesessen und für niedere Klatschartikel recherchiert hat. Recherche. Ich durfte nicht einmal schreiben! Jedenfalls … wir haben uns bei einer Eröffnung einer neuen Mall getroffen. Ich konnte anfangs gar nicht glauben, dass er sich für mich interessiert. Ich war doch nur diese Kleinstadtmaus, die total in New York untergegangen ist. Aber so war es, und nach all den Monaten der Ängste und Rückschläge und Einsamkeit war er wie ein Lebenselixier für mich.« Sie wirft mir einen Blick zu, so verletzlich, so beschämt, dass ich die Säure in meiner Kehle herunterschlucke und sie anlächele.

»Du hast nicht bemerkt, was er wirklich vorhatte. Das kann dir niemand vorwerfen.« Ich atme tief durch, spüre dieses Kribbeln an meiner Wirbelsäule. *Sag es nicht. Sag es nicht. Sag es nicht.* »Es ist nur so, du hättest dich jederzeit bei mir melden können. Ich …«

Was?

Wäre ich zu ihr gezogen?

Hätte ich ihr Händchen gehalten?

Hätte ich sie zurückgeholt?

Bekümmert blickt sie in ihren Schoß. »Ich weiß. Und ich verstehe bis heute nicht, wie ich das tun konnte. Mich nicht melden, meine ich. Ihr hättet mir alle nicht den Kopf abgerissen. Aber ich war so verdammt entschlossen, es zu schaffen. Es mir und allen zu beweisen, dass dieser Umzug kein Fehler war.« Sie zuckt mit den Schultern. »Nun, du siehst ja, was es mir gebracht hat. Vier verschwendete Jahre, Leid und Unruhe in eurem Leben. Ich bin so eine Idiotin.«

Ich halte es nicht länger aus, ziehe sie an mich, und ehe ich weiß, wie mir geschieht, sitzt sie auf meinem Schoß. Mein Herz rast, während ich meine Wange auf ihren Scheitel presse. Sie ist hier. Fleisch und Blut. Wärme. Ihr Geruch. Ihre Essenz. Helena ist hier. Aber ich spüre immer noch einen Graben. Spüre, dass sie selbst sich nicht verzeihen kann. Und solange das der Fall ist, werden wir es schwer haben. Wird sie es hier schwer haben …

»Ich habe gedacht, dass ich es ertragen kann. Alles. Ich dachte wirklich, ich wäre schuld daran, wenn er wütend wird. Dachte, ich müsste es einfach besser machen. Aber auf dieser Silvesterparty war gar nichts, Noah. Ich habe nichts Falsches getan, ihn nicht bewusst provoziert. Da waren nur seine Kollegen, ich hatte ja gar keine Freunde, und ich war, wie er es stets von mir verlangt hat. Höflich und zuvorkommend. Trotzdem war er der Meinung, ich hätte Mist gebaut. Hätte mit seinem Chef geflirtet, was völlig absurd ist. In jener Nacht hatte ich zum ersten Mal richtig Angst vor ihm. Vorher war er schon schlimm, aber da? Er hat diese eine Grenze überschritten, die er vorher immer gewahrt hat. Die es mir möglich gemacht hat, mir einzureden, dass alles halb so wild ist. Sein Schlag hat mir endgültig die Augen geöffnet. Ich konnte es ihm nicht recht machen. Wenn er wütend sein wollte, war er es. Also habe ich mich in meinem Zimmer eingeschlossen, habe die ganze Nacht in einer Ecke gesessen, meine Knie an meinen Oberkörper gepresst und gezittert. Und am nächsten Morgen habe ich angefangen zu packen.« Sie schnaubt leise. »Am Ende war es also gut so.«

Mir ist übel. Ich versuche, mir vorzustellen, wie es ihr ergangen sein muss, wie schrecklich diese Nacht gewesen sein muss, voller Panik und allein, während ich den Schlaf der Gerechten geschlafen habe. Aber ganz ehrlich? Ich kann es nicht. Weder kann ich es mir ausmalen noch kann ich ändern, dass ich nicht für sie da war. Aber jetzt bin ich es. »Sag das nicht!«, rufe ich hart. »Sag nicht, dass es gut war. Nichts ist gut. Gar nichts von dem, was du durchmachen musstest!«

Sie sieht mich an. Stumm. Und obwohl sie nichts sagt, erkenne ich, dass sie anderer Meinung ist. Und das kann ich einfach nicht ertragen …

»Sind … dort noch Sachen von dir?«, frage ich heiser, um das Gespräch nicht sterben zu lassen. »Musst du noch mal hin?«

Sie schüttelt den Kopf. »Nein. Also gut, ja, vielleicht schon, aber nichts, was ich bräuchte. Nichts, was es rechtfertigt, zurückzukehren. Ich habe mit diesem Leben abgeschlossen, Noah. Endgültig. Jetzt muss ich nur noch herausfinden, wie mein neues Leben aussehen wird …«

Die Frage brennt mir auf der Zunge: Ich will wissen, ob sie schon einen Plan hat. Was sie mir vorhin im Pub erzählen wollte. Doch dann sehe ich, wie ihr Gesicht von einem riesigen Gähnen zerrissen wird, und ich schlucke all die unausgesprochenen Worte hinunter. Sie laufen uns nicht davon. Hoffe ich. »Mach die Augen zu«, murmele ich sanft. »Es ist spät.«

Sie seufzt leise auf.

Vorsichtig schiebe ich sie von meinem Schoß, bette sie auf der Matratze, doch als ich auf meine gleiten will, klammert sie sich an meinem Arm fest.

»Bitte«, haucht sie verletzlich. Und in diesem Moment hätte ich vermutlich alles getan, um ihr zu helfen.

Es ist das erste Mal.

Das erste Mal, dass ich so an sie gekuschelt schlafe. Zunächst weiß ich nicht, was ich tun soll, doch dann ziehe ich sie in meine Arme, breite ihre Decke über uns aus – und mich erfüllt eine völlig neue Art von Frieden.

»Gute Nacht, Noah«, murmelt sie, klingt dabei zutiefst erschöpft, als hätte sie unter dem Gewicht der Welt kapituliert.

»Gute Nacht, Helena«, erwidere ich – und erschrecke über den rauen Klang meiner Stimme.

Trotz aller Müdigkeit finde ich lange nicht zur Ruhe. Viel zu viel geht mir durch den Kopf.

Ihre Worte.

Ihre gebrochene Verletzlichkeit, aber auch ihr Mut, das alles hinter sich zu lassen und hierher zurückzukehren, obwohl es sie einiges gekostet haben muss.

Dass nicht nur sie mich im Stich gelassen hat, sondern auch ich sie. Denn ich hätte mich verdammt noch mal mehr bemühen können, sie zu finden. Sie zurückzuholen.

Ich hätte es tun *müssen*.

Eine sanfte Wärme breitet sich in meinem Körper aus, während ihr Atem über meine Haut streicht. Immer langsamer und ruhiger, bis sie tief und fest schläft.

Und mir wird eines mit aller Macht klar: Trotz allem bin ich der glücklichste Mann auf Erden.

Und … der verwirrteste.

# Helena 13

Es ist ungewohnt heiß, als ich wach werde. Normalerweise kühlen die Zimmer im Winter nachts gut ab, doch gerade fühle ich mich, als würde ich mir am liebsten die Klamotten vom Leib reißen wollen.

Und außerdem … ist es eng …

Ich atme keuchend ein, als mir bewusst wird, dass ich nicht lediglich fest in meiner Decke verschlungen bin, sondern dass es zwei Arme sind, die mich berühren.

Zwei Beine.

Ein verdammt heißer Körper.

Und mit heiß meine ich heiß im Sinne von warm, nicht im Sinne von attraktiv. Obwohl Noah durchaus attraktiv ist …

Shit.

Oh Gott, was denke ich da nur?

Röte flutet mein Gesicht, während ich fieberhaft nach einer Lösung suche, wie ich dieser Situation entfliehen kann, ehe es für uns beide peinlich wird.

Es reicht, wenn einer von uns vor Scham im Boden versinken möchte.

Millimeter für Millimeter löse ich mich aus Noahs

Umarmung. Dummerweise befindet sich mein Bett in einer Zimmerecke und er liegt vor mir, kesselt mich zwischen sich und der Wand ein … mir bleibt also nur die Option, mich zum Fußende zu robben und kamikazemäßig aus dem Bett zu rutschen.

Mit angehaltenem Atem schiebe ich seinen Arm von mir – und erschaudere, als mit ihm auch die Wärme verschwindet. Noah brummt, gibt ein leises Geräusch von sich, das irgendwo zwischen Schmatzen und Schnarchen angesiedelt ist, und ich will am liebsten direkt in seine Arme zurückkehren … aber ich bin total verwirrt.

Und ich muss pinkeln. So dringend pinkeln.

Es kostet mich mindestens fünf Minuten, mehrmalige Pausen und einige halbe Herzinfarkte, doch dann sitze ich am Bettende und werfe einen letzten Blick auf Noah.

Noah.

Mein Herz pumpt in einer seltsamen Intensität Blut durch meine Adern. In meinem Kopf herrscht ein wattiges Gefühl, wie Schwindel, und mein Mund wird trocken.

Die Morgendämmerung zeichnet sein Gesicht weich. Ich sehe einen Bartschatten, den er normalerweise nie trägt, der seine kantigen Gesichtszüge aber nur betont. Die Decke klemmt zwischen seinen Schenkeln, und verdammt … er hat muskulöse Beine. Es fühlt sich verboten an, sie anzustarren, aber ich kann mich nicht von ihrem Anblick lösen.

Mein Puls legt noch einen Zahn zu.

Fuck.

Ich muss aufs Klo. *Jetzt.*

So leise wie möglich gleite ich von der Matratze, halte inne, als eine Diele meines Bodens verräterisch knarzt, doch Noah wirft seinen Kopf zwar zur Seite, schläft dann aber weiter. Atemlos trete ich näher, umrunde die ausgezogene Matratze und halte kurz am Kopfende inne. Mein Herz schlägt mir bis in die Kehle, aber dennoch mustere ich ihn für einen Moment – und registriere die dunklen Schatten unter seinen Augen. In meinen Fingern zuckt es, als wollten sie zart darüberstreichen. Einzig die Angst, ihn zu wecken, hält mich davon ab.

Er sieht nicht so aus, als wäre er sonderlich erholt …

Obwohl es sich falsch anfühlt, mich einfach davonzuschleichen, rechtfertige ich es vor mir, indem ich mir einrede, dass er den Schlaf braucht. Angespannt nehme ich meine Klamotten von gestern Abend und greife in Zeitlupe nach der Klinke.

Sobald ich die Tür hinter mir ins Schloss gedrückt habe, atme ich leise zischend durch.

Aus dem Erdgeschoss dringen Geräusche an mein Ohr. Ich gehe ins Bad, frische mich etwas auf und tapse dann nach unten.

Mom steht wie so oft in der Küche und bereitet einen Teig vor, Dad sitzt mit einem Tablet am Esstisch, von Jake und Mason keine Spur.

»Guten Morgen«, begrüße ich die beiden mit belegter Stimme.

Sofort hebt Dad den Blick, steht auf und tritt auf mich zu. Im ersten Moment bin ich völlig überrumpelt, als er mich in seine Arme schließt, doch dann wird mir bewusst, dass er vermutlich erfahren hat, was gestern Abend geschehen ist. Kurz verberge ich mein Gesicht in seinem Flanellhemd, während die Scham und die Hilflosigkeit mich erneut überrollen.

Ein wenig unbeholfen tätschelt er meinen Rücken, ehe er sich räuspert und einen Schritt zurücktritt. »Setz dich.«

Ich folge seiner Aufforderung. Noch im selben Moment stellt Mom eine Tasse Kaffee vor mir ab, streicht einmal über meinen Rücken und lächelt mich an. »Noah schläft noch?«

Dad wölbt seine rechte Augenbraue, sagt jedoch nichts.

Ich dagegen spüre, wie mir erneut Hitze ins Gesicht schießt. Dabei gibt es keinerlei Grund dazu. Noah hat unzählige Male bei uns geschlafen. Nie war das ein Problem. Nie.

Wieso fühlt es sich jetzt so verboten an?

Nun.

Vielleicht, weil er sonst nie mit mir in einem Bett geschlafen hat? Unter einer Decke? Verschlungen mit meinen Gliedmaßen?

»Ja«, antworte ich mit etwas Verspätung, nehme meine Tasse und puste vorsichtig hinein. »Ist offenbar spät geworden bei ihm.«

Dad brummt, während Mom seufzt. »Seine Jacke ist wieder sauber und trocken. So ein guter Junge. Ich bin froh, dass ihr euch vertragen habt.«

Da mir das Thema so nahegeht, nicke ich lediglich und deute dann auf das Tablet. »Was machst du da, Dad?«

Er sieht mich an, als hätte ich eine dämliche Frage gestellt, Stirn in Falten und alles. »Lesen?«

Ich pruste los. »Lesen?« Irritiert sehe ich zu Mom, die jedoch nur verhalten lächelt.

»Zeitung«, erklärt Dad, als wäre es absolut selbstverständlich. Nur dass es gar nicht selbstverständlich ist, wenn man bedenkt, wie schwer er sich mit Neuerungen in der Technik und modernem Fortschritt tut.

»Cool«, sage ich baff. Gleichzeitig denke ich wieder an meinen gestrigen Einfall.

Und mir kommt in den Sinn, dass ich diesen vielleicht noch ausweiten könnte …

Mom drückt meine Schulter. »Möchtest du jetzt schon frühstücken oder wartest du auf Noah?«

Ich setze zu einer Antwort an – damit warte ich definitiv auf Noah –, da ertönt seine raue Stimme vom Türrahmen.

»Frühstück klingt fantastisch, Sally.«

Ich wirble herum, sehe ihn etwas verloren dastehen, mit Schlaffalte im Gesicht. Er wirft mir einen Blick zu, der fast schon verlegen wirkt, fährt sich durch sein Haar, das einen Schnitt gut gebrauchen könnte, und lächelt Mom an. Er trägt die Sachen von gestern Abend – den dunklen Rollkragenpulli und die Jeans –, aber alles, woran ich denken kann, ist, wie er mich die ganze Nacht gehalten hat.

Wie ich gestern Abend auf seinem Schoß gesessen habe.

Wie meine Tränen in seinem Shirt versickert sind.

Und an seine Oberschenkelmuskeln …

»Guten Morgen«, murmelt er in die Runde und bleibt unschlüssig stehen.

Ich winke ihn zu mir, komme mir dabei linkisch vor. »Komm, setz dich.«

Als er nähertritt, hüllt mich sein eigentümlicher Duft ein. Der, den ich die ganze Nacht so satt inhaliert habe. Er schafft es kaum, mir in die Augen zu sehen, und plötzlich erfüllt mich ein schlechtes Gewissen.

»Ich wollte dich nicht wecken«, sage ich eilig. »Du hast so friedlich geschlafen …«

Er nickt nur flüchtig – ehe er meiner Mom dankt, die auch ihm eine Tasse Kaffee vor die Nase stellt.

Als wir kurz darauf getoastete Waffeln mit Ahornsirup, Marmelade und Speck essen, brummt er zufrieden. »Hm, die hatte ich lange nicht mehr.«

»Du kannst jederzeit vorbeikommen. Wir haben immer genug Essen für alle da«, meint meine Mom freundlich.

Wieder fällt mir ein, dass er mittlerweile ganz allein ist. Sein Dad ist gestorben, seine Mom in Florida. Und durch meine Abwesenheit … habe ich ihm auch meine Familie geraubt. Traurigkeit flutet mich, gleichzeitig jedoch der feste Entschluss, endlich wieder für ihn da zu sein. Etwas von dieser Einsamkeit zu vertreiben.

*Aber war er wirklich so einsam, wenn er Elsie hatte?*

»Und, was machst du heute so?«, frage ich eine Spur zu laut, um meine eigenen Gedanken zu übertönen, die sich wie Säure in meine Eingeweide fressen.

Er sieht mich an, als hätte er mich sofort durchschaut. Ein Lächeln umspielt seine Mundwinkel. Noch immer hat er Schatten unter den Augen, fällt mir auf, und ein wachsamer Ausdruck liegt in seinem Blick. »Ich wollte ins Reservat fahren. Einmal nach dem Rechten sehen.«

»Was genau tust du da eigentlich?«, frage ich nach, ehrlich interessiert. »Ich meine, es ist Samstag, oder? Ich weiß, dass du immer schon ein Herz für unsere Natur hattest. Du scheinst dich ihr nun völlig verschrieben zu haben?«

Er zuckt mit den Schultern. »Ja, so in etwa. Wir sind gerade dabei, ein paar Populationen anzusiedeln und ihr Verhalten zu beobachten. Insbesondere die Rotfüchse sind um diese Zeit von Interesse, außerdem die Schneehasen. Aber …« Seine Miene verdüstert sich. »In letzter Zeit scheinen es ein paar Leute witzig zu finden, dort für Unruhe zu sorgen. Im Sommer war es besonders schlimm, doch selbst jetzt kommen sie her, um dort irgendwelche Partys zu feiern. Ich finde regelmäßig Spuren von ihnen; zurückgelassenen Müll und so weiter. Ich glaube nicht einmal, dass es böse gemeint ist, das Gebiet ist öffentlich zugänglich und es gibt genug Wanderwege, die dazu einladen, die Gegend zu erkunden, aber die vielen sorglosen Besucher stören das empfindliche Gleichgewicht. Sie halten sich nicht wirklich an die ausgeschilderten Wege …«

Mein Herz verkrampft sich. »Das tut mir so leid, Noah …«

Er hebt seine rechte Schulter, lässt sie wieder fallen.

»Es nützt ja nichts. Jedenfalls … Ich will nachsehen, ob bei den Füchsen alles in Ordnung ist. Gerade ist Paarungszeit und wir erhoffen uns ein paar gesunde Würfe …«

»Kann ich mit?«

Er blinzelt mich an. »Du willst mit?«

Sogar Mom wirkt überrascht. »Es ist kalt, Helena. Das ist kein Spaziergang.«

»Nun, streng genommen schon«, erwidert er lächelnd, auch wenn der Gegenwind mich ein wenig nervös macht. »Nur eben kein leichter.« Mein Blick wandert zum Fenster. Der Himmel ist klar, nur wenige zerfaserte Wolken schweben vorbei. Heute sind keine Niederschläge zu erwarten. »Steht denn etwas auf dem Programm, Dad?«

»Du meinst mit den Tieren? Nichts, was Jake, Mason und ich nicht im Griff hätten.« Er lächelt mich schief an. »Bei den meisten Arbeiten bist du ohnehin keine große Hilfe.«

Ich blicke zu Mom, versuche, mir nicht anmerken zu lassen, dass seine Worte mich schon ein wenig treffen. »Hast du mich eingeplant?«

Mom lächelt mich ebenfalls an – und irgendwie wirkt sie … wissend. »Nein, Schatz. Du kannst kommen und gehen, wie du willst, das weißt du doch. Mach dir einen tollen Tag mit Noah. Es tut dir sicher gut, ein bisschen rauszukommen. Und *Babcock* soll so schön sein.« Ihr Lächeln wird etwas schmaler. »Sogar im Winter.«

»Das ist es wirklich«, stimmt Noah zu. »Allerdings musst du dich warm anziehen.«

»Schon klar. Ich habe hier gelebt, wisst ihr? Ich weiß, dass es im Winter kalt ist.« Langsam beiße ich in meine Waffel, kaue bedächtig darauf herum. Dann nicke ich. »Also gut. Eine extra Schicht Klamotten. Kein Problem. Musst du vorher noch nach Hause oder willst du so los?«

Noah fixiert mich mit konzentriertem Blick, ehe er schließlich lächelt. »Jepp, ich muss mich umziehen und meinen Rucksack holen. Wie wäre es, wenn ich gleich fahre und dich so in einer halben Stunde abhole?«

Ein letztes Mal lasse ich meinen Blick durch die warme, gemütliche Küche und das angrenzende Wohnzimmer schweifen.

Vor mir liegt ein ruhiger, kuscheliger Tag zuhause. Oder eine Wanderung durch Edens Natur, dick eingemummelt und Seite an Seite mit Noah, in dessen Armen ich heute Nacht friedlich und erholsam geschlafen habe.

Die Entscheidung ist leicht.

»Klingt nach einem Plan.«

Noah wirkt, als wäre er sich da noch nicht so sicher, und Mom? Die wendet sich eilig ab, jedoch nicht eilig genug, um das breite Grinsen zu verstecken, das ihre Miene erhellt …

Als wir eine Stunde später durch den Wald im *Babcock Nature Reservat* stapfen, weiß ich nicht, ob ich mich dafür ohrfeigen oder es genießen soll, hier draußen zu sein. Riesige Hemlocktannen, Fichten und Birken säumen unseren Weg. Die Eichen und Ahornbäume, die im Herbst für die wunderschöne Farbenpracht sorgen, sind hier weniger zu finden. Unser Stapfen und Keuchen – meines lauter als Noahs – durchbricht die Stille. Der Schnee ist hier noch nicht wirklich geschmolzen und an vielen Stellen unberührt, abgesehen von einer Vielzahl von Tierspuren.

Zumindest, bis wir eine kleine Lichtung erreichen, wo alles platt getreten ist und schwarz verkohlte Holzreste auf ein vergangenes Lagerfeuer hindeuten.

»Fuck«, brummt Noah. »Das war gestern Nachmittag noch nicht hier.«

Ich folge ihm zu den Überresten und entdecke zusammengeknüllten Müll und ein paar Bierflaschen.

»Wieso?«, murmele ich, an niemand Bestimmtes gerichtet. »Was bringt es denen, bei Minustemperaturen hier draußen zu sitzen?«

»Ich weiß es nicht«, brummt Noah. »Aber ich habe Angst, dass sie Mist im Kopf haben.«

Er zerrt einen Beutel aus seinem Rucksack und beginnt, den Müll aufzusammeln. Ich helfe ihm dabei.

»Wieso nimmt man seinen Scheiß nicht einfach wieder mit?«, murrt er, klingt dabei so fassungslos, dass ich seinen Arm drücke. Er sieht mich mit brennenden Augen an und ich realisiere – er nimmt das persönlich. Edens Natur, die Natur im Allgemeinen … er fühlt sich für sie verantwortlich. Dass jemand seinen Müll achtlos hier liegenlässt, trifft ihn. Als wäre er das Sprachrohr unseres Waldes.

Und irgendwie … irgendwie lässt das meinen Respekt für ihn nur noch weiter ansteigen.

Wir säubern die Lichtung, lassen den Beutel aber erst mal liegen, da wir laut Noah später wieder vorbeikommen, und machen uns dann erneut auf den Weg. Die Bäume rücken immer dichter zusammen. Alles sieht irgendwie gleich aus, und wenn ich Noah nicht an meiner Seite gehabt hätte, hätte ich vermutlich Angst bekommen, mich zu verlaufen. Doch er bewegt sich mit einer Sicherheit, die ihresgleichen sucht.

»Pst«, sagt er irgendwann plötzlich und streckt seinen Arm aus, um mich zu bremsen. Dann geht er in die Hocke.

Ich tue es ihm gleich, folge seinem Blick – und sehe schon bald etwas Helles zwischen den Bäumen aufblitzen.

»Schneehasen«, murmelt er mit einer Wärme in der Stimme, die mich berührt. So leise wie möglich zieht er seinen Rucksack nach vorne, holt ein Tablet heraus und tippt ein paar Mal darauf herum, ehe er es wieder wegsteckt. Auf meinen fragenden Blick reagiert er mit einem leisen »Nachher«.

Eine Weile bleiben wir so hocken, beobachten zwei majestätisch große, schneeweiße Hasen mit kleinen, hellgrauen Puschelschwänzchen, die sich perfekt in ihr Umfeld einfügen. Sie scheinen zu spielen, zumindest in meiner naiven Auffassung, schlagen fröhliche Haken zwischen den Bäumen und wirbeln dabei Schnee auf.

Und plötzlich erfasst es mich – dieses schwer zu greifende Gefühl von Dankbarkeit und Demut zugleich.

Ich begreife, wieso Noah sich der Natur verschrieben hat. Während ich sein Profil mustere, sehe, wie konzentriert er die Hasen beobachtet und wirkt, als würde er sich mental Notizen machen, spüre ich seine Leidenschaft für unser Zuhause. Und mehr als alles andere weckt es den Funken, der einst schon mal in mir geglommen hat. Der mich für meine Heimat brennen ließ.

Ehe sie mir zu klein wurde.

Als würde Noah spüren, was in mir vorgeht, wendet er sich mir zu. Ein warmes Lächeln liegt auf seinen Lippen, kleine Fältchen bilden sich in seinen Augenwinkeln, die vor vier Jahren noch nicht da waren. Seine braunen Augen funkeln mit dem grellen Schnee um die Wette, und seine Lippen, die bereits ein wenig blau werden, wandern immer weiter in die Höhe.

Ich schlucke fest, plötzlich keinerlei Worte mehr mächtig. Gleichzeitig spüre ich … ich spüre so eine heimelige Wärme, die sich in meiner Magengrube formt und von dort aus in jede Körperregion wandert.

Das hier ist etwas ganz Besonderes. Der Augenblick ist erfüllt von Magie. Haben das wirklich zwei sorglos tobende Schneehasen ausgelöst – oder geht es tiefer?

»Helena«, murmelt Noah, klingt dabei irgendwie überrascht.

Und das verstehe ich, denn mir geht es ganz ähnlich. Die gesamte Situation überfordert mich.

Abrupt richte ich mich auf, was ein Fehler ist, da mir

augenblicklich schwindelt. Noah folgt mir, packt mich am Arm, als würde er bemerken, wie ich schwanke.

Sengende Hitze strahlt von seiner Berührung aus, und im ersten Moment ist da dieser unwiderstehliche Impuls, mich an ihn zu schmiegen … doch stattdessen stolpere ich einen Schritt zurück.

Noahs Blick scheint sich regelrecht in mich zu brennen. Sein Kehlkopf hüpft, als er schluckt, und er schüttelt den Kopf, als würde er seine Gedanken klären müssen.

Plötzlich ist gar nichts mehr magisch und leicht, vielmehr fühlt es sich an, als würde sich die Luft zwischen uns aufheizen.

Und das bei den klirrenden Temperaturen.

»Wir sollten weiter«, brummt er, wirkt jedoch, als wollte er etwas ganz anderes sagen. Seine Augen zucken hin und her, auf der Suche nach etwas in meinem Gesicht, das sie doch nicht finden können.

Blinzelnd starre ich ihm hinterher, als er losstapft, mit hochgezogenen Schultern und steifen Schritten.

Nach nur wenigen Metern hält er inne, wendet sich zu mir um. »Was ist, kommst du? Oder willst du lieber wieder zurück?«

Irgendwie fühlt es sich an, als würde er eine gänzlich andere Frage stellen. Als würde meine Antwort von großer Bedeutung sein. Mühsam räuspere ich mich, zwinge meine Mundwinkel in die Höhe und sage: »Doch, klar, ich will unbedingt die Füchse sehen.«

Und mit diesen Worten folge ich ihm weiter in den Wald, vorbei an den Schneehasenspuren.

Tiefer hinein in etwas, das sich kompliziert und schwer und bedeutungsvoll anfühlt.

Ob ich dem gewachsen bin?

Ich habe keine Ahnung.

Wenn man mal von der fürchterlichen Kälte absieht – und von der Tatsache, dass im Winter alles irgendwie kahl und kühl wirkt –, begreife ich nach nur einem Nachmittag mit Noah, wieso er es hier so liebt. Wieso ihm nie in den Sinn gekommen ist, Eden im Speziellen und Vermont im Allgemeinen zu verlassen.

Unsere Natur hier ist rau, aber voller ungefilterter Schönheit. Die Berge, die sich im Norden auftürmen, wirken wie mächtige Schutzschilde. Die vielen zugefrorenen Seen, die es in unmittelbarer Nähe gibt, sind blankpolierte Spiegel, die den wolkenlosen Himmel nachzeichnen, und wenn man ganz still wird und lauscht, kann man Elche in der Ferne röhren hören.

Vermonts Schönheit liegt in ihrer Wildheit. Die Winter sind hart, manche Regionen sind nur schwer zu besiedeln, weil sie so bergig sind, und ab dem Frühjahr ist die Chance, auf Schwarzbären zu treffen, immer gegeben.

Aber ich fühle mich *wohl.*

Da ist keine Angst. Keine Ablehnung. Nach Jahren in der Großstadt ist es eine ganz andere Art von Nachhausekommen, wieder in unseren Wäldern zu sein. Die Ruhe, die mich damals in die Flucht getrieben hat, hüllt mich nun behaglich ein.

Das alles ist so schön. Schneehasen beim Tollen zuzusehen. Einem Rotfuchs dabei, wie er im Schnee nach Futter jagt. Und einem Specht zu lauschen, dessen Klopfen in der Stille bis weit in die Ferne getragen wird.

Noah dabei zu beobachten, wie er sich voller Selbstbewusstsein zwischen den Bäumen bewegt, seine Hand zu ergreifen, wenn er mir über einen Stamm hilft oder einen steilen Hang hinauf oder hinab. Zu sehen, wie sich sein Gesicht mit dieser delikaten Röte überzieht …

Es macht etwas in mir. Etwas, das bereits heute Nacht seinen Anfang gefunden hat, als ich völlig ungeplant und doch irgendwie unweigerlich in seinen Armen eingeschlafen bin.

Noah scheint sich ewig Notizen zu machen, nachdenklich auf seinem Tablet herumzukritzeln und dabei mal entspannt, mal irritiert zu wirken. Ich verkneife es mir, über seine Schulter zu blicken. Und so schön, so bedeutungsvoll dieser Ausflug in Edens Natur auch ist – als er mir schließlich bedeutet, dass wir umkehren können, bin ich erleichtert. Langsam habe ich nämlich den Eindruck, als würden meine Zehen abfrieren.

Der Rückweg geht schneller. Vielleicht, weil wir zielstrebiger unterwegs sind und es primär bergab geht, vielleicht aber auch, weil wir beide einfach nur ins Auto wollen. Als wir die Lichtung erreichen, liegt der Müllbeutel immer noch an Ort und Stelle. Noah hält inne, mustert die Fläche mit gerunzelter Stirn.

»Sind sie häufiger hier?«, frage ich ihn vorsichtig. Meine Stimme kratzt, weil ich sie so lange nicht mehr genutzt habe.

Er nickt. »Hier und an ein, zwei anderen Stellen. Ist halt genug Platz für deren Treffen, wie auch immer die aussehen und welchen Sinn sie haben.«

»Ist es denn … verboten?«, hake ich nach.

Er wirft mir einen kurzen Blick zu. »Nicht direkt, nein. Aber seinen Müll hier abzuladen, ist einfach eine Schweinerei …«

»Und wenn du eine Kamera aufstellst? Es gibt doch so Wildkameras?«

Er wirkt, als wollte er im ersten Moment widersprechen, doch dann runzelt er die Stirn. »Hm, darüber habe ich noch gar nicht nachgedacht.«

»Dann denk ein wenig darüber nach«, erwidere ich freundlich.

Er lässt seinen Blick ein letztes Mal schweifen, ehe er tief durchatmet. »Ich wünsche mir einfach Respekt vor der Natur. Der Tourismus ist bereits ein zweischneidiges Schwert. Natürlich braucht die Region ihn, heutzutage ist es schwer genug, sich über Wasser zu halten. Aber viele Touristen sind so gedankenlos. Unsere Natur ist unser höchstes Gut, wir müssen sorgsam mit ihr umgehen. Das hier …«, er macht eine ausschweifende Bewegung mit dem Arm, »… hat jedoch wenig mit Tourismus zu tun, fürchte ich. Und das verstehe ich noch viel weniger. Wir haben auch unsere Ausflüge in die Natur gemacht, aber wir haben immer hinter uns aufgeräumt. Woher kommt diese ›Nach-mir-die-Sintflut‹-Mentalität?«

Ich zucke zusammen – obwohl das ganz sicher nicht seine Absicht war, fühle ich mich angesprochen. Denn ja, auch ich habe alles hinter mir zurückgelassen, ohne einen Blick zurückzuwerfen.

Zumindest muss es so gewirkt haben. In Wahrheit habe ich durchaus Blicke zurückgeworfen. Aber … sie haben mir nicht weitergeholfen.

»Komm«, murmelt Noah in diesem Moment – und ist mir wesentlich näher als erwartet. »Du siehst aus, als könntest du ein wenig Wärme gebrauchen.«

Ich lache heiser auf. »Da sagst du was.«

Er reicht mir seine Hand. Ich ergreife sie, ohne zu zögern – und zucke dann zusammen, als mich erneut diese Hitze erfasst. Noah scheint es ähnlich zu gehen; er atmet scharf ein, lässt mich jedoch nicht los. Etwas schneller, als gemütlich für mich wäre, führt er mich das letzte Stück aus dem Wald raus bis zu dem kleinen Parkplatz, wo sein Pick-up auf uns wartet. Erst auf der Beifahrerseite lässt er mich los, und das auch nur, um den Wagen zu öffnen.

Ich murmele ein verschämtes »Danke« und klettere auf den Sitz.

Vom Reservat aus sind es keine zehn Minuten bis Edens Zentrum. Trotz der vielen Wanderwege in dieser Gegend haben wir nicht eine Menschenseele getroffen, und es fühlt sich beinahe unwirklich an, in die Zivilisation zurückzukehren. Als hätten ein paar Stunden in der Natur alles verändert …

Ein Seitenblick auf Noah offenbart mir, dass er tief in Gedanken versunken ist. Als würde er gerade einen innerlichen Kampf ausfechten. Ich kuschle mich tiefer in den Sitz und zähle lautlos bis hundert.

Oder versuche es zumindest, denn bei vierundvierzig räuspert er sich. »Möchtest du nach Hause? Oder hast du Lust, noch mit zu mir zu kommen?«

Sofort richte ich mich auf. »Zu dir? Total gern. Ich hab mich schon die ganze Zeit gefragt, wo und wie du wohnst.«

Erleichterung spiegelt sich in seiner Miene wider. »Erwarte nicht zu viel. Ist nur eine einfache Hütte.«

»Das werden wir ja sehen«, erwidere ich lächelnd. »Hast du einen Kamin?«

Er wirkt ziemlich selbstzufrieden. »Jepp.«

»Kannst du ihn auch bedienen?«

Nun schwappt Empörung über, was mich leise kichern lässt. »Ich bitte dich!«

»Ist doch nur eine Frage«, erwidere ich schulterzuckend. »Gibt Leute, die haben den nur zur Deko. Man weiß ja nie …«

»Ich werd dir zeigen, wie gut ich Feuer machen kann«, brummt Noah – und ich kann nicht anders, breche in lautstarkes Gelächter aus. »Was?«, fragt er übellaunig, aber ich bin mir sicher, es ist nur gespielt.

»Nichts«, bringe ich prustend hervor. »Es ist nur … ach, ich stell mir vor, wie du wie ein Höhlenmensch auf deine Brust trommelst. *Ich Feuer gemacht. Ich starker Mann.*«

Das entlockt ihm ein Lachen, auch wenn er so aussieht, als würde es ihn quälen. Tja, seine Scharade ist aufgeflogen. »Wart's nur ab, ich werde nicht nur Feuer machen, sondern auch Essen.«

»Ach ja?« Milde interessiert mustere ich ihn. »Seit wann kannst du kochen?«

»Hab nicht gesagt, dass ich es *kann*. Nur, dass ich es mache, oder?«

Erleichterung flutet mich. Was auch immer sich in den letzten Stunden an Spannung zwischen uns aufgebaut hat, sie ist verflogen. Alles fühlt sich wieder leicht und locker an. Beinahe so wie damals. Und mehr als alles andere erfüllt mich diese Erkenntnis mit Glück.

~

»Eine einfache Hütte, ja?«, murmele ich mit gewölbter Augenbraue, während ich hinter Noah die große Veranda betrete, die das Haus einmal umrundet. Das Haus ist in einem dunklen Grün gestrichen, mit helleren Akzenten, und wirkt wie eine kleine Version eines Kolonialhauses. Es gibt sogar eine Schaukelbank, die jedoch den Anschein erweckt, als hätte sie ihre besten Tage bereits hinter sich.

Noah sperrt die Tür auf und macht dann eine halbe Verbeugung. »Nach Ihnen, Madame.«

Ich schüttle nur den Kopf, folge aber seiner Aufforderung … und erstarre, als ich den Raum betrete, der sich direkt in ein riesiges Wohn-Esszimmer mit integrierter Küche öffnet.

Noah lächelt verlegen, während er mir meinen Mantel abnimmt. Ich schlüpfe aus meinen Stiefeln, die trotz sorgfältigen Abklopfens immer noch voller Schnee sind, und tapse auf Wollsocken tiefer in den Raum.

Er ist so verdammt *gemütlich.*

Ich sehe viele Naturtöne. Holz. Offene Decken und Balken. Grobe Pfosten, die den riesigen Raum optisch ein wenig strukturieren. Außerdem gibt es eine Galerie – eine Galerie! –, und ich erkenne drei weitere Türen dort oben.

»Da vorne ist das Gäste-WC, oben habe ich aber auch noch ein großes Badezimmer inklusive Badewanne. Falls du dich so richtig aufwärmen willst.«

Ein wenig gerate ich schon in Versuchung. Ein wohliges Schaumbad wäre jetzt sicher himmlisch! Doch dann deute ich auf den grob gemauerten Kamin, der mich magnetisch anzieht. »Der tut es für den Anfang auch …« Ich grinse ihn an. »Sofern du wirklich Feuer machen kannst, starker Mann.«

Noah sieht großzügig über meine Stichelei hinweg, stellt seinen Rucksack ab und steuert geradewegs den Kamin an. Mit geübten – sehr, sehr geübten – Griffen schichtet er Holz und sorgt schon bald für eine angenehme Flamme, die zunehmend an Kraft gewinnt. Ein schabendes Geräusch lässt mich zusammenzucken, doch dann sehe ich, dass Noah mir einen Sessel herbeigezogen hat. Dankbar rolle ich mich darauf ein, während ich gleichzeitig spüre, wie das knisternde Feuer gegen die Kälte in meinen Gliedern ankämpft.

Es ist so wohlig.

Der Wind hat aufgefrischt, während wir im Reservat waren, hat dunkle, bauschige Wolken mit sich gebracht, die neuen Schnee versprechen, doch hier kann er mir nichts mehr anhaben. Gedankenverloren spiele ich mit meinen Haaren, die sich richtig steif und gefroren anfühlen, und schaue dabei zu, wie Noah von hier nach da geht, um den Inhalt seines Rucksacks zu verräumen. Anschließend stellt er einen Kessel auf den Herd.

»Kaffee?«, fragt er mich halb-rhetorisch – die Antwort kann er sich denken. Fasziniert sehe ich zu, wie er das schwarze Gold mit einem Handfilter aufgießt.

Kurz danach habe ich den ungelogen besten Kaffee meines Lebens in der Hand. Da kann kein Barista aus New York mithalten. Und das sogar ganz ohne Creamer.

Noah zieht sich einen Stuhl heran, und für einen Moment lauschen wir dem Flackern und Knacken des Feuers, nippen an unseren Tassen.

Und tauen endgültig auf.

Es ist so friedlich. Ich fühle mich zutiefst wohl auf meinem Sessel, in Gesellschaft meines besten Freundes. Zumindest betrachte ich ihn immer noch so. Ich werfe Noah einen Blick zu. Wie er dasitzt, die Tasse mit beiden Händen umschlungen, das Gesicht vom flackernden Licht des Feuers erhellt, während es draußen bereits langsam zu dämmern beginnt, strahlt er eine so heimelige Sicherheit aus, dass meine Kehle ganz eng wird.

Das hier ist Heimat. Es ist Vertrauen. Es ist alles, was mir je wichtig war. Und ich verstehe weniger denn je, wie ich mir das all die Jahre entgehen lassen konnte.

»Nicht«, sagt er sanft. Ich registriere, dass er mich ansieht. Sein Blick ist intensiv, und schlagartig ist sie wieder da, diese seltsame Spannung, die schon den Großteil des Tages immer wieder zwischen uns geherrscht hat.

»Was?«, frage ich krächzend.

»Du machst dir schon wieder Vorwürfe.«

Ich hinterfrage nicht, woher er das weiß. Er konnte mich schon immer besser lesen als jeder Mensch auf dieser Welt. »Du hast was von Essen gesagt«, wechsle ich eilig das Thema, feige, wie ich bin.

Ein undefinierbarer Ausdruck huscht über Noahs Gesicht, ehe er schließlich nickt. »Lieber deftig oder nur ein paar Snacks?«

Ich horche in mich rein, spüre jedoch schon bald, dass nach all den Stunden an der frischen Luft und mit Frühstückswaffeln als einzige Grundlage mehr nötig ist als ein wenig Fingerfood. »Deftig klingt gut.«

Er nickt mir lächelnd zu. »Dann hab ich eine Idee.«

Und mit diesen Worten erhebt er sich, um in die Küche zu gehen.

In mir ficht ein Kampf: Ich will ihm folgen, ihm meine Hilfe anbieten, gleichzeitig will ich meinen Platz am Feuer nicht aufgeben.

»Bleib ruhig sitzen«, ruft er mir da zu, und ich beschließe, ihn beim Wort zu nehmen.

Und nicht zu hinterfragen, warum es ihm nach wie vor möglich ist, so gut in mir zu lesen.

# Noah 14

Wann immer ich zu ihr rübersehe, ist sie in ihr Handy vertieft. Dieser kleine Teil in mir will wissen, was sie tut. Will fragen, ob sie nicht viel lieber mit mir reden möchte. Doch der größte Teil ist froh über etwas Abstand. Froh, die Gedanken ein wenig sortieren zu können.

Denn die überschlagen sich, seitdem ich gestern mit Helena im Arm eingeschlafen bin.

Und noch vielmehr, seit ich morgens aufgewacht bin und realisiert habe, dass sie nicht mehr da ist. Dass sie einfach so … verschwunden ist.

Dieses Gefühl von Verlust will ich so schnell nicht mehr empfinden. Nicht, nachdem es so schön war, so beruhigend, sie bei mir zu wissen. Und wenn das Thema – ihr Verschwinden – einfach noch sehr sensibel für mich ist.

Gott sei Dank habe ich etwas zu tun. Kochen hilft mir, das Gedankenchaos zu kontrollieren – das habe ich damals herausgefunden, als Dad gestorben ist und Mom verständlicherweise nicht mehr dazu in der Lage war.

Helenas Nachfrage war berechtigt – vor vier Jahren konnte ich mich kaum in der Küche bewegen, ohne Chaos zu stiften. Das sieht heute anders aus.

Ich entscheide mich für überbackene Ofenkartoffeln mit Cheddar und Schinkenwürfeln, dazu eine Portion Baked Beans, mit Ahornsirup und Zwiebeln angedickt. Typische Vermont-Spezialitäten. Offenbar bin ich auf einer Mission: Einer, bei der ich Helena sämtliche Vorzüge, die wir zu bieten haben, vorführen muss, in der Hoffnung, dass sie dadurch endgültig beschließt, zu bleiben.

Diesmal für immer.

Zu sehen, wie sie buchstäblich auftaut, wie ihre Lippen wieder rosig werden und ihre Wangen rot, nimmt mir etwas von dem schlechten Gewissen. Zwischenzeitig habe ich es bereut, sie mitzunehmen. Sie ist das raue Wetter offensichtlich nicht mehr gewohnt. Einzig das Wissen, dass es ihr gefallen hat, mit mir durch das Reservat zu streifen, hat es etwas erträglicher gemacht.

Erst als ich Teller bereitstelle – ich habe keinen Esstisch, nur die Theke an meinem Küchenblock und den niedrigen Wohnzimmertisch, der jedoch ausscheidet – scheint sie aus ihrer Welt zu erwachen und steckt das Handy ein. Schuldbewusst registriert sie, wie weit ich bin.

»Ist gleich fertig«, erkläre ich lächelnd und bedeute ihr, zu mir zu kommen.

»Äh, ich muss nur eben ins Bad«, murmelt sie – und dieses Mal hat das Pink ihrer Wangen einen offensichtlich anderen Grund.

»Klar«, erwidere ich so leichthin wie möglich und sehe zu, wie sie mit steifen Schritten ins Gästebad eilt. Irritierenderweise verspüre ich den Impuls, sie zu korrigieren und nach oben zu schicken.

Als wäre das Gäste-WC unter ihrer Würde …

Als sie zu mir zurückkehrt, habe ich gerade ein paar Kerzen angezündet, wohl wissend, dass es zu viel sein könnte. Immerhin ist das hier ein Abendessen unter Freunden. Unter guten Freunden, ja, aber dennoch … woher kommt dieser seltsame Hang zur Romantik?

Ihre Augen werden groß, als sie näher kommt. Gleichzeitig schnuppert sie hörbar. Ebenso wenig zu überhören: ihr Magenknurren, das laut durch den Raum rumpelt.

Verlegen reibt sie ihn und lächelt mich an. »Ist viel Zeit vergangen seit den Waffeln.«

»Setz dich«, fordere ich sie auf, während ich eine der großen Kartoffeln auf ihren Teller schiebe und zwei Kellen Bohnen hinzufüge. Das schlechte Gewissen, das kurz in mir aufwallt, weil ich nicht daran gedacht habe, ein paar Snacks ins Reservat mitzunehmen, versuche ich zu ignorieren, während ich mich meinem Teller widme.

Erst dann setze ich mich ebenfalls.

»Das riecht toll«, flüstert sie, schon wieder so verlegen. Ihre Augen huschen hin und her, können kaum bei mir hängenbleiben. »Danke.«

Ich zucke mit den Schultern. »Nur ein paar Basics.«

Immerhin Basics, die mir gut gelungen sind. Was natürlich nicht weiter schwer ist. Aber irgendwie … wenn man von Käsesandwiches oder dem typischen Vermonter

»Sugar on snow« absieht, ist dies das erste Mal, dass ich für Helena gekocht habe – und verdammt. Ich will einfach, dass sie es mag.

Zum Glück isst Helena mit großem Appetit, nimmt sogar einen Nachschlag, was mich wahrscheinlich um mindestens zehn Zentimeter wachsen lässt.

*Mann hat Feuer gemacht. Mann hat Essen erlegt. Also gekocht. Hah!*

Als ich ihr am Ende noch ein Eis anbiete, sagt sie auch da nicht Nein. Wir setzen uns mit unseren Schüsseln ans Feuer, dessen Glut uns angenehm wärmt – und das Eisessen beschleunigt. Eine behagliche Trägheit setzt sich in mir fest.

Mittlerweile ist es stockdunkel draußen. Die Stehlampe in der Ecke des Wohnzimmers ist neben dem Feuer die einzige Lichtquelle, taucht den Raum in gemütlich-warmes Zwielicht.

Ich blicke zu Helena, sehe, wie sie schon wieder an ihrem Handy herumfummelt, und schlucke. »Was machst du eigentlich die ganze Zeit?«

Ertappt zuckt sie zusammen. Anstatt mich jedoch mit irgendwelchen Ausreden abzuspeisen, lächelt sie mich verlegen an. »Es ist noch nicht spruchreif, aber in mir hat sich eine Idee geformt. Ich hab es doch angedeutet, ehe … es zu dem Zwischenfall im Pub kam.« Nur kurz schwindet ihr Strahlen. »Seit heute bin ich mir ziemlich sicher, dass ich es tun will.«

»Was denn?«, hake ich nach, augenblicklich nervös.

Wird sie nun ankündigen, dass sie endlich eine Perspektive hat – und wieder verschwinden wird?

Ihre Augen funkeln. »Wie du weißt, habe ich Journalismus studiert und ein paar Kurse in Marketing belegt. In New York hat mir das kein Glück gebracht, aber ich dachte … na ja, vielleicht könnte ich hier mit einem Blog anfangen? Ich habe ein bisschen recherchiert, so richtig gibt es den nicht über Eden. Klar, viele Tourismusbeiträge, aber die kommen eher von Leuten, die über ihren Tagestrip hierher berichten. Und mal vom Tourismus abgesehen: Neben ein bis zwei Seiten, die Edens Vorteile anpreisen, gibt es keinen richtigen Nachrichtenchannel. Nichts, was Edens Anwohner so richtig auf dem Laufenden hält – und was alle Seiten unserer Heimat beleuchtet. Ich stelle mir eine Mischung aus persönlichen Anliegen und neutraler Berichterstattung vor. Über unsere Farm und das Patensystem, über Stephs Café. Über das *Babcock Nature Reservat* und die Probleme, die durch gedankenlose Feierei dort entstehen.«

Ich starre sie an, überrascht von dieser Wendung.

»Findest du die Idee doof?«, hakt sie nach, als ich nichts erwidere, und das Funkeln in ihren Augen erlischt, weicht Verunsicherung.

Mühsam versuche ich, meine Gefühle zu sortieren. In erster Linie ist da Erleichterung, weil sie keinen Plan hat, der sie von hier fortführt. Wärme, weil sie offenbar wirklich etwas tun will, das hilft. Ihrer Familie, aber auch Eden. Mir.

Und dann wird es mir so richtig bewusst: Sie nimmt meine Sorgen ernst, was das Reservat angeht. Mehr noch als das. Sie will *helfen.*

Sie will …

»Sag doch etwas«, murmelt Helena in diesem Moment angespannt. »Nehme ich mich da für zu wichtig? Bin ich …«

Weiter kommt sie nicht, weil ich aufspringe, sie in meine Arme ziehe … und ihr aus einem völlig seltsamen Impuls heraus einen Kuss auf die Wange drücke.

Schlagartig scheint die gesamte Welt den Atem anzuhalten.

Helena atmet zischend ein, versteift sich in meinen Armen. Ich hätte sie loslassen sollen, loslassen *müssen*, doch die Gefühle in mir spielen viel zu verrückt, um so weit denken zu können. »Die Idee ist genial!«, rufe ich aus, sage endlich das, was ich direkt hätte aussprechen sollen. »Sie gefällt mir richtig gut!«

Nun lasse ich sie doch los, doch sie ist immer noch wie erstarrt. Und auch mir wird langsam bewusst, was ich getan habe. Meine Lippen prickeln, mein Atem stockt, während ich meine Hand hebe, um sie vorsichtig zu berühren. »Helena, ich …«

Doch mir fehlen plötzlich die Worte. Will ich mich entschuldigen? Eher nicht. Will ich den Impuls erklären? Aber wie?

»Du findest es gut?«, haucht sie in diesem Moment, und ich weiß nicht, ob es der verzweifelte Versuch ist, davon abzulenken, dass ich sie gerade geküsst habe, verdammt noch mal, oder ob das wirklich alles ist, was für sie zählt. Und wenn es so ist – bedeutet es, dass ich die Dinge gerade aufbausche? Ist es gar nicht schlimm, dass ich sie geküsst habe? Immerhin war es ja nur ein impulsiver Knutscher auf die Wange. Das tun Freunde, oder? Es geschieht ständig. Das ist nichts Schlimmes …

Mein Mund wird trocken, während ich nicke. »Ja, natürlich. Ich finde die Idee gut. Vor allem, weil sie bedeutet, dass Eden dir am Herzen liegt.«

»Eden lag mir immer am Herzen«, erwidert sie, und kurz wallt Traurigkeit in ihren Augen auf. So viel Traurigkeit, dass ich fürchte, sie könnte weinen. Und das würde ich jetzt definitiv nicht ertragen.

»Nicht«, murmele ich eilig. »Sorry.« Ich komme wieder näher, lehne meine Stirn gegen ihre. Spüre ihren Atem, der mein Gesicht streift. »So war das nicht gemeint. Oder doch, schon, aber ich wollte dir damit kein schlechtes Gewissen machen. Seit du wieder da bist, hoffe ich, dass du einen Weg findest, um zu bleiben. Einen Grund. Und ich unterstütze dich, wo auch immer du mich brauchst, damit sich dieser Weg ebnet.« Unsicher hebe ich meine Hand, halte jedoch inne, ehe ich sie um ihren Hinterkopf legen kann, wie ich es kurz geplant hatte. Wie ich es immer noch will. Aber verdammt … ich bin mir sicher, damit würde ich die Grenze endgültig überschreiten.

»Reichweite wäre natürlich super«, erwidert sie in diesem Moment langsam, weicht dabei etwas zurück und reißt mich aus meinem inneren Zwiespalt. Aus diesem verdammten Gefühlschaos. »Und wie generiert man die? Wir könnten Fotos schießen. Du, halbnackt im Reservat, vielleicht mit einem Schneehasen im Arm. Sexy Männer haben schon immer gezogen.« Sie lacht auf, doch es klingt halbherzig, als würde sie ihre Worte absichtlich ins Lächerliche ziehen wollen.

Obwohl es ein glasklarer Versuch ist, die Schwere des Moments aufzulockern, mag ich, was sie da sagt. Nicht, weil ich es tun würde, sondern wegen der Bedeutung dahinter. Meine Mundwinkel zucken. »Du findest mich also sexy.«

»Das habe ich nicht gesagt.«

»Doch, hast du.« Grinsend lehne ich mich zurück – und genieße einen Ausblick auf feuerrote Wangen. Jepp. Sie ist verlegen. »Du findest mich sexy«, wiederhole ich, spiele dabei ein wenig mit meinem Bizeps, was sie unter dem Pullover ohnehin kaum sehen kann.

»Boah, du bist so doof!«, presst sie hervor, doch nun beginnen auch ihre Mundwinkel zu zucken.

»Noah«, erwidere ich.

Sie blinzelt mich fragend an. »Hö?«

»Noah. Nicht boah.«

Sie schnaubt auf, wirft den Kopf in den Nacken, schüttelt ihn gereizt. »Du bist unglaublich.«

Lächelnd lege ich den Kopf schief. »Ich weiß. Setz es auf die lange Liste mit meinen Vorzügen. Du weißt schon, die, wo sexy auch draufsteht.«

Ihr Blick richtet sich brennend auf mich, und ich weiche einen weiteren Schritt zurück – sicher ist sicher.

Gleichzeitig muss ich lachen, und zu meiner Erleichterung stimmt sie in dieses Lachen ein.

So merkwürdig es für einen kurzen Moment auch zwischen uns war, jetzt fühlt es sich wieder gut an. Normal.

Und darüber bin ich verdammt froh.

# 15 Helena

Die kommende Woche verläuft schon deutlich besser.

Endlich habe ich einen Plan.

Endlich weiß ich, was ich tun kann, um mir selbst eine Aufgabe zu geben. Eine Daseinsberechtigung – auch wenn ich das meiner Familie gegenüber so nicht ausdrücken darf. Ich weiß, dass sie niemals von mir erwarten würden, dass ich mich einbringe. Wenn es nach Mom und Dad ginge – und vermutlich auch nach meinen Brüdern – würde ich den Rest meines Lebens in diesem Haus wohnen. Und auch wenn es aktuell sehr verlockend ist, hierzubleiben, bin ich mir unsicher, ob ich das wirklich für immer will … was mich übrigens auf den Gedanken bringt, wie genau meine Brüder sich eigentlich ihre Zukunft vorstellen.

Ob sie für immer Single bleiben werden, einzig dem Hof verschrieben?

Vielleicht sollte ich demnächst mal nachfragen. Doch vorher … vorher geht es um meine unmittelbare Zukunft. Und in der brauche ich dringend eine Aufgabe.

Als Erstes rede ich mit Mason über meine Idee. Er ist

sofort begeistert davon – und das nicht nur, weil er ebenfalls begreift, was das wirklich bedeutet.

Dass ich nicht plane, so schnell wieder zu verschwinden.

Nach Mason weihe ich Jake ein, der sofort Mom und Dad davon erzählt. Während Mom im ersten Moment verwirrt wirkt, nickt Dad anerkennend und wedelt mit seinem Tablet. »Dann kann ich zukünftig also bei dir lesen, hm?«

Dass ausgerechnet er versteht, was ich meine, und seine Bereitschaft äußert, meine Texte zu lesen, erwärmt mich bis ins tiefste Innere.

Weil ich es direkt richtig machen will, stürze ich mich in die Recherche. Eines der wenigen Dinge, die ich aus New York mitgenommen habe und die die bloße Grundversorgung übersteigen, ist mein Laptop, worüber ich nun wahnsinnig froh bin. Ich hatte damals einiges investiert, um ein vernünftiges Gerät zu haben – hielt ich für sinnvoll als angehende Journalistin. Mittlerweile ist er zwar vier Jahre alt und wurde den Großteil der Zeit für alles Mögliche genutzt, nur nicht zum Schreiben, aber er ist immer noch top für das, was ich tun möchte.

Mein Erspartes ist nicht gerade berauschend, aber da ich aktuell keinerlei Mietausgaben habe, gönne ich mir eine Kamera, mit der ich schon länger geliebäugelt habe. Fotos für meinen künftigen Blog sollten schon etwas hermachen, und auch wenn die heutigen Handykameras bereits super Qualität abliefern, ist eine richtige Spiegelreflex doch noch mal etwas anderes. Kurz wandern meine

Gedanken zu Noah, den ich tatsächlich gebeten habe, halbnackt und mit Schneehase zu posieren, doch der Gedanke sorgt für eine unangenehme Hitze in meiner Magengrube, weshalb ich ihn schnell wieder verdränge.

Also recherchiere ich.

Welcher Bloganbieter?

Welche Schwerpunkte?

Welche Aufmachung?

Mason hat mir Unterstützung angeboten; seine Kenntnisse in Grafikdesign sollten mir dabei helfen, von Anfang an ein ansprechendes Layout zu haben. Der Anbieter der Homepage unseres Hofes ist mir zu teuer – und Masons Vorschlag, einfach eine »Unterseite« dort zu erstellen, lehne ich entschieden ab. Ich will eigenständig sein. Objektiv vielleicht nicht gerade – ich habe schließlich vor, Edens Sprachrohr zu werden und unsere Vorzüge hervorzuheben –, aber ich will es unabhängig von unserem Hof schaffen. Zum Glück gibt es ein paar gute, solide Alternativen, deren System nicht allzu kompliziert ist.

Ich will informieren, aber nicht langweilig sein. Will sowohl die älteren als auch die jüngeren Anwohner ansprechen.

Und ich will meinen eigenen Stempel setzen.

Zugegeben, das klingt ein bisschen wie eine eierlegende Wollmilchsau, weshalb ich schon bald in einem kleinen Loch stecke. Alles, was ich will, ist, ernst genommen zu werden. Etwas, das Richard nie getan hat, was meine Berufung angeht. Oder mich im Allgemeinen, schätze ich. Wahrscheinlich ist es Unsinn, aber es fühlt sich an, als wäre das meine Chance, meinem Leben eine neue Perspektive zu geben. Nachdem ich schon einmal gescheitert bin, will ich es diesmal richtig machen. Von Anfang an. Denn wenn es schiefgeht – was dann? Was bleibt mir dann noch?

Weil ich mich selbst so unter Druck setze, starre ich schon bald verzweifelt ins Leere und frage mich, was zum Teufel ich da gerade eigentlich tue. Als ich schließlich instinktiv nach meinem Handy greife, um Noah zu schreiben … lasse ich es im letzten Moment wieder sinken.

Seit jenem Ausflug ins Reservat und dem anschließenden Abend bei ihm habe ich nicht mehr mit ihm geredet. Ich schiebe es auf seine Arbeit und auch auf meine Idee, die sich gerade in mir entfaltet und so viel Raum einnimmt, doch die Wahrheit lautet, dass es ein paar Dinge gibt, über die ich nachdenken muss. Sie haben in jener Nacht begonnen, als wir ein Bett geteilt haben, und abends ihren Höhepunkt gefunden. Es sind nicht nur allein die Bilder von ihm, halbnackt, mit einem Hasen im Arm, die sich mir unwiderruflich ins Gedächtnis gebrannt haben, sondern vielmehr handfeste Situationen, die nicht nur meiner Vorstellungskraft entsprungen, sondern tatsächlich geschehen sind.

Gemeinsam in einem Bett zu schlafen – eng aneinandergekuschelt. Ein impulsiver Kuss auf die Wange … all das ist neu. Verdammt neu.

Und ich weiß nicht, ob mir behagt, wie *gut* es mir gefällt. Denn das sollte es eigentlich nicht, oder?

Er ist mein bester Freund! Noah! Der Junge, mit dem ich schon ungefähr alles erlebt habe … abgesehen von Intimität, natürlich.

*Natürlich.*

Oh Gott, wieso erschaudere ich beim Gedanken daran so sehr?

Früher habe ich nie so über ihn nachgedacht. Nie. Es wäre mir niemals in den Sinn gekommen, ihn mir halbnackt vorzustellen – zumindest nicht in einem mehrdeutigen Kontext. In Badeshorts habe ich ihn schließlich oft genug gesehen, an unzähligen, lauen Sommertagen am See, aber da hat mich der Anblick seiner nackten Haut niemals so berührt wie nun die alleinige Vorstellung.

Wieso?

Ich verstehe es einfach nicht.

Freitags ist das Gefühl, dass mir die Decke auf den Kopf fällt, so schlimm, dass ich es nicht länger aushalte. Ungehalten schlüpfe ich in Mantel und Boots, ziehe mir die dicke Wollmütze über die Ohren und trete zur Tür.

»Mom? Bin ein bisschen unterwegs!«

»Alles klar, mein Schatz!«, ertönt ihre Stimme von oben.

Lächelnd verlasse ich das Haus, trete in die klirrend kalte, aber angenehm frische Luft. Der Wind, der zwischenzeitlich an den Häusern gezerrt hat, ist wieder abgeflaut. Über mir erstreckt sich ein strahlend blauer Himmel. Es hat seit zwei Tagen nicht mehr geschneit, weshalb die Wege frei und gut begehbar sind. Die zuletzt matschigen Wiesen sind wieder mit einer weißen Schicht überzogen, die Baumkronen, die uns gefühlt in jede Richtung einkesseln, sind schneebedeckt, nur hier und da blitzt etwas Grün hervor, und ich sehe Rauchschwaden über manchen Häusern träge in die Luft steigen. Einen Kamin besitzen hier die meisten. Ich versuche, meine Umgebung auf mich wirken zu lassen, in der Hoffnung, dass mich Edens natürliche Einfachheit inspiriert – oder zumindest diesen verdammten Knoten in meinem Hirn auflöst.

Vor einer Woche um diese Zeit bin ich abends in den Pub, um auf Noah zu warten. Vor zwei Wochen um diese Zeit habe ich ihn zufällig in dem Café getroffen …

Stephs Café.

Ich nicke mir selbst zu, während ich meine Schritte dorthin lenke. Das wäre definitiv einer der Orte, über die ich berichten würde. Und beinhaltet gute journalistische Arbeit nicht vernünftige Recherche?

Das Glöckchen läutet freundlich, als ich eintrete. Steph steht gerade hinter der Theke. Ihr Blick schießt in meine Richtung und ihre Miene hellt sich sichtlich auf, als sie mich erblickt. »Oh, Helena. Ich habe wirklich gehofft, dass du mal wieder reinschaust. Was kann ich dir Gutes tun?«

Etwas in mir fällt an seinen rechten Platz. Ich ziehe mir die Mütze vom Kopf, stopfe sie in meine Jackentasche und öffne den Reißverschluss, während ich nähertrete. »Hey. Sorry, dass ich beim letzten Mal so abrupt verschwunden bin. So ein Drama ist nicht meine Art.«

*Nicht? Wieso warst du dann vier Jahre weg?* Mühsam schiebe ich die sarkastische Stimme beiseite.

»Gar kein Problem«, erwidert sie mit einer wegwerfenden Handbewegung. Dann wird ihr Lächeln noch breiter. »Ihr konntet es ja klären.«

»Ach ja, konnten wir?«, hake ich nach, unsicher, ob ich irritiert oder belustigt sein soll. Der Buschfunk auf dem Land funktioniert also nach wie vor ausgezeichnet.

Ein Funkeln tritt in Stephs Augen. »Oh, und ich habe noch so viel mehr gehört …«

Seufzend werfe ich einen Blick über die Schulter, doch abgesehen von einem älteren Pärchen, das in der hintersten Ecke sitzt und wirkt, als würde es schlafen, ist niemand im Café. Für die Frederiksons, die offenbar jeden Freitag hier sind, bin ich wohl zu früh dran. Kapitulierend lege ich den Kopf schief. »Okay, wie wäre es damit: Du machst mir das Beste, was du im Angebot hast, und dann reden wir ein bisschen. Zumindest, so lange du die Zeit dazu hast …«

Steph nickt begeistert und wirbelt bereits zur Siebträgermaschine. »Setz dich, ich komm zu dir!«, gibt sie mir noch mit auf den Weg.

Ich zücke instinktiv mein Handy und mache ein paar Schnappschüsse von ihr in Action, von der Auslage, von der hübschen Kreidetafel mit den Angeboten.

Die Kamera kommt erst morgen. Ich könnte die Bilder auch einfach nachholen, aber es fühlt sich richtig an, ein wenig Material zu sammeln. Nicht, dass ich schon einen Blog hätte, wo ich dieses teilen könnte. Ehe ich so weit bin, habe ich noch ein wenig zu tun. Wahrscheinlich werde ich die nächsten Tage nur mit der Kamera herumspielen. Ich freue mich sehr darauf! Zumindest, bis ich daran denke, dass ich von Fotos im Schnee fantasiert habe, mit einer gewissen Person als Motiv …

Angestrengt lächelnd nehme ich an einem der kleinen Bistrotische unweit der Theke Platz, während ich einen weiteren Gedanken mühsam verdränge. Wohlig seufzend versinke ich in dem roten Samtsessel, schmeiße meine Jacke auf den Sessel links von mir und falte erwartungsvoll meine Hände auf dem Tisch.

Keine fünf Minuten später ist Steph da. Sie balanciert zwei große Tassen, außerdem Teller, auf denen ich saftige Brownies und einen kleinen Cupcake entdecke.

»Wow«, sage ich anerkennend, als sie alles auf dem Tisch abgestellt hat.

Strahlend sinkt sie auf den Platz rechts von mir.

»Toffee-Nut-Latte, den hast du beim letzten Mal ja gar nicht austrinken können. Außerdem Brownies und einen Sirup-Cupcake. Das Cupcake-Rezept habe ich von den McHollisters übernommen, aber die Brownies sind ganz auf meinen Mist gewachsen.« Stolz lächelt sie mich an.

»Die McHollisters …«

»Ihnen gehört das Café. Noch.« Ihre Augen weiten sich, und sie blickt sich hektisch um, ehe sie verstohlen grinst. Ich kenne diesen Ausdruck. Weiß, was es bedeutet, wenn da Dinge brodeln, die aus einem herausbrechen wollen, auch wenn sie eigentlich noch nicht für die Öffentlichkeit gedacht sind.

Ich reiße meine Augen ebenfalls auf. »Oh, heißt das, sie verkaufen?«

Erneut blickt sie sich verstohlen um, ehe sie glücklich nickt. »Ja. Mehr oder weniger. Es ist noch nicht offiziell, aber vor dir sitzt die baldige neue Besitzerin dieses Cafés …«

»Ich freue mich sehr für dich«, erwidere ich warmherzig – und meine es auch so. Spontan habe ich sie ins Herz geschlossen. Es gibt Menschen, die strahlen einfach sofort ein gutes Gefühl aus.

Und sie gehört dazu. Definitiv.

Komisch, dass mir das damals nie so aufgefallen ist. Aber ich schätze, mit Mitte zwanzig sind ein paar Jahre Altersunterschied nicht mehr so relevant wie zu Teenagerzeiten.

»Cheers«, kichert sie, ganz die positive Erscheinung, die innerhalb von Sekundenbruchteilen bereits einen Teil des Drucks in meiner Brust lösen kann. Einfach nur, indem sie existiert. Hätte ich das gewusst, wäre ich viel früher hergekommen …

Vorsichtig stoße ich mit meiner übervollen Tasse gegen ihre und nehme einen Schluck … nur um dann wohlig aufzustöhnen. »Oh Gott, der ist *so* gut.«

»Ich weiß«, erwidert sie, erneut mit diesem unverhohlenen Stolz in der Stimme. Und ich weiß einfach – das tut sie nicht, weil sie so von sich selbst überzeugt ist, sondern vielmehr, weil sie wirklich liebt, was sie tut, und perfekt darin sein will – um anderen damit Gutes zu tun. Während ich sie anlächle, checkt sie kurz, ob ihre anderen Gäste noch zufrieden sind, doch da sie sich kaum einen Zentimeter bewegt haben, nimmt sie sich eine Gabel und versenkt sie in dem Brownie.

Ich tue es ihr gleich, doch ehe ich kosten kann, lässt sie die Bombe platzen, deren Lunte sie vorhin bereits gezündet hat.

»Für ein bisschen Aufregung hast du ja schon gesorgt, was?«

Schlagartig wird meine Brust eng. Ich denke zuerst an Noah, interessanterweise, und danach an meine Familie. »Ich weiß. Es war kein feiner Zug von mir, einfach so zu verschwinden …«

»Mal davon abgesehen, meine ich«, unterbricht sie mich sanft – nur um dann wieder ganz schadenfroh zu wirken. »Eigentlich dachte ich eher an Elsie. Hab gehört, sie hat dir letztens eine Bierdusche verpasst.«

Frustriert rolle ich mit den Augen. »Oh Gott, erinnere mich bloß nicht daran.«

»Sorry.« Steph grinst mich alles andere als bedauernd an. »Hier ist so wenig los, da ist jede Art von Drama gern gesehen. Glaub nicht, dass ich es dir gönne, aber es ist schon aufregend. Ganz besonders, weil Elsie einen kleinen Dämpfer gebrauchen kann. Warte nur ab, in ein paar Tagen gibt es das nächste …«

»Was denn? Ein Elch, der die Straße kreuzt? Ich glaube, so viel geschieht hier nicht, das hast du selbst gesagt.« Ich seufze.

»Ja, stimmt«, gibt Steph bedauernd zu. »Aber falls es dich tröstet: Ich bin definitiv Team Helena. Elsie ist eine ziemliche Ziege geworden und ich habe nie verstanden, was Noah von ihr wollte.«

Ein schweres, unangenehmes Gefühl entsteht in meiner Magengrube. Mühsam trenne ich ein weiteres Stück Brownie ab, schaffe es jedoch nicht, mich am Reden zu hindern. »Was genau war das eigentlich? Elsie lässt es ja so wirken, als hätte sie exklusiven Anspruch auf Noah. Er dagegen wirkt … nicht so.«

Mir kommt ein siedend heißer Gedanke: Was, wenn es wirklich was Ernstes für Elsie war, Noah aber ein Player geworden ist? Klar, ihr Verhalten war nicht schön – aber ist er womöglich der Schurke in diesem Spiel?

Doch Steph macht eine wegwerfende Handbewegung. »Auf Elsies Worte darf man nur bedingt Wert legen. Sie hatten ein-, zweimal was, wenn ich richtig informiert bin. Nichts Festes. Wollte Elsie auch nie. Bis du aufgetaucht bist.«

»Ich?«, erwidere ich schwach, unsicher, ob ich nun erleichtert sein soll oder noch beunruhigter. »Was hat das mit mir zu tun? Wir sind doch nur Freunde …«

»Ja, ja, das sagen sie alle«, beginnt sie lachend. Als ich zum Protest ansetze, fährt sie eilig fort: »Ich weiß, ihr wart immer unzertrennlich. Jeder hat euch um eure Freundschaft beneidet. Das haben alle bemerkt, sogar wir, und wir waren ein paar Jahrgänge unter euch. Ich denke, es ist der Klassiker: Eifersucht. Nun, da Noah Zeit mit einer anderen Frau verbringt, will sie plötzlich mehr. Sie sieht ihre Felle davonschwimmen. Gute, alte Psychologie.«

»Wann genau bist du eigentlich so weltklug geworden?«, hake ich mit gewölbter Augenbraue nach. Ich kenne sie noch als Wildfang, mit Zahnspange und nichts als Flausen im Kopf.

»Oh, man lernt viel, wenn man tagein, tagaus im Café steht und Edens Bewohner mit Koffein und Kalorien versorgt.« Ihr Lächeln verliert wieder etwas von ihrer Sensationslust. »Lass dir eines gesagt sein: Elsie wird sich einkriegen. Es ist doch viel schöner, dass du und Noah wieder ein Team seid. Er wirkt wie ausgewechselt.«

»Ach ja?« Ich runzle die Stirn. »Inwiefern?«

Nur kurz scheint sie zu zögern, dann zuckt sie mit den Schultern. »Er war immer nett, klar, aber irgendwie auch grummelig. Ein wenig unnahbar, als würde er einen Teil von sich verbergen. Aber neuerdings wirkt er total gelöst und glücklich. Ich schätze, ich lehne mich nicht weit aus dem Fenster, wenn ich behaupte, dass es an dir liegt.«

»Hm …«, erwidere ich nachdenklich – und spüre wieder dieses Kribbeln. Das sollte wirklich nicht da sein. Es ist viel zu gewichtig für unsere Freundschaft.

Oder?

Die Glocke der Eingangstür ertönt – und gleichzeitig Stephs fröhliche Stimme. »Schau an. Wenn man vom Teufel spricht!«

Oh Gott. Mich durchfährt es heißkalt. Ich weiß nicht, ob es daran liegt, dass Steph ihn angekündigt hat, ob sich die Atmosphäre nur seinetwegen aufheizt, aber ich spüre, wie die Luft um mich herum zu prickeln beginnt.

Langsam wende ich mich zum Eingang – und jepp, da steht er.

Mit dem schönsten Lächeln im Gesicht, das ich je gesehen habe.

Ich winke ihm zaghaft zu, und als hätte er diese Aufforderung gebraucht, kommt er mit großen Schritten näher.

»Na, die Damen? Darf ich mich zu euch gesellen?«

»Klar«, sage ich eilig, klaube meinen Mantel vom Sessel, doch ehe ich ihn über meinen hängen kann, nimmt Noah ihn mir ab und trägt ihn zur Garderobe, wo er ihn unter seinen hängt.

»Er ist schon aufmerksam«, flüstert Steph mir leise zu.

Ich werfe ihr einen vernichtenden Blick zu. Was soll das? Sie muss ihn mir nicht anpreisen! Er ist mein Freund. Ich weiß, dass er toll ist.

Und irgendwie auch sexy, oder?

Ups, verdammt, der Gedanke sollte nicht kommen!

Hitze steigt mir in die Wangen, während Noah an unseren Tisch zurückkehrt.

»Was ist das hier denn für eine nette Versammlung?«, fragt er grinsend, doch ich erkenne, dass etwas in den Tiefen seiner Augen flackert – und mir wird bewusst, dass es Unsicherheit ist.

»Ach, mir war nach einem Kaffee«, erkläre ich eilig,

deute dabei auf Steph. »Den letzten musste ich ja stehenlassen …«

Schlagartig verdüstert sich seine Miene, und ich beiße mir auf die Lippe. Das war taktisch unklug. »Na ja, und eigentlich wollte ich Steph von meinen Plänen berichten, aber so weit bin ich noch nicht gekommen.«

»Pläne?« Sie sieht mich neugierig an.

»Ach, es eilt nicht«, erwidere ich schnell. »Ich will einen Blog über Eden eröffnen und dort auch über dich berichten. Offenbar gibt es da ohnehin viel zu sagen.«

»Oh, wow, das ist ja toll!«, ruft sie aus. »Wie wäre es, wenn wir uns demnächst mal nach Ladenschluss treffen? Dann können wir das in Ruhe bequatschen.« Sie wirft Noah einen bedeutungsschweren Blick zu. »Jetzt habe ich ohnehin wieder Kundschaft – und du Gesellschaft.«

»Ich wollte dich ganz sicher nicht aufscheuchen«, erklärt Noah mit erhobenen Händen.

»Ach was, alles gut. Ich muss backen. Willst du den letzten Brownie?«

»Unbedingt«, erwidert Noah lächelnd. »Und einen Kaffee. Und die Rechnung für all das hier.« Er macht eine ausschweifende Bewegung mit der Hand, doch ehe ich zum Protest ansetzen kann, kommt Steph mir zuvor.

»Nö, das geht auf mich. Aber du kannst dein Zeug gern selbst bezahlen.«

Und mit einer blitzschnell ausgestreckten Zunge verschwindet sie hinter der Theke, um sich an Noahs Bestellung zu machen.

Für einen kurzen Moment steigt die Spannung bis zu

einem unerträglichen Maß an, doch dann lacht Noah und sinkt auf den Stuhl neben mir. »Steph hat wieder alles gegeben, oder?«

»Ich finde sie eigentlich ziemlich nett …«

»Oh, ich auch.« Er lächelt mich an. »Schön, dich hier zu treffen.«

Ich schnaube leise. »Ein bisschen komisch, oder? Nach dem letzten Mal?«

Er blinzelt, lässt sich aber sonst nicht von meinem Einwand beirren. »Nö. Ist doch umso besser, dass wir jetzt unter viel schöneren Umständen hier sind.« Er greift nach meiner Hand, drückt sie, nur um sie wieder loszulassen, als hätte er sich daran verbrannt.

Und ich verstehe, wieso: Seine Berührung hat einen Stromstoß durch meinen Körper gejagt. Wenn er auch nur einen Bruchteil davon empfunden hat, ist seine Reaktion nachvollziehbar. Eilig schiebe ich meine Hände unter meine Schenkel. »Ja, klar.«

Sein Lächeln fällt etwas angestrengter aus. »Wie war denn so deine Woche? Haben ja wieder nicht miteinander geredet …«

Ich runzle die Stirn, als mir der leise Vorwurf bewusst wird, der in seinen Worten mitschwingt. »Du weißt schon, dass Telefone in beide Richtungen funktionieren, oder? Du hättest dich einfach melden können.« Dennoch durchzuckt mich ein schlechtes Gewissen, immerhin bin ich ihm bewusst aus dem Weg gegangen.

»Ja, das stimmt.« Er lächelt mich an. »War einfach wieder viel los.«

Etwas schwingt in der Luft zwischen uns. Ich spüre es. Ob er mir ebenfalls aus dem Weg gegangen ist? Ob ihm ebenso bewusst ist wie mir, dass wir vergangene Woche eventuell ein paar Grenzen ausgetestet, sie vielleicht sogar eine Spur zu sehr gedehnt haben? Unbewusst zwar, aber nicht unübersehbar?

»Und jetzt gönnst du dir zum Einstieg ins Wochenende einen Kaffee?«, frage ich – und will mir am liebsten vor die Stirn schlagen, weil es so schrecklich gestelzt klingt.

»So in etwa.« Ein ernster Ausdruck tritt in seine Augen. »Geht es dir gut? Du wirkst erschöpft.«

Ich lache leise auf – spüre jedoch den überwältigenden Drang, alles loszuwerden, weshalb ich regelrecht explodiere. »Ach, abgesehen davon, dass mich die Idee, den perfekten Blog zu eröffnen, so stresst, dass ich noch gar nichts geschafft habe, ist alles bestens.« Ich ziehe meine Hände wieder hervor, umfasse die Tasse und nehme einen großen Schluck.

»Wow, das musste raus, oder?« Er lächelt mich verständnisvoll an, und als er dieses Mal seine Hand auf meine legt, ist der Stromstoß schon etwas erträglicher. Womöglich vertrauter? Sanft drückt er zu.

»Ja.« Ich lache leise auf. »Es ist bescheuert, aber ich will alles richtig machen, von Anfang an.«

»Also doch die Fotos im Schnee?«

»Fotos im Schnee?« Steph taucht neugierig grinsend neben uns auf, stellt Noahs Bestellung auf den Tisch und nimmt ihr Geschirr.

»Lange Geschichte«, murmele ich mit einer wegwerfenden Bewegung. Als ich registriere, wie sich ihr Blick auf unsere verbundenen Hände heftet, spüre ich Hitze in meinen Wangen aufsteigen. Nur mühsam kann ich mich daran hindern, zurückzuweichen.

Sie lächelt. »Wenn ihr sie erzählen wollt, ihr wisst, wo ihr mich findet. Auch wenn ihr Nachschub braucht. Und jetzt lasst euch nicht weiter von mir stören.«

Sobald sie weg ist, schüttle ich den Kopf. »Keine Fotos im Schnee. Es gibt ja nicht einmal einen Blog, wo ich sie posten könnte. Ich muss einfach einen Anfang finden.«

Er sieht mich an, voller Verständnis, das tiefer geht als erwartet. »Ich bin sicher, es wird gut. Selbst wenn du nur 110 Prozent gibst und keine 200, wie du es offenbar gerade willst. Auch 90 würden schon reichen. Die Hauptsache ist doch, dass du eine Aufgabe hast, für die du brennst.«

»Solange sie mich nicht ausbrennt«, witzele ich schwach.

»Das werde ich verhindern«, erwidert er so feierlich, dass schon wieder dieses komische Kribbeln in meiner Magengrube entsteht.

Eilig schiebe ich ein Stück des Brownies in meinen Mund – und stöhne auf.

»Die sind gut, oder? Oft habe ich Pech und sie sind um diese Uhrzeit schon ausverkauft«, stellt Noah fest, ehe auch er ein Stück isst und dabei ähnlich stöhnt.

Und das ist ein Geräusch, das ich besser nicht aus seinem Mund gehört hätte.

Was.

Zum.

Teufel.

Ist.

Nur.

Mit.

Mir.

Los?

Ich habe keine verdammte Antwort auf diese Frage.

# Noah 16

»Kino?«

»Jepp. Du weißt schon. Große Leinwände, bequeme, abgenutzte Sessel, Popcorn. Aber nur das Süße, damit das klar ist. Salziges Popcorn kommt mir nicht in die Tüte.« Ich pausiere kurz, als würde ich abwarten, ob sie diesen wirklich lahmen Spruch mit einem Lachen quittiert, fahre jedoch unverrichteter Dinge fort. »Wir könnten danach noch einen Happen essen.«

»Ich weiß, was Kino ist«, ertönt Helenas Stimme schnippisch aus dem Lautsprecher.

Grinsend klemme ich das Handy zwischen Schulter und Wange, um meine Boots schnüren zu können. »Dann ist ja gut. Ich bin so in fünfzehn Minuten bei dir.«

»Was? Jetzt?«, kreischt sie mir so laut ins Ohr, dass ich mein Gesicht schmerzlich verziehe und eilig das Handy wieder in die Hand nehme.

»Nein, in fünfzehn Minuten. Das ist nicht jetzt.«

»Noah …«

»Helena«, erwidere ich grinsend. »Komm schon. Ich hab Bock, mal wieder rauszukommen, und da läuft dieser

Film, der echt gut sein soll, in South Burlington. Ich bin seit Wochen entweder im Reservat oder an der *NVU*. Bitte begleite mich, damit ich nicht armselig allein in die Vorstellung gehen muss.« Das ist Manipulation auf höchstem Niveau, schon klar. Allein würde ich nie gehen …

Statt Worten dringt ein undefinierbares Brummen durch die Leitung.

»Ich werte das als ein Ja«, erwidere ich zuckersüß – und lege auf.

Bei der Vorstellung, wie sie nun frustriert den Kopf in den Nacken wirft und laut losschreit, muss ich herzlich lachen.

Unterwegs vergeht mir jedoch die gute Laune. Was tue ich hier eigentlich?

Als ich Helena heute im Café getroffen habe, war ich im ersten Moment total froh, doch das komische Gefühl hat viel zu schnell eingesetzt.

Das Gefühl, das seit letzter Woche in mir herrscht und das mich daran gehindert hat, ihr mal zu texten oder vorbeizuschauen. Denn wenn ich ehrlich bin – die Zeit dazu hätte ich gehabt. Ich hätte sie mir *genommen.*

Und jetzt hole ich sie ab, um mit ihr ins Kino zu gehen? Essen zu gehen? Als wäre es ein verdammtes Date?

*Du spielst mit dem Feuer, Edwards. Das ist dir klar, oder?*

Ich schlucke gegen den Kloß in meiner Kehle an, als ich in die Zufahrt der Jacksons biege. Noch ehe ich den

Motor abstellen kann, kommt Helena bereits aus dem Haus geeilt, fertig angezogen und alles.

Erleichterung flutet mich. Sie hätte es mir auch schwermachen – oder mir ihre Gesellschaft verweigern – können. Die Tür fällt ins Schloss, aber ich sehe schattige Umrisse im Fenster daneben. Ich würde meine linke Niere darauf verwetten, dass es Jake und Mason sind, die uns ganz genau im Blick behalten.

Mit einem zurückhaltenden Lächeln eilt sie die Stufen der Veranda hinab und steigt zu mir ins Auto. »Hi.«

»Selber hi.« Lächelnd setze ich zurück, um zu wenden. »Schön, dass du mitkommst.«

Sie schnaubt auf. »Ist ja nicht so, als hätte ich eine Wahl gehabt, oder?«

Das quittiere ich mit einem Grinsen. »Man hat immer eine Wahl. Aber du wolltest offensichtlich Zeit mit mir verbringen.«

»Kein Kommentar.«

Meine Laune steigt, während ich wende und das Haus der Jacksons hinter mir lasse. Ich bilde mir ein, die wachsamen Blicke ihrer Brüder auf mir zu spüren. Selbst als wir Eden verlassen haben und auf der Vermonter Route 100 Richtung Westen fahren, spüre ich ihre Präsenz.

Oder bilde ich es mir nur ein?

Eine Weile herrscht Schweigen. Helena fummelt am Radio herum, bis sie einen Sender gefunden hat, der ihr zusagt, und ich konzentriere mich auf die Straße, die zwar ordentlich geräumt ist, doch wenn bei Minustemperaturen der Frost anzieht, muss man hier auf alles gefasst sein.

Rechts und links von uns türmen sich die Schneeberge. Im Winter kann es in unserer Region manchmal bis zu zwei Meter hoch Schnee geben. Das ist zwar selten und davon sind wir noch weit entfernt, aber die Erfahrung hat mich gelehrt, dass so etwas schnell gehen kann.

Zum Glück bringen wir die knapp fünfzig Meilen unbeschadet hinter uns, und als die Lichter von South Burlington in der Ferne auftauchen, fühle ich mich gleichermaßen erleichtert und aufgekratzt.

Der Abend mit all seinen Möglichkeiten entfaltet sich in den buntesten Farben vor uns.

Winter in Eden sind mit der Zeit etwas trist. Wenn dicke Schneedecken die Welt verhüllen, wenn Farbtupfer bis zum späten Frühling verschwinden, wenn die Dämmerung früh einsetzt und nicht viele Lichtstunden am Tag zulässt, wird die Welt eine andere. Wir kennen dieses Leben, das in kleineren Orten stiller und ruhiger wird, insbesondere dann, wenn der Schneetourismus dort nicht so großgeschrieben wird wie andernorts. Natürlich hat es seinen Charme. Wenn der erste Schnee fällt, wenn die Welt von Frost überzogen ist, erwacht nach wie vor das Kind in mir. Doch die Nächte können lang werden, wenn man sie allein verbringen muss. Nun in den Abendstunden in South Burlington zu sein, dazu auch noch in Helenas Gesellschaft, ist beinahe ein Kulturschock. Das hier ist keine Metropole wie New York, klar, und doch funkeln die Lichter heller als bei uns, glamouröser. Für mich Provinzling ist das hier jedenfalls schon groß.

Auch wenn ich zugeben muss: Das ruhige Funkeln

des Sternenhimmels über Eden gefällt mir trotz allem besser.

South Burlington ist die drittgrößte Stadt Vermonts und hat trotzdem nur rund einundzwanzigtausend Einwohner. Dank der Lage direkt am großen Lake Champlain und der vielen bunten Hausfassaden im Zentrum ist es wirklich ein place to be … hätte ich jemals ernsthaft in Erwägung gezogen, Eden zu verlassen, wäre ich hierhergezogen. Da mich jedoch nichts aus meiner Heimat verjagen kann, mit der ich die schönsten Erinnerungen an meine Kindheit und Jugend verbinde, die man sich nur wünschen kann, bleibt mir nichts anderes, als gelegentlich die knappe Stunde Fahrt auf mich zu nehmen.

Mit Helena als Beifahrerin ein wesentlich größeres Vergnügen als allein. Selbst wenn wir uns die meiste Zeit anschweigen.

Als wir unweit des großen Kinos halten, lasse ich so leise wie möglich meine Anspannung in einem tiefen Atemzug los. Bis hierhin haben wir es geschafft.

Hoffentlich bringt der Film ein wenig Auflockerung. Mir ist nicht entgangen, dass Helena die ganze Fahrt über ihre Hände geknetet hat …

Während ich Karten für die nächste Vorstellung kaufe, registriere ich aus dem Augenwinkel, wie Helena sich umsieht. Früher waren wir immer im Roxy, einem niedrigen Backsteingebäude, dessen Foyer sich in all den Jahren nie verändert hat – abgesehen von den aktuellen Filmpostern. Es hatte Kultpotenzial und wir waren verdammt gern dort. Helena war richtig traurig, als ich ihr vorhin sagen musste, dass es mittlerweile geschlossen hat. So wie viele der kleinen Kinos, die die Stadt zu bieten hatte. Mittlerweile spielt sich alles in diesem großen Palast ab.

Hinter der Kasse sitzt ein kaugummikauender, hagerer Kerl, der mir halb motiviert die Karten reicht. Ich frage mich, ob das zur Jobbeschreibung gehört … irgendwie sehen diese Typen immer gleich aus. Das Kino ist jedoch nicht die einzige Sache, die sich grundlegend geändert hat: Diese kribbelige Stimmung zwischen uns ist ebenfalls neu.

Die hat damals definitiv nicht existiert. Zumindest nicht in diesem Ausmaß.

Wir kaufen eine große Portion Popcorn, eine Tüte schokolierte Nüsse und Softdrinks und marschieren dann den Flur runter zum zweiten Saal, wo unser Film spielen soll.

Es ist eine seichte Komödie. Ein Drama wäre mir ebenso fehl am Platz vorgekommen wie der aktuelle Actionstreifen – den ich wirklich gern gesehen hätte – und die Romanze, die gerade in den Medien ziemlich gehypt wird. Vielleicht habe ich ein wenig dick aufgetragen, als ich betont habe, den Film unbedingt sehen zu wollen. Aber wie sagt man so schön? Der Zweck heiligt die Mittel.

Der Saal ist nicht gerade gut gefüllt. Erleichtert stelle ich fest, dass unsere Reihe bislang leer ist. Wir nehmen auf den Sesseln in der Mitte Platz. Ich reiße die Tüte mit den Schokonüssen auf und kippe sie ins Popcorn. Helena und ich tauschen einen Blick, der etwas tief in mir klingen lässt. Damals haben wir es immer so gemacht, immer, und obwohl es ein so vertrauter Akt ist, fühlt er sich heute Abend anders an. Bedeutungsvoll. Wie eine Brücke von damals in die Gegenwart – in dem Versuch, alles zu vergessen, was in den vergangenen vier Jahren geschehen ist. Schwer räuspernd knülle ich den Müll zusammen, spüre meinem Puls nach, der so schnell ist, dass es mich wundert, dass mir nicht schwindelt. Gleichzeitig greifen wir das erste Mal in die Popcorntüte, nur um unsere Hände so eilig zurückzuziehen, dass sie bedenklich kippelt.

Helena lacht auf. »Oh weh. Wenn wir so weitermachen, liegt alles auf dem Boden, ehe auch nur die Werbung begonnen hat.«

»Wäre nicht das erste Mal, oder?«, erwidere ich grinsend und wir wechseln erneut einen Blick, der mir bis ins Mark schießt. Schätze, wir werden beide gleichermaßen in den Sog aus Erinnerungen gezogen, der unsere Geschichten so eng miteinander verknüpft.

Ich sehe, wie sich ihre Wangen dunkler färben, obwohl das Licht im Saal nur gedämpft ist. Meine Kehle hüpft, als mir ebenfalls Wärme in die Wangen steigt, doch ehe ich etwas sagen kann, wendet sie sich ab – und zieht ihr Handy aus der Tasche.

Ich runzle die Stirn. »Irgendwas Wichtiges?«

Sie fixiert mich wieder – mit großen, runden Augen. »Oh, nein, nein. Nur Steph. Wir haben vorhin noch Nummern getauscht, weil wir uns demnächst mal in Ruhe treffen wollen. Sie wird eines meiner ersten Themen des Blogs sein.« Plötzlich hebt sie die Hand und pikst mir in die Brust. »So wie du, Mr. Edwards. Ich bräuchte noch einen offiziellen Termin mit unserem Professor Biologe. Idealerweise inklusive Termin im Reservat, um Fotos zu machen …«

»Fotos«, presse ich hervor – und werde Zeuge, wie die kurzfristig normale Stimmung schlagartig wieder an Schärfe gewinnt. Oder sollte ich besser sagen … Spannung?

»Nicht solche«, beeilt sie sich, zu sagen – und verhaspelt sich dabei. »Äh … also, ich meinte normale. Von der Natur. Von den Hasen …«

»In meinem Arm?«, werfe ich wenig hilfreich ein – und spüre, dass ein nicht unerheblicher Teil von mir genießt, wie sehr sie sich windet. Hey, sie hat mit dem Thema angefangen, nicht ich! Meine Mundwinkel wandern immer weiter in die Höhe.

»Oah!«, stößt sie frustriert aus, just als die Lichter gelöscht werden und die Leinwand zum Leben erwacht.

Nun gebe ich mir keinerlei Mühe mehr, mein Grinsen zu verbergen. Im Gegenteil. Ich fühle mich besser denn je. Kann der Abend überhaupt noch schöner werden?

Während der Werbung spüre ich, wie sie mir immer wieder Blicke zuwirft. Ich achte penibel darauf, nicht nach dem Popcorn zu greifen, wenn sie es tut, obwohl ein Teil von mir sich wünscht, dass unsere Finger sich erneut berühren. Ungeplant.

Weil das vorhin einen wahren Blitz durch meinen Arm gejagt hat …

Das erste Drittel des Filmes plätschert an mir vorbei. Ich bin viel mehr darauf konzentriert, Helenas Reaktionen in mich aufzusaugen. Sie atmen zu sehen. Das gehört neuerdings zu meinen Lieblingsbeschäftigungen – denn wenn sie in meiner Nähe atmet, heißt das, dass sie da ist.

Und das ist das Beste.

In diesem Drittel, diesen knapp dreißig Minuten, habe ich zudem Zeit, darüber nachzudenken, was all das bedeutet.

Ich bin ein erwachsener Mann. Meine Erfahrungen in Sachen Beziehung sind relativ begrenzt, weil ich mich in meiner Jugend völlig auf meine beste Freundin konzentriert habe und da kein Raum für andere Frauen war – und nach ihrem Verschwinden war der Vertrauensbruch so erschütternd, dass ich niemanden nahe genug an mich herangelassen habe. Ein früh gescheiterter Versuch vor zwei Jahren und die lockere Affäre mit Elsie – das ist alles, worauf ich zurückgreifen kann. Und trotzdem weiß ich mit Sicherheit, dass das, was ich für Helena empfinde, mehr ist als pure, unschuldige Freundschaft. Mehr als Dankbarkeit und Erleichterung, weil sie wieder da ist. Keine Ahnung, ob diese tieferen Gefühle damals schon da waren, aber noch nicht reif genug, ob sie erst gehen musste, um mir die Augen zu öffnen, oder ob wir uns einfach beide entwickelt haben und nun bereit für mehr sind. Nun ja, ich zumindest. Ob es ihr genauso geht wie mir, weiß ich natürlich nicht. Aber was mich angeht, bin ich mir sicher.

Ich spüre es daran, wie bedeutungsschwer mein Herz schlägt, wenn sie in meiner Nähe ist. Spüre es an dem Bedürfnis, ihren Duft zu inhalieren. Sie zu berühren, sie zum Lachen zu bringen.

Und sie zu schützen.

Wenn wir uns unter der Woche nicht sehen, habe ich es noch irgendwie im Griff, aber wenn wir Zeit miteinander verbringen? Tja, ich will sie einfach um mich haben.

Anfangs habe ich Elsie gegenüber vielleicht noch behauptet, dass Helena nur meine beste Freundin ist. Jetzt jedoch … bin ich mir da nicht mehr so sicher.

Und noch viel unsicherer bin ich, was ich mit dieser Erkenntnis anfangen soll.

Die Wahrheit lautet doch – wir sind heute Abend hier und machen das, was allgemeinhin als Date durchgehen würde. Kino und essen gehen. Aber sind wir da beide auf einem Level? Sieht sie es genauso wie ich? Oder mache ich mich gerade zum absoluten Idioten? Immerhin hat sie gerade erst eine toxische Beziehung hinter sich. Vielleicht ist Daten gerade das Letzte, woran sie Interesse hat …

Und dann beginnt das zweite Drittel des Filmes und mir wird mein strategischer Fehler endgültig bewusst.

Denn es geht um Freunde, die auf einmal Gefühle füreinander entwickeln. Und das … rasant. Als die beiden nach einer feuchtfröhlichen Party im Bett landen, höre ich, wie Helenas Atem stockt.

Und als ich mich ihr zuwende, sehe ich, dass sie nicht länger zur Leinwand starrt, sondern … zu mir. Mit geweiteten Augen. Mit Lippen, die sich nicht mehr vollständig treffen, weil sich ein kleiner Spalt gebildet hat.

Und verdammt, meine Kehle wird schlagartig trocken.

Für einen Moment scheint die Welt stehenzubleiben. Alles verliert an Bedeutung. Der Film, der meine Aufmerksamkeit ohnehin nicht fesseln kann. Die Menschen, die mit uns in diesem Saal sitzen.

Das leise Rascheln von Popcorn, das Knistern von anderen Süßigkeitentüten.

Helena blinzelt, als würde auch sie bemerken, dass wir uns plötzlich in einem Paralleluniversum befinden. Ihre Zungenspitze schießt hervor, befeuchtet hektisch ihre Lippen, und in meiner Hand zuckt es, als wollte ich …

Ja, was?

Ihre Lippen berühren?

Ihre Wange?

Das Bedürfnis, irgendetwas von ihr zu spüren, überwältigt mich, weshalb ich all meinen Mut zusammenkratze und nach ihrer Hand greife.

Sie atmet scharf ein, ich spüre, wie sie sich am ganzen Körper anspannt, und rechne fest damit, dass sie sich zurückzieht … doch dann entspannen sich ihre Finger. Mehr noch als das. Sie dreht ihre Hand … und unsere Finger verflechten sich, als wäre es das Natürlichste der Welt.

Und ja, für einen Moment ist mir nach Jubel.

Das Lächeln, das Helenas Lippen umspielt, ist

zaghaft, aber es ist zugleich auch das süßeste, was ich jemals gesehen habe. Das seltsam entgleiste Gefühl lässt nach, die reale Welt materialisiert sich wieder um uns herum, doch ich lasse sie nicht mehr los. Es macht das Popcornessen zwar ein wenig umständlicher, aber nun … Prioritäten.

So wichtig.

Der Rest des Filmes zieht wie in einem Rausch an mir vorbei. Viel zu schnell taucht der Abspann auf, wird der Saal wieder heller. Die Dunkelheit, die sich in den letzten anderthalb Stunden um uns herum entsponnen hat, die Raum für so viel Heimlichkeit gelassen hat, verblasst, und ich spüre, wie Helena sich wieder anspannt – als würde sie mit zunehmendem Licht erst so richtig realisieren, dass wir eine Stunde lang Händchen gehalten haben.

Nur widerwillig lasse ich sie los, damit wir in unsere Jacken schlüpfen können. Sie scheint sich extra zu beeilen, als wollte sie vor mir fliehen, doch am Ausgang des Kinosaals wartet sie auf mich, ein seltsames Funkeln in den Augen, das mein Herz hüpfen lässt. Und hoffen. Und gleichzeitig durchdrehen, denn … was machen wir hier?

Seite an Seite verlassen wir den Saal. Mein Kopf schwirrt von diesem ganzen Gefühlswirrwarr, das mich von einem Extrem ins nächste schleudert, doch als ihr Handrücken meinen streift, zögere ich nicht lange und greife zu.

In all den Jahren sind wir manchmal Arm in Arm gelaufen, häufig eng aneinandergeschmiegt, doch es hat etwas unerwartet Intimes, so Händchen zu halten. Ich muss all meine Kraft aufbringen, einen Schritt vor den anderen zu setzen und nicht völlig durchzudrehen, weil ich nicht weiß, was das alles zu bedeuten hat.

Was ich jedoch weiß, ist, dass es sich verletzlich frisch anfühlt, so mit ihr zu laufen.

Als wir das Kino verlassen, trifft uns die Kälte wie ein Hammer.

Helena erschaudert, und ich rücke noch etwas näher. »Wonach ist dir nun?«, frage ich sie mit rauer Stimme, was mir einen Blick unter gewölbten Augenbrauen einbringt.

»Ich dachte, du hast das alles geplant. Ich bin nur das arme Opfer, das einfach von zuhause abgeholt wurde …«

Ich lache auf, froh, dass sie das alles mit Humor nehmen kann. »Oh, ich hätte nichts gegen etwas zu essen. Popcorn hält nicht lange satt. Wonach ist dir mehr? Burger? Italienische Küche? Sushi?«

Ihre Miene hellt sich auf. »Sushi hatte ich ewig nicht mehr. Richard mochte es nicht …« Sie verstummt schlagartig, und ich spüre ihre Worte wie den berühmten Schlag in die Magengrube. Sie ruckt an ihrer Hand, als wollte sie die Verbindung unterbrechen, als wollte sie sowohl körperlich als auch emotional dichtmachen, doch ich halte sie fest. Gleichzeitig formt sich heiße Entschlossenheit in mir. Entschlossenheit, alles wiedergutzumachen, was dieser Mistkerl verbockt hat.

Und wenn Helena Sushi mag, wird sie Sushi kriegen.

»Zum Glück gibt es hier ein ziemlich gutes Restaurant«, erkläre ich so locker wie möglich – höre jedoch ebenso wie sie vermutlich auch, dass meine Stimme vor unterdrückten Emotionen vibriert.

Wir erreichen meinen Wagen. Ich führe sie zur Beifahrertür, lasse sie wirklich erst im allerletztmöglichen Moment los – und vermisse ihre Berührung noch im selben Moment schmerzlich.

Ich bleibe neben ihr stehen, während sie sich anschnallt, und inhaliere ihren Duft tief, ehe ich sage: »Es sind etwa sechs Meilen bis zum *Koto,* also keine zehn Minuten mit dem Auto. Nicht mehr lange, bis du dein Sushi-Bedürfnis befriedigen kannst.«

Unsere Blicke verhaken sich – und dieses Mal spüre ich es so intensiv, dass ich es nicht länger verleugnen kann. Die kribbelnde Hitze explodiert in meinen Adern, raubt mir den Atem. Und gemessen daran, wie sich Helenas Lippen teilen, wie sich der zarteste aller Laute aus ihrem Mund befreit, geht es ihr ähnlich.

Shit.

Das hier ist womöglich das Beste, was mir, was uns, geschehen konnte.

Oder es ist eine Katastrophe, auf die wir geradewegs zurasen. Ohne Chance auf Rettung.

Ich kann mich noch nicht entscheiden.

# Helena 17

Das *Koto* ist ein japanisches Steakrestaurant unweit des Ufers vom Lake Champlain. Eingerahmt von verschiedenen Parks fühlt man sich gar nicht so zentral in der Stadt, wie man eigentlich ist.

Wie sehr man sich doch an Edens Ruhe gewöhnen kann!

Man sollte meinen, nach vier Jahren in New York wäre mir die städtische Betriebsamkeit South Burlingtons nicht fremd, doch stattdessen spüre ich, wie ich mich schon jetzt nach Edens Weiten sehne. Nicht, dass der Abend nicht schön wäre. Im Gegenteil. Ich genieße jede Minute mit Noah, auch wenn ich nicht abstreiten kann, dass dieses seltsame Kribbeln in meiner Magengrube immer intensiver und verwirrender wird.

Das *Koto* kann vielleicht nicht mit den ultramodernen Sushibars im Big Apple mithalten, aber es hat eindeutig seinen Charme – und das nicht nur aufgrund der offenen Showküche, um die sich mittig im Raum die Leute drängen, weshalb die Tische am Rand größtenteils leer sind. Der Koch bereitet Fleisch und Fisch vor den Augen aller

Interessierten zu und wirkt dabei, als würde er den Job seines Lebens ausführen.

Wir nehmen einen Tisch in einer Fensternische, sind so zwar weit entfernt von dem Koch, dafür aber in der Lage, ruhig miteinander zu reden.

Und das sollten wir tun, oder?

Bloß, dass in meinem Kopf plötzlich nichts als Leere herrscht.

Meine Finger prickeln immer noch dort, wo sie sich so lange mit Noahs verbunden haben. Und das ganz sicher nicht nur aufgrund der Kälte, weil wir deshalb auf Handschuhe verzichtet haben. So gerne ich mir das auch einreden würde.

Vor uns stehen verschiedene Vorspeisen – eine Chefauswahl Sushi, Gyozas, Shrimp-Tempura. Noah hat mich überzeugt, eine Weißweinschorle zu nehmen – wennschon, dennschon –, während er bei Coke geblieben ist.

Die Düfte allein sind bereits überwältigend, aber der Geschmack … Es ist mindestens drei Jahre her, dass ich zuletzt Japanisch gegessen habe, das spielt sicher mit hinein, aber wow, es ist wirklich *gut*. Wahrscheinlich ist es mies von mir, zu denken, dass eine Kleinstadt wie diese mit den Metropolen nicht mithalten kann. Und vielleicht ist es am Ende auch gar nicht der rein objektive Geschmack. Vielleicht hat es auch einfach mit meiner Gesellschaft zu tun. Mit Noah war früher schon alles besser. Es scheint sich bis heute nicht geändert zu haben.

Ein seltsames Funkeln stiehlt sich in seine Augen. Er

wirkt, als würde ihm etwas auf der Zunge liegen, das er aber im letzten Moment für sich behält.

Und ich weiß nicht, ob ich nachfragen soll oder nicht.

»Das ist wirklich gut«, sage ich mit schwacher Stimme, nachdem ich vorsichtig eine der kunstvoll arrangierten Sushirollen in mein Schälchen mit Sojasoße getunkt und das Essen regelrecht zelebriert habe.

Noahs Augen werden irgendwie dunkler, das Funkeln intensiver, und er räuspert sich schwer. »Wenn es dir so gut gefällt, kommen wir einfach häufiger her. Eden hat so etwas leider nicht zu bieten. Und ich koche gerne, aber ich fürchte, mit Sushi werde ich keinen Blumentopf gewinnen.«

Ich grinse ihn an. »Och, wenn du es nur halb so gut hinbekommst, kriegst du mehr von mir als nur einen Blumentopf …«

Und schlagartig verändert sie sich wieder, die Stimmung. Das Spielerische verwandelt sich in Hitze, und ich weiß nicht, wieso, aber mein Hirn ist der Meinung, dass genau jetzt der richtige Zeitpunkt wäre, um mich darauf hinzuweisen, dass Sushi gemeinhin als Aphrodisiakum gilt …

»Wir könnten es ja zusammen versuchen«, erwidert Noah – und fühlt er sich genauso angespannt wie ich? »Sushi, meine ich.«

»Ja, klar. Gern«, erwidere ich hölzern – froh, dass der Kellner in genau diesem Moment an den Tisch kommt, um die mittlerweile leeren Teller abzuräumen und gegen den Hauptgang einzutauschen.

Ich habe mich für eine Boston-Rolle und verschiedene Sashimi entschieden, während Noah eine Dragon-Rolle, eine Vermont-Rolle und Thunfisch-Sushi ausgewählt hat. Dazu teilen wir uns eine Portion Seealgensalat.

Mir läuft das Wasser im Mund zusammen, und ich kann es kaum erwarten, alles zu probieren. Und mit alles meine ich auch alles.

Hoffentlich hat sich unsere Angewohnheit, untereinander zu tauschen, um mehr austesten zu können, im Laufe meiner Abwesenheit nicht eingestellt.

»Hier«, sagt Noah in diesem Moment und hält mir ein Stück seiner Vermont-Rolle entgegen. Sie besteht aus verschieden zubereiteten Lachssorten und ist so kunstvoll, dass ich sie beinahe nicht essen mag. Dennoch schließe ich meine Lippen um seine Stäbchen, genieße den Geschmack, der auf meiner Zunge explodiert.

Als ich meine Augen wieder öffne, sieht Noah mich wie hypnotisiert an.

Ich schlucke schwer, weiche langsam zurück.

»Und?«, fragt er mich rau.

Ich nicke. »Lecker. Willst du auch?«

Und dann reiche ich ihm schon etwas von meiner Rolle … und komme vermutlich in denselben Genuss, den er vorhin hatte. Geschlossene Augen, verzückte Miene.

Oh Gott.

Wie soll ich diesen Abend nur überstehen? Es ist, als hätte sich eine Tür in mir geöffnet, und nun drängt alles hervor. Ich bin buchstäblich unfähig, es zu stoppen.

Zum Glück haben wir etwas zu tun. Wir schlemmen uns durch unser Essen, als würde nicht alles Mögliche zwischen uns in der Luft vibrieren. Ich bestelle noch eine zweite Weinschorle – oder genauer gesagt, Noah bestellt sie für mich, weil er natürlich erkannt hat, wie gut es mir schmeckt.

Wenn man mal von der unterschwelligen Spannung absieht, die immer weiter zwischen uns hochkocht, ist es ein angenehmer Abend. Noah erzählt mir von seinen Forschungsprojekten und der Arbeit an der *NVU*, und nach einer Weile beginnt er, mir Fragen zu stellen. Zu meinem alten Leben – jenem in New York, dem ich wirklich keine Träne nachweine. Vielleicht liegt es am Wein, aber nach einer Weile schaffe ich es, zu antworten, ohne mich dabei zu sehr auf dem Stuhl zu winden. Immerhin, stelle ich fest, normalisiert sich so diese seltsame Spannung zwischen uns, und für einen Moment fühlt es sich wieder so an, als wäre er Noah, mein bester Freund und engster Verbündeter.

»Was gibt es denn noch, was du gern tun würdest, aber all die Zeit nicht konntest?«, fragt er schließlich, und das ist eine Frage, die gleichermaßen vor Understatement vibriert, aber auch irgendwie … händelbar ist.

Nachdenklich drehe ich den Stiel meines Glases zwischen den Fingern. »Na ja, ein paar offensichtliche Sachen, schätze ich. Schnee gab es in den Jahren in New York nicht so viel …« Ich lache auf. »Gott sei Dank. Sonst wäre die gesamte Infrastruktur zusammengebrochen. Obwohl man fairerweise sagen muss, dass die New Yorker Schnee durchaus kennen.«

Noah nickt. »Schnee also. Den gibt es hier natürlich ohne Ende. Hast du bestimmte Wünsche? Schneeballschlacht? Wanderung? Langlauf? Schlittschuhlaufen?«

Ich wölbe die Augenbraue. »Was ist, willst du mit mir eine Bucket-List erstellen? Dinge, die ich in den letzten Jahren nicht getan habe?«

Er beugt sich mir entgegen, atmet tief durch. »Alles, was dich dazu bringt, zu bleiben, Helena.«

Und wow, der dunkle Ton in seiner Stimme berührt mich in jeder Faser meines Körpers, erschüttert etwas, das viel zu lange in mir geschlummert hat …

»Noah«, flüstere ich erstickt. Meine Augen huschen hin und her, gleiten über sein Gesicht, nehmen jede Regung wahr. Es besteht wirklich keinerlei Zweifel daran, dass ihm die Sache ernst ist. »Was genau wird das hier?«

Er blinzelt, weicht jedoch nicht zurück, kommt vielmehr näher. »Nun, ein Abendessen. Ein *Abend* …«, er hält inne, befeuchtet sich die Lippen, »mit dir und mir.«

»Unter Freunden«, murmele ich, während mein Puls sich verdreifacht.

Freunde. Das sind wir doch, oder?

»Unter Freunden«, wiederholt er, aber auf eine Weise, die sämtliche Härchen in meinem Nacken aufrichtet. Die mich wissen lässt, dass wir von unterschiedlichen Dingen sprechen.

»Ich …«, beginne ich, ohne genau zu wissen, was ich wirklich sagen will. »Ich bin überfordert«, gebe ich schließlich zu. Ehrlichkeit ist das mindeste, was ich ihm schulde. Nach allem.

Und das Lächeln, das er mir schenkt, ist so rein, so warm, so vertraut, dass ein Teil meiner Anspannung von mir abfällt. »Ein Schritt nach dem anderen, okay? Du und ich, wir sind hier. Wir genießen Zeit zusammen. Daran ist nichts Falsches, nichts Verwerfliches.«

»Das stimmt«, erwidere ich nickend – und lächle ihn zaghaft an.

Mir ist klar, was er mir damit sagen will. Dass er mir Raum lässt. Zeit. Dass er mich nicht bedrängen wird, obwohl die unausgesprochenen Dinge zwischen uns immer schwerer wiegen, immer größer werden. Mir zunehmend die Luft zum Atmen rauben. Wie in Zeitlupe schiebe ich meine Hand über den Tisch in seine Richtung. Seine Augen weiten sich, und diese wundervollen Grübchen in seinen Wangen tauchen auf, als er mir lächelnd entgegenkommt und sich unsere Finger miteinander verweben, als wäre es das Natürlichste der Welt.

Ich starre auf diese Verbindung, die so neu ist, sich gleichzeitig aber so verdammt vertraut anfühlt, dass ich einfach keine Angst verspüren kann.

Vor einem Monat war ich noch in New York, steckte in dieser schrecklichen Beziehungsfalle mit Richard. Doch jetzt … ist alles anders.

Das hier ist Noah.

*Mein* Noah.

Er macht nicht gut, was Richard getan hat, macht es nicht ungeschehen, aber er sorgt dafür, dass ich abschließen kann. Denn solange es Menschen wie ihn gibt, ist alles in Ordnung, oder?

Obwohl es klirrend kalt ist, machen wir einen Spaziergang zum Ufer. Ich zögere nicht eine Sekunde, reiche ihm meine – diesmal behandschuhte – Hand und freue mich, als er sie völlig zweifelsfrei nimmt. Sofort fühle ich mich besser. Sicherer. Wärmer.

Vollständiger.

Und wenn das mal keine erschütternde Erkenntnis ist …

Während wir durch die mittlerweile ruhiger gewordene Stadt schlendern, spüre ich, wie ich mich entspanne. Mehr und mehr.

Unser Atem gefriert in Wölkchen, die träge gen Himmel steigen, doch obwohl die Kälte spürbar in meinem Gesicht brennt, möchte ich nirgendwo lieber sein.

Vielleicht ist es der Alkohol, der mich erhitzt, mich beflügelt. Vielleicht ist es eine neu erwachte Leichtigkeit, weil Noah es irgendwie geschafft hat, an einem einzigen Abend so viele Erinnerungen zu reaktivieren und mit der Gegenwart zu verknüpfen, dass ich mich plötzlich viel weniger wie eine Fremde fühle. Wie diejenige, die ihn einfach … geghostet hat. Denn das ist die Wahrheit, so schwer es mir auch fällt, das zuzugeben.

Als wir das Ufer erreichen, stockt mir der Atem. Der

See ist zugefroren und die sternenklare Nacht, die hier zwar nicht so hell funkelt wie über Eden, aber immer noch beeindruckend ist, spiegelt sich auf der dunklen Fläche. Der Anblick ist einfach unglaublich.

In der Ferne kann ich die Inseln erkennen, die sich mitten im See befinden. Auf der größten ist die kleine Stadt Paradise beheimatet, die ich immer wie eine Art Zwilling betrachtet habe, auch wenn sie größer ist als Eden.

Weitaus größer.

Noah räuspert sich leise, und ich wende mich ihm zu.

Der intensive Blick, mit dem er mich betrachtet, geht mir durch Mark und Bein. »Ich bin so froh, dass du hier bist, Helena«, murmelt er, seine Stimme dick vor Emotionen.

»Oh, ich auch. Das Sushi war gut, und der Film …«

»Ich meine bei mir«, unterbricht er mich sanft … und hebt seine freie Hand, um über meine Wange zu streichen. Der weiche Fleecestoff sorgt für einen Schauer auf meinem Rücken. »Egal ob hier oder in Eden. Ich bin einfach nur froh, dass du zurück bist.« Er atmet zittrig durch. »Dass du an meiner Seite bist.«

Keine Ahnung, wieso mich die Schuld ausgerechnet in diesem wunderschönen Moment wieder überrumpeln muss, aber meine Augen füllen sich mit Tränen. »Es tut mir so leid, Noah. Dass ich dir das angetan habe. Euch allen. Es war eine einzige Zeitverschwendung …«

»Aber war es das wirklich?«, erwidert er erstaunlicherweise.

Ich blinzle überrascht. »Wie … wie meinst du das?«

Kommt er mir gerade näher? Sein Atem streicht über mein Gesicht. »Na ja. Deine Abwesenheit … vielleicht hatte sie einen Zweck?« Er schluckt sichtlich, hebt unsere ineinander verschränkten Finger und presst sie auf seinen Brustkorb. »Vielleicht war sie nötig, um die Dinge anders zu betrachten.«

»Anders?«, krächze ich, komme mir so naiv vor, obwohl ich ganz genau weiß, wovon er redet. Denn das, worauf er anspielt, trifft mich nicht völlig unerwartet. Vielmehr hat es sich in den letzten Wochen langsam, aber unmissverständlich aufgebaut.

»Anders«, wiederholt er sanft. »Mehr. Tiefer.«

Dann beugt er sich vor, überbrückt die restliche Distanz, und seine Lippen streifen meine.

Es war bereits elektrisierend, als er mir einen Kuss auf die Wange gehaucht hat, doch das hier? Es fühlt sich an, als würde er meine Welt komplett aus den Angeln heben, mich einmal auf den Kopf stellen und durcheinanderschütteln, nur um mich dann besser denn je wieder zusammenzusetzen. Sämtliche Erinnerungen schießen durch mein Gedächtnis. Er und ich als Kleinkinder. Schulkinder. Jugendliche. Immer und immer unschuldig. Und doch stehen wir jetzt genau so hier, mit tief verbundenen Seelen und Herzen, die im Gleichklang schlagen.

Wärme durchströmt mich bis in die Fingerspitzen, erfüllt sogar den letzten Zentimeter meines Körpers. Seine Lippen schmiegen sich weich gegen meine, vorsichtig, fragend, doch als ich nicht zurückweiche, als ich beginne, mich an ihn zu pressen, seufzt er so tief in meinen Mund, so dunkel, dass mich die Fülle an Emotionen mit sich reißt.

Ich löse meine Hand aus seiner, aber nur, um meine Arme um ihn zu schlingen. Noah umfasst mein Gesicht mit beiden Händen, hält mich, hält mich, während meine Knie immer weicher werden, während sich die Welt zunehmend um uns dreht … und die Tränen in meinen Augen überfließen. Doch sie sind nicht länger Ausdruck von Reue und Schmerz, nein, sondern so viel mehr …

Dennoch hält Noah schlagartig inne, weicht zurück, als er die Feuchtigkeit bemerkt. Ein Ausdruck des Horrors zeichnet sich auf seinem Gesicht ab.

»Oh Gott, Helena, es tut mir leid …«

Unwillig greife ich nach seinem Kragen, ziehe ihn wieder zu mir – und küsse ihn mit allem, was ich in diesem Moment empfinde.

Überbordende Leidenschaft.

Erleichterung, weil das, was ich die ganze Zeit gespürt habe, jetzt wenigstens einen Sinn ergibt.

Aber auch einer Prise Angst, weil so, so, so viel auf dem Spiel steht. Ich habe ihn doch gerade erst wieder. Was, wenn es schiefgeht?

Als ich spüre, wie seine Zunge über meine Lippen streicht, öffne ich mich ihm beinahe verzweifelt. Und was vorsichtig begonnen hat, süß, fragend, wird immer leidenschaftlicher. Als wäre dieser Kuss in der Lage, alles zu heilen, was in den vergangenen Jahren kaputtgegangen ist. Als wäre er das wichtigste Fundament der

Brücke, die den Graben zwischen uns endgültig umspannt.

Alles in mir kribbelt und vibriert und … Oh Gott.

Oh Gott.

Noah und ich, wir küssen uns …

Schwer atmend bin nun ich diejenige, die zurückweicht. Weit genug, um ihm in die Augen sehen zu können. Und was ich dort entdecke, raubt mir den Atem, lässt mich völlig innehalten.

*Liebe.*

Es mag freundschaftliche Zuneigung sein, die wir über Jahrzehnte aufgebaut haben, die nie völlig erloschen ist und die unerschütterliche Basis bildet, doch das, was ich sehe, ist mehr. So verdammt viel mehr.

Ich habe keinen Zweifel an seinen Gefühlen.

Keinen Zweifel, dass er gut ist. Dass er niemals ein solches Risiko wäre wie Richard.

Und plötzlich sind da wieder Tränen. Mir entweicht ein Schluchzen, als ich meine Stirn an seiner Brust berge. Ich spüre, wie er meinen Hinterkopf umfasst, den anderen Arm um meinen Rücken schlingt und mich hält.

Natürlich fühlt er sich nicht zurückgewiesen, nur weil ich weine.

Er war immer so. Verständnisvoll. Einfach Noah.

Und es fühlt sich richtig an. Von ihm gehalten zu werden. Bei ihm zu sein.

Auch wenn ich Angst habe, ihn endgültig zu verlieren, wenn es sich als Fehler herausstellt.

»Hey«, murmelt er leise. »Ich bin da.«

Ich nicke an seiner Brust, atme zittrig durch. »Bring mich nach Hause.«

Für einen Moment schlingen sich seine Arme noch fester um mich, ehe er leise seufzend loslässt. »Natürlich.«

Ich werfe einen letzten Blick auf die wunderschön spiegelnde Eisfläche des Sees.

Und irgendwie … irgendwie hat der Moment etwas Magisches an sich. Etwas Ewiges.

Ich will so gern glauben, dass es ewig ist.

# Noah 18

Die Rückfahrt ist ähnlich still wie die Hinfahrt, und doch ist sie gänzlich anders.

Mein Herz rast unermüdlich, will gar nicht aufhören. Immer noch spüre ich ihre Lippen auf meinen, spüre das Prickeln und die Hitze, die sich in mir ausgebreitet hat, als ich sie halten durfte.

Endlich.

Es hat sich angefühlt, als hätte ich Jahre darauf gewartet, was Unsinn sein muss, weil ich vor ihrem Verschwinden nie *so* an sie gedacht habe. Zumindest nicht bewusst. Doch dass die Realität nun eine andere ist, habe ich längst akzeptiert.

Vielleicht hätte ich es mit wem anders nicht getan.

Aber wir reden hier von Helena.

Meine Helena.

Und alles, was ich will, ist, sie bei mir zu wissen. Sie ist meine Freundin. Meine Seelenverwandte.

Und vielleicht ist sie auch meine Lebensgefährtin.

Weil ich mit der Tragweite dieser Gedanken nicht umgehen kann, lache ich schnaubend auf, was mir einen neugierigen Seitenblick einbringt.

»Was ist so lustig?«

Schlagartig vergeht mir der Spaß.

»Noah?«

Nur weil sie so verunsichert klingt, schaffe ich es, aufrichtig zu antworten. Das Letzte, was ich will, ist, dass sie sich noch mehr Sorgen macht. Sorgen waren viel zu lang ein fester Bestandteil ihres Lebens. »Ich habe über uns nachgedacht.«

»Oh, okay«, erwidert sie so defensiv, dass ich fest schlucke.

»Ich bereue es nicht«, sage ich schnell. »Dich zu küssen, meine ich.«

Und wenn ich dafür nicht mit dem schönsten Lächeln belohnt werde, das ich jemals gesehen habe …

Zaghaft wandert ihre Hand über die Mittelkonsole, landet auf meinem Oberschenkel. Sofort lege ich meine darüber, schiebe meine Finger zwischen ihre, spüre diesen Frieden, der mich dabei erfüllt.

Das hier ist kein Fehler. Alles, nur kein Fehler.

Ich räuspere mich. »Würdest du noch mit zu mir kommen?«

Sie mustert mich. »Machst du den Kamin an?«

»Alles, was du willst.« *Und noch so viel mehr …*

Sie lächelt. »In dem Fall sehr gerne.«

»Gut, dann haben wir einen Deal.« Sanft drücke ich ihre Hand. Und während South Burlington hinter uns von der Dunkelheit verschluckt wird, herrscht in mir so verdammt viel Licht. Mehr als jemals zuvor.

All die Jahre waren meine Tage nur eine lange Aneinanderreihung von Ereignissen, die mir einen Sinn gaben, mich aber nicht glücklich machten.

Doch jetzt … jetzt habe ich Hoffnung. Hoffnung auf eine erfüllte Zukunft. Und der Grund dafür sitzt direkt neben mir.

Ich werde sie nie wieder loslassen.

Wie schon beim letzten Mal drückt sich Helena in der Nähe des Kamins herum, bis ich das Feuer entzündet habe.

Ich gehe in die Küche, schenke uns Wein ein und kehre dann zu ihr zurück. Sie hat sich direkt vor den Kamin auf den Teppich gekuschelt und ich zögere nicht eine Sekunde, sinke neben ihr zu Boden.

Sie lächelt dankbar, als ich ihr das Glas reiche, und als wir anstoßen, schimmern die Gläser im flackernden Licht.

Seufzend schlinge ich einen Arm um ihre Schultern, registriere mit wohliger Begeisterung, wie sie gegen mich sackt.

»Damit habe ich nicht gerechnet«, gibt sie leise zu, den Blick auf die Flammen gerichtet.

»Womit genau?«, hake ich nach, obwohl ich die Antwort bereits kenne.

»Dass sich die Dinge so entwickeln. Mit uns. Ich hatte mir echt gewünscht, du würdest mir verzeihen, ja. Aber dass es wieder so werden würde wie früher, vielleicht sogar besser … ich hab es nicht einmal zu hoffen gewagt.«

»Umso besser«, erwidere ich rau – und presse meine Lippen auf ihre Schläfe. Mir geht es genauso. Als ich sie vor ein paar Wochen in Stephs Café gesehen habe, habe ich ganz sicher nicht damit gerechnet, dass wir irgendwann genau hier landen würden.

Mehr als zwanzig Jahre Freundschaft hat es gedauert, bis ich sie zum ersten Mal geküsst habe.

Es hat eine Trennung erfordert, einen Streit. Doch jetzt fühlt es sich so stimmig an wie nichts anderes in meinem Leben.

Ich brauche Helena.

Ich brauche sie an meiner Seite. Nichts war mir je klarer als das.

Oh Gott, wenn sie noch einmal verschwindet, wird es mich zerstören …

»Helena«, beginne ich langsam, hasse mich dafür. Ich will das Thema nicht anschneiden, nicht jetzt, aber ich muss. Wenn wir diesen Weg wirklich beschreiten wollen – und dass ich es will, steht außer Frage –, brauche ich Gewissheit.

Sie wendet sich mir zu, fragend, lächelnd, *wunderschön*, doch das Lächeln bröckelt von ihren Lippen, als sie meinen Gesichtsausdruck sieht. Langsam, wie in Zeitlupe, verändert sich ihre Miene, wird wachsam. »Ja?«

Ich schlucke, spüre überdeutlich, wie mein Kehlkopf hüpft. Unsicher, ob ich das noch tun darf, tun *sollte*, hebe ich meine Hand, streiche eine Strähne ihres feinen, blonden Haars hinter ihr Ohr. »Ich denke, uns ist beiden klar, dass das hier keine leichtsinnige Sache ist.« Helenas Wangen färben sich in einem zarten Rosa, sie wendet kurz den Blick ab, schluckt, fixiert mich dann jedoch wieder, ihre Zähne in der Unterlippe vergraben. Ich lege meine Hand an ihr Gesicht – und stelle erleichtert fest, dass sie sich an mich presst. »Versteh mich bitte nicht falsch. Ich bin voll dabei, wenn du es bist. Ich … ich muss nur wissen …«

»Ob ich bleibe«, hilft sie mir auf die Sprünge – und bilde ich es mir nur ein oder schimmert Verbitterung in ihrer Stimme? Resignation?

Sofort fühle ich mich mies. War nicht ich derjenige, der immer gesagt hat, sie solle nicht die ganze Zeit auf Knien rutschen und um Vergebung bitten? Fuck. Ehe ich etwas sagen, mich wortreich entschuldigen kann, schüttelt sie sachte den Kopf, löst sich von meiner Hand – und legt ihre stattdessen flach auf meine Brust. Der Ausdruck in ihren Augen wandelt sich. »Ich verstehe, dass du es von mir hören musst. Verstehe deine Unsicherheit.« Erneut zieht sie ihre Unterlippe zwischen ihre Zähne, kaut darauf herum, ehe sie sie freigibt und mich schüchtern anlächelt. Vorsichtig. »Ich kann nicht ohne Gewähr Dinge versprechen, weil ich nicht in der Lage bin, in die Zukunft zu blicken, aber was ich dir sagen kann, ist, dass ich mich lange nicht mehr so gut gefühlt habe wie hier. Ich will bleiben, Noah. Ich will mir etwas aufbauen. Ich will … will herausfinden, was das mit uns ist. Habe ich Angst?

Definitiv. Es ist so schön, dich wiederzuhaben – ich will dir nicht wehtun, will dich nicht direkt wieder verlieren, nur weil wir …«

»Uns nähergekommen sind?«, ergänze ich ihren Satz und spüre, wie sich die Wärme in meiner Magengrube zusammenballt. »Oh, Helena, ich glaube, ich war mir nie einer Sache sicherer.«

»Aber …«

»Kein Aber. Ich habe keinen Zweifel. Wir harmonieren perfekt. Was sollte schiefgehen?«

Die Frage ist rhetorischer Natur. Wir wissen beide, dass eine Menge schiefgehen kann. Es steht verdammt viel auf dem Spiel. Und doch … darüber will ich jetzt nicht nachdenken. Ich will …

Behutsam nehme ich ihr das Glas aus der Hand, stelle es zu meinem an die Seite und ziehe sie dann näher. Ehe ich weiß, wie mir geschieht, sitzt sie auf meinem Schoß – und fuck, das bringt mich beinahe um den Verstand. Ihre großen Augen, in denen sich das Feuer spiegelt. Ihre volle Unterlippe, noch gerötet, weil sie eben darauf herumgekaut hat. Die zarten Sommersprossen auf ihrer Nase, die nie ganz verschwinden, selbst im tiefsten Winter nicht, und im Sommer intensiver werden, ihr einen frechen Ausdruck verleihen. Alles an ihr zieht mich so verdammt an. In diesem Moment wird mir bewusst, dass es das Risiko wert ist. Wenn auch nur der Hauch einer Chance besteht, dass wir unsere ohnehin schon enge Beziehung noch vertiefen können, bin ich dabei. Koste es, was es wolle. Ich kann einfach nicht mehr aussteigen.

Zittrig lehne ich meine Stirn gegen ihre, atme tief durch. Inhaliere ihren so vertrauten Duft und spüre, wie sich etwas in mir beruhigt.

Ich bin genau dort, wo ich sein soll. Helena ist dort, wo sie sein soll. Natürlich haben wir beide Angst, über zwanzig Jahre Freundschaft dadurch zu zerstören – aber wir haben auch eine dreijährige Funkstille, eine vierjährige räumliche Trennung ausgehalten. Und irgendwie … irgendwie fühlt es sich einfach zwangsläufig an. Als wären wir all die Jahre nur auf diesen Punkt zugesteuert.

Leise stöhnend presse ich meine Lippen auf ihre, und sofort entflammt alles um uns herum.

Helena vergräbt ihre Hände in meinem Haar, zieht an den Strähnen. Ich schlinge meine Arme um ihren Körper, ziehe sie noch weiter auf meinen Schoß, bis ihre Mitte geradewegs gegen meine presst und … sie atmet scharf ein, als sie spürt, wie wenig sie mich kaltlässt.

Kurz flammt Unbehagen in mir auf, das jedoch gleich wieder vergeht.

Das hier ist Helena. Wir sind erwachsen. Es ist das Natürlichste der Welt, dass ich auf sie reagiere …

Schwer atmend unterbricht sie den Kuss, lässt mich jedoch nicht los. Hält mich fest. »Das hier ist nichts Oberflächliches«, murmelt sie so dicht an meinen Lippen, dass sie mich streift. »Ich bin frisch getrennt, Noah, und ich muss mich neu orientieren, aber …« Als sie merkt, wie ich zu einer Antwort ansetze, fährt sie eine Spur lauter fort: »… aber das hier fühlt sich gut an. Richtig. Als wäre es irgendwie unweigerlich.«

Und das ist alles, was gesagt werden muss. Alles, was ich hören muss.

Wir versinken in einem weiteren Kuss, der sich anfühlt, als würde er einen Teil unserer Seelen offenbaren. Als würden diese sich endgültig verbinden. Seufzend und stöhnend verlieren wir uns ineinander. Unsere Zungen umspielen sich mal träge, mal hitzig. Ich fülle ihren Mund aus, schmecke die Säure des Weins und die Süße ihrer Leidenschaft, und als sie beginnt, sich an mir zu reiben, setzt mein Verstand endgültig aus.

Leise grollend lege ich sie vor mir auf den Teppich, betrachte sie in all ihrer Schönheit. Gerötete Wangen, sich schnell hebender und senkender Brustkorb, vom Küssen geschwollene Lippen.

So. Verdammt. Schön.

Und *mein*. Endlich und ohne Zweifel mein.

Für einen Moment zögere ich. Was jetzt? Kann ich wirklich …

Doch dann greift sie nach dem Saum meines Pullis, zupft an ihm, und ich verstehe es als das, was es ist.

Ein Teil von mir will jubilieren, sich glücklich auf die Brust trommeln. Ich kann Feuer machen. Ich kann Essen machen. Und ich kann diese Frau ins Bett kriegen.

Eilig zerre ich den Pulli über meinen Kopf, das Shirt direkt hinterher, und genieße das leise Keuchen, das sie von sich gibt, als sie meinen entblößten Oberkörper sieht.

»Das Tattoo«, murmelt sie ehrfürchtig, streicht über die dunkle Farbe, die meine rechte Brust ziert und sich bis zur Seite schlängelt, doch ich gehe nicht darauf ein. Ihr jetzt die Bedeutung zu erklären, könnte den Moment zerstören, und das will ich nicht.

Stattdessen ziehe ich sie hoch, helfe ihr dabei, ihr eigenes Oberteil loszuwerden – und bekomme einen trockenen Mund, als ich auf den dunkelblauen Satinstoff blicke, der ihre Brüste perfekt in Szene setzt. Brüste, die so zart aussehen, gleichzeitig so voll, dass ich …

Ehe ich weiß, wie mir geschieht, beuge ich mich hinab, presse mein Gesicht in diese weiche Spalte, angle gleichzeitig nach dem Verschluss des BHs.

Als mir der Stoff entgegenspringt, ziehe ich ihn beiseite, umfasse ihr weiches Fleisch mit beiden Händen und bedecke es mit Küssen. Erneut fasst sie in mein Haar, hält mich, drückt mich – und als ich einen ihrer Nippel zwischen meine Lippen nehme, stöhnt sie so tief auf, dass ich für einen kurzen Moment glaube, sie erlebt ihren ersten Höhepunkt.

Fuck. Wenn das mal nicht … erregend ist.

Ich sauge an ihrer Brustwarze, spüre, wie sie sich verhärtet und zusammenzieht, schlage mit meiner Zunge gegen sie, weiche zurück, um auf sie zu pusten.

Helena gibt einen zittrigen Laut der Verzückung von sich, und als ich mich ihrer anderen Brust widme, lässt sie meine Haare los, nur um sich an meinen Schultern festzuklammern.

Langsam drücke ich sie wieder zurück auf den Teppich, weite meine Küsse aus, wandere Richtung Bauchnabel und spüre, wie sie sich versteift.

Ich schaue zu ihr hinauf – und es durchfährt mich wie

ein Blitz, als unsere Blicke sich treffen. Sie wirkt so … wow. So völlig elektrisiert, gleichzeitig irgendwie ungläubig.

»Ein Wort«, hauche ich. »Nur ein einziges Wort und ich höre sofort auf.« Ich pausiere kurz, ehe ich hinzufüge: »Du hast die ganze Zeit die Kontrolle, Helena. Egal, was geschieht.«

Und in ihren Augen flackert so viel Zuneigung auf, so viel Vertrauen, dass ich weiß, es ist alles gut so, wie es ist.

Ich greife nach dem Bund ihrer Hose, löse den Knopf, öffne den Reißverschluss, ohne sie aus den Augen zu lassen, doch nichts, gar nichts deutet auf Widerstand hin. Auf Zögern. Also ziehe ich den Stoff hinab – und blicke auf ein dunkelblaues Satinhöschen mit Spitzenbesatz, passend zu ihrem BH.

Diese Frau …

Unfähig, mich daran zu hindern, beuge ich mich vor und hauche einen Kuss direkt auf ihren Schamhügel, was sie reflexartig die Beine zusammenziehen lässt. Gefangen zwischen ihren Schenkeln … es gibt schlechtere Orte.

»Noah«, haucht sie so zittrig, dass es wie Musik in meinen Ohren klingt. Ich höre, dass ihre Hände haltsuchend über den Teppich streichen, sie schnaufend einatmet, als ich mit meiner Zunge über den Stoff lecke, der bereits feucht ist, und einen Finger unter den Saum schiebe. »Oh Gott, Noah!«

Und irgendwie … irgendwie fühle ich mich wie ein Champion. Ich fühle mich, als hätte ich eine Goldmedaille gewonnen, nur weil ich Helena derart um den Verstand bringen kann.

Breit lächelnd ziehe ich das Höschen hinab, um mich richtig um sie zu kümmern. Ade, Unschuld. Das hier wird unsere Beziehung unwiderruflich verändern.

Und ihr erwartungsvolles Seufzen brennt sich tief in mein Gedächtnis …

# Helena 19

Irgendwann trägt Noah mich in sein Schlafzimmer.

Ich will protestieren, bin jedoch gleichzeitig überwältigt von dem, was vor dem Feuer geschehen ist, von seiner Stärke, von der Leidenschaft, die er ausstrahlt.

Unten hat uns pure Leidenschaft geleitet, es war beinahe unwirklich. Die Kulisse, die Tatsache, dass wir einander nähergekommen sind. Dass wir jede Grenze einer normalen Freundschaft hinter uns gelassen haben. Weit hinter uns.

Wenn ich nur daran denke, dass Noah mich oral befriedigt hat, winde ich mich innerlich vor Scham und Glückseligkeit zugleich. Aber bereuen? Bereuen kann ich es nicht.

Nun in seinem privatesten Raum zu sein, verleiht der ganzen Sache eine neue Dimension. Ich hätte nicht für möglich gehalten, dass das überhaupt geht.

Sanft bettet Noah mich auf seiner Matratze, und als er sich aufrichten will, schlinge ich meine Arme um seinen Nacken.

Lachend sinkt er zu mir hinab, küsst mich langsam

und leidenschaftlich und so gründlich, als wollte er mir einen Stempel aufdrücken.

Was nicht nötig ist.

Weil ich ohnehin schon ihm gehöre. Die Erkenntnis hüllt mich ein wie eine samtige, wärmende Decke an einem kalten Wintertag, schmeckt wie ein süßer Kakao mit Marshmallows und Sahne. Behaglich. Sicher. Beständig. Für manche mag das langweilig klingen, doch nach all den Jahren in New York ist es genau das, was ich brauche. Die behagliche Sicherheit meines besten Freundes, der längst mehr ist als das. Der *alles* ist.

In meinem Hinterkopf ist nach wie vor eine leise Stimme, die das, was wir tun, pessimistisch kommentiert. Wie ein übelgelaunter Moderator eines Footballgames, der nicht glauben kann, was gerade geschieht. Auch jetzt fragt sie, ob ich völlig den Verstand verloren habe …

Doch ich ignoriere sie, seufze stattdessen: »Unfair.«

Sofort hält er inne, weicht zurück. Seine Augen huschen forschend über mein Gesicht, während er sich unwillkürlich an sein Versprechen hält, aufzuhören, sollte ich auch nur ein Wort sagen. Doch das war nicht meine Absicht.

Kurz flackert Unsicherheit in seiner Miene auf, und das kann ich nicht zulassen. Nach allem, was geschehen ist, darf er nicht an sich zweifeln, an uns.

In dem Versuch, kokett zu wirken, grinse ich ihn an, deute auf seine untere Region. »Wieso bin ich nackt, wenn du noch deine Hose trägst?«

Und das Lächeln … das Lächeln, das sich nun auf

seinem Gesicht ausbreitet, ist so strahlend, dass ich mich in ihn verliebe.

Die Erkenntnis explodiert in mir. Wahrscheinlich war ich es schon längst, oder zumindest auf einem verdammt guten Weg dorthin … aber in diesem Moment breitet sich so viel Zuneigung in mir aus, dass ich die Augen nicht länger davor verschließen kann. Nicht davor verschließen werde.

Ich liebe Noah Edwards.

Meinen besten Freund seit Kindheitstagen.

Ich habe ihn immer geliebt, aber auf unschuldige Weise, doch unschuldig kann man das, was wir gerade tun, nun wirklich nicht nennen …

Grinsend entledigt er sich Hose und Shorts – natürlich muss er superengsitzende Boxer Briefs tragen, die nichts verstecken. Und als er sie hinter sich wirft, besteht keinerlei Zweifel mehr daran, wie sehr er das hier will …

Ich schlucke fest, stütze mich mit den Ellenbogen auf und beobachte, wie er seine Erektion umfasst und langsam an ihr auf und ab streicht. Noahs Augen werden dunkel, sein Atem hektischer, und als er »Bist du dir wirklich sicher?« fragt, höre ich auch eine gewisse Qual in seinen Worten.

Wenn ich jetzt einen Rückzieher machen würde, würde ihn das viel kosten. Er würde meine Bedürfnisse immer über seine stellen, aber es würde ihn fertigmachen.

Gut, dass ich das nicht will.

Immer noch erfüllt von der Erkenntnis, in Noah verliebt zu sein, winke ich ihn lächelnd zu mir. »Und wie«, murmele ich, versuche, verrucht zu klingen, aber eigentlich höre ich mich nur heiser an.

»Warte, ich hole nur eben Kondome ...«

»Brauchst du nicht«, unterbreche ich ihn entschlossen. Ein Runzeln huscht über seine Stirn, die Enttäuschung schleicht sich schon wieder voller Qual in seine Miene, weshalb ich eilig hinzufüge: »Ich habe eine Spirale. Ich ... ich verhüte. Wenn du willst, können wir ...«

Und so schnell, wie er zu mir aufs Bett springt, kann ich gar nicht reagieren. Überrascht kichere ich los, während sich sein warmer Körper über meinen schiebt. Ich spüre seinen Penis an meinem Schenkel, warm und samtig. Er zerrt an der Decke, breitet sie über uns aus – obwohl mir die Kälte im Raum wirklich nicht gleichgültiger sein könnte – und küsst mich so tief, dass ich vergesse, wie ich heiße. Das Wissen ist einfach weg. Hinfortgespült von der Hitze des Moments.

Die Leidenschaft reißt uns mit sich. Wandernde Hände. Forschende Zungen. Heiße Lippen, die mehr wollen. Ich greife zwischen uns, messe das Gewicht seiner Erregung, während er über meine Brüste streicht, die ihn ganz offensichtlich besonders anziehen, und als er schließlich zwischen meine Beine gleitet, sich an meiner Mitte positioniert, hält die Welt endgültig den Atem an.

Jeder Zentimeter, den er tiefer in mich gleitet, verändert mich mehr. Das hier geht weit über bloßen Sex hinaus, ich spüre es tief in mir. Etwas findet in mir statt, ein Prozess, der nicht mehr umkehrbar ist. Und gemessen an dem Blick, den Noah mir schenkt, geht es ihm genauso.

Wir lassen uns nicht einen Moment aus den Augen, und irgendwie macht es das umso intimer. Kein Raum für Rückzug. Offen und verletzlich präsentieren wir uns einander in diesem innigsten aller Momente.

Unsere Bewegungen sind gemächlich. Ruhig. Immer wieder dringt Noah in mich ein, und jedes Mal aufs Neue fühlt es sich magisch an. Unbeschreiblich.

*Verändernd.*

Selbst als die Wellen der Lust höher schlagen, wird er nicht hektisch; es ist, als wollte er unsere Lust bewusst ausdehnen, den Akt verlängern. Zeit und Raum spielen keinerlei Rolle mehr. Alles hört auf zu existieren – alles außer Noah und mir. Unsere Verbindung. Dieser Punkt, an dem er immer wieder tief in mich eindringt und die Verflechtung unserer Seelen körperlich besiegelt.

Der Orgasmus rollt ebenso langsam heran wie der Akt selbst, ist dafür aber so überwältigend, dass ich meine Augen schließlich doch zukneife. Noah bricht auf mir zusammen, stöhnt, presst sich tief in mich, während auch er von seinem Höhepunkt davongetragen wird.

Und dann liegen wir da. Keuchend. Ineinander verschlungen. Ausgelaugt von einem so intensiven, so besonderen ersten Mal, dass mir die Worte fehlen.

Ich bin einfach nur glücklich.

Irgendwann steht Noah auf. Noch bevor ich protestieren kann, hebt er mich aus den Laken und trägt mich in sein Badezimmer. Es ist riesig – inklusive einer unfassbar tollen Eckbadewanne, auf deren Rand er mich setzt. Während das Wasser einläuft, reinigt er mich zwischen den Beinen mit einem Waschlappen, und ehe ich weiß, wie mir geschieht, liegen wir in herrlich warmem Wasser. Der Badezusatz schäumt und riecht männlich herb, wie Noah selbst, und ich könnte mich nicht wohler fühlen. Sanft zieht er mich zwischen seine Beine. Ich lehne meinen Kopf an seine Schulter und genieße, wie er warmes Wasser mit einem Schwamm über meinen Körper träufelt und mich immer und immer wieder damit streichelt, auf fast schon hypnotisierende Art und Weise.

Nicht eine Sekunde habe ich an meiner Entscheidung gezweifelt, dieses Wagnis mit ihm einzugehen, und in diesem Moment spüre ich mit jeder Faser meines Körpers, dass es richtig war.

Richtig, mich nicht zu verschließen. Richtig, darauf zu vertrauen, dass er mir niemals wehtun würde …

»Kannst du das fassen?«, frage ich ihn irgendwann, überrascht, wie rau und anders meine Stimme klingt.

»Was?«, fragt er so warm, dass ich erschaudere.

»Dass wir so lange gebraucht haben.« Ich schlucke, als sich die Wahrheit meiner Worte in mir ausbreitet. »Wenn wir eher etwas gemerkt hätten, wäre ich vielleicht nie gegangen. Ich …«

»Sht«, murmelt er, presst einen Kuss auf meinen Scheitel. »Das hatten wir doch schon. Vielleicht brauchten wir den Abstand einfach. Wobei ich alles dafür geben würde, dir die Erfahrung mit deinem Ex nehmen zu können …«

Ich seufze auf, kuschle mich enger an ihn. Spüre seine warme, vertraute Umarmung. Spüre auch seinen Penis, der bereits wieder härter wird. Oh Gott.

Noahs Penis.

Ich habe mit meinem besten Freund geschlafen …

»… gehört?«

»Was?«, frage ich verwirrt. Ich war so von diesem schockierenden Gedanken abgelenkt, dass ich seine Frage nicht wahrgenommen habe.

»Hast du irgendwas von Richard gehört?«

Ich blinzle. Dieser Themenwechsel sorgt dafür, dass ich nüchtern werde. Nüchtern vom Gefühlstaumel. »Nein. Aber ich habe ihn auch nicht entblockt und sicher kein Interesse daran, ihn zu googeln, also …«

»Er wird dir nicht mehr wehtun«, stellt Noah ruhig fest, beinahe feierlich. »Dafür werde ich sorgen.«

Und plötzlich schließe ich ab.

Die Zeit mit Richard war schrecklich. Klar, zu Beginn nicht, sonst wäre ich niemals auf ihn hereingefallen, doch dann war es nichts weiter als ein Albtraum, dem ich mich machtlos ausgeliefert gefühlt habe.

Doch Noah heilt mich. Noah sorgt dafür, dass ich vergessen kann. Noah war immer schon meine Antwort. Meine erste Wahl.

Und in diesem Moment, eingehüllt von dickem Badeschaum und seinen starken Armen, spüre ich, dass er auch die letzte sein wird …

Der Duft von frischem Kaffee steigt mir in die Nase. Wohlig räkele ich mich in den Laken, die sich irgendwie anders anfühlen …

Und reiße erschrocken die Augen auf, als sämtliche Erinnerungen mich schwallartig überrollen.

Noah sitzt lächelnd an der Bettkante und lässt sich offenkundig nicht davon beeindrucken, dass ich für einen kurzen Moment panisch wirken muss.

»Guten Morgen«, murmelt er rau – und sein Lächeln verwandelt sich, wird irgendwie verruchter. »Wie nenne ich dich jetzt eigentlich? Schatz? Darling? Baby? Helli?«

»Oah!«, stöhne ich auf – muss jedoch lachen. Dankbar, dass er es geschafft hat, meinen Anflug von Panik zu verjagen, rapple ich mich auf – und entdecke das Tablett auf dem Nachttisch neben mir. »Du hast mir Frühstück ans Bett gebracht?«, frage ich ungläubig.

»Nicht ganz. Uns«, korrigiert er mich sanft. »Rutsch mal.«

Bereitwillig folge ich seiner Bitte, mache ihm Platz. Kurz darauf sitzen wir nebeneinander im Bett, das Tablett auf unserem Schoß.

Ich trage eines seiner Shirts, die bei mir fast als Nachthemd durchgehen könnten, während er schon vollständig angezogen ist. Stöhnend genieße ich die frisch aufgebackenen Croissants mit Erdbeermarmelade und guten, starken Kaffee.

»Hätte ich gewusst, dass du hier schläfst, hätte ich mehr besorgt«, sagt er irgendwann, doch ich fahre ihm direkt über den Mund.

Das hier ist mit Abstand das beste Frühstück, das ich seit sehr langer Zeit hatte.

Wir knutschen ein wenig rum, kuscheln, genießen noch einige gestohlene Momente zu zweit, doch irgendwann wächst in mir eine innere Unruhe. Eine Unruhe, die mich aus dem Bett vertreibt, auch wenn es mich beinahe traurig macht. Denn in den vergangenen Stunden war das meine Zuflucht. Der schönste Ort der Erde. Wobei, das stimmt nicht ganz. Der schönste Ort der Erde ist an Noahs Seite. Egal, wo das ist.

»Ich sollte mal auf mein Handy schauen«, erkläre ich ihm, nachdem wir im Bad waren. Er hat mir eine Zahnbürste bereitgestellt, als er frühmorgens aufgestanden ist, und etwas an dieser Geste berührt mich sehr. Als wäre ich nun offiziell ein Teil dieses Gefüges. Als wäre klar, dass ich wieder hier übernachten werde. Mit sämtlichen Konsequenzen. »Mich bei meiner Familie melden.«

»Klar«, sagt er, und nichts klingt danach, als würde ihn etwas daran stören. Als wäre er enttäuscht. So war Noah noch nie. Niemals.

Meine Sachen, die wir gestern achtlos am Kamin verstreut haben, liegen fein säuberlich gefaltet auf der Kommode in seinem Zimmer, und während ich sein Shirt dagegen eintausche, frage ich mich, ob ich es schon bald wieder tragen werde …

Als ich nach meinem Handy greife, das er unten auf seine Ladestation gestellt hat, folgt die Ernüchterung jedoch direkt auf dem Fuße. Schneller konnte diese wohlig-schöne Blase nicht platzen.

Mehrere entgangene Anrufe und Nachrichten von Jake, Mason und Mom, alle im Spektrum von besorgt bis verärgert, weil ich mich nicht gemeldet habe. Selbst Dad hat es einmal versucht.

Technisch wussten sie, dass ich mit Noah mitgegangen bin, und ihm können sie vertrauen.

Gemessen an meinen vergangenen Entscheidungen kann ich jedoch verstehen, dass meine Abwesenheit sie nervös gemacht hat.

Schlechtes Gewissen flutet mich – es war wirklich egoistisch, ihnen nicht zumindest kurz zu schreiben, dass ich bei Noah schlafe, doch vergangene Nacht, nun … da habe ich an nichts mehr gedacht außer an ihn. An uns.

Als sich unsere Blicke treffen, lächelt er mich voller Verständnis an. »Zieh dich an, ich fahre dich schnell nach Hause.«

»Du hast dir den Tag bestimmt anders vorgestellt«, beginne ich, doch er unterbricht mich mit einem sanften Kuss.

»Ich habe mir gar nichts vorgestellt«, erklärt er lächelnd. »Alles, was seit gestern geschehen ist, hat meine Vorstellungen weit übertroffen. Ich könnte niemals enttäuscht sein, Helena, weil ich bereits mehr bekommen habe, als ich mir zu erhoffen gewagt habe. Wir haben Zeit, oder nicht?«

Seine Finger streichen sanft über meine Wange und ich kuschle mich an ihn, wohl wissend, dass diese Frage tiefer geht, als sie den Anschein erwecken mag. »Natürlich haben wir das.«

Und die wahre Bedeutung unserer Worte legt sich wie ein wärmender, beruhigender Mantel über uns.

Wir haben Zeit.

Weil das hier keine Affäre ist. Kein Fehler. Keine einmalige Bettgeschichte. Vielmehr haben wir eine neue Ebene unserer Freundschaft erreicht, und ich habe keinen Zweifel daran, dass diese neue Ebene nicht falsch ist.

Die Fahrt zum Hof vergeht schnell. Viel zu schnell. Wann immer es uns möglich ist, verschränken wir unsere Finger, und die Blicke, die wir teilen, sind eindeutig verliebt.

Ich habe meine Erkenntnis nicht vergessen, sie auch nicht verdrängt.

Ich liebe meinen besten Freund, und wenn mich nicht alles täuscht, geht es ihm genauso.

Wärme pulsiert durch meine Adern. Es fühlt sich fast so an, als wäre ich berauscht – berauscht von den Gefühlen, die er in mir auslöst. Alles ist so neu und aufregend, gleichzeitig jedoch beruhigend vertraut.

Denn auch wenn ich Noah jetzt mit anderen Augen

sehe, ist er immer noch der Noah meiner Vergangenheit. Diese düstere Aura, die er bei meiner Rückkehr ausgestrahlt hat, ist wieder völlig gewichen. Ich sehe nichts als den gut gelaunten Sonnyboy von damals. Etwas älter, ja. Reifer. Geformter. Aber definitiv so gut und reinherzig wie damals.

Und dass er nun mein ist, könnte mich nicht glücklicher stimmen.

Wir biegen in die Zufahrt, und als mein Elternhaus langsam vor uns in die Höhe wächst, mischt sich ein neues Gefühl bei mir unter: Unruhe.

Ich habe immer noch ein schlechtes Gewissen, weil ich niemandem geschrieben habe, dass ich über Nacht fortbleibe. Es hätte mich doch keine Minute gekostet, kurz Bescheid zu geben. Was sagt es über mich aus, dass ich nicht einen Gedanken an meine Familie aufbringen konnte? Gleichzeitig bin ich eine erwachsene Frau Mitte zwanzig und niemandem Rechenschaft schuldig. Nach der Zeit in New York drängt es mich umso mehr nach einer gewissen Unabhängigkeit. Wenn ich weiterhin zuhause wohne und das dauerhaft funktionieren soll, dürfen sie mir nicht das Gefühl geben, mich einzuengen. Ich weiß, dass ich sie alle durch mein langes Schweigen verletzt habe, aber ein gewisser Vertrauensvorschuss wäre dennoch nett gewesen … zumal sie doch wussten, bei wem ich bin.

Noah parkt neben Jakes Jeep, so wie gestern Abend, als er mich abgeholt hat – gefühlt in einem anderen Leben. Heute ist alles anders, einfach alles. Während der

Motor erstirbt, wechseln wir einen letzten, innigen Blick. Noah drückt meine Hand.

»Möchtest du noch mit reinkommen?«, frage ich ihn lächelnd. Einerseits hoffe ich auf ein wenig Verstärkung, andererseits will ich ihn noch nicht gehen lassen. Will nicht, dass die Zeit mit ihm endet. Als fürchtete ich, dadurch alles zu riskieren, was sich in den vergangenen achtzehn Stunden entwickelt hat.

Seine Miene erhellt sich, als hätte er nur auf diese Einladung gewartet. »Klar, wieso nicht?«

Wir steigen aus. Noah umrundet den Wagen, tritt an meine Seite. Sein Handrücken streift meinen, und ich spüre sein Zögern. Spüre die ungestellte Frage, die im Raum steht.

Ich ziehe meine Unterlippe zwischen die Zähne, überlege nur für den Bruchteil einer Sekunde, ehe ich mich zu ihm umdrehe, mich auf die Zehenspitzen stelle und ihn küsse.

Er atmet keuchend ein, schlingt seine Arme um mich, und für einen winzigen Moment ist da nichts als Frieden in mir. Pure Glückseligkeit und das Wissen, endlich angekommen zu sein. Endlich diese Unruhe besiegt zu haben, die immer in mir getobt hat, ohne zu wissen, wieso.

Bis die Welt um uns herum in Chaos ausbricht.

# 20 Noah

In einem Moment ist in mir nichts als Glück und Zufriedenheit – und im nächsten explodiert buchstäblich alles.

Während Helenas Lippen noch sanft über meine streichen, ich ihren Körper eng an meinem spüre und sanfte Hitze durch mich hindurchrieselt, höre ich einen Knall, dicht gefolgt von so lautem Gebrüll, dass ich es im ersten Moment nicht richtig einordnen kann.

Bis dumpfe Schritte auf knirschendem Kies immer näher kommen.

*»Was zur verdammten Hölle?«*

Helena weicht abrupt zurück, und ich sehe Überraschung in ihren Augen, Panik. Erst dann registriere ich, dass nicht sie den Rückzug angetreten hat, nein. Mason hat sie am Arm gepackt und regelrecht mit sich gerissen.

Von mir fort, als wäre ich ein Schwarzbär, der auf Krawall gebürstet ist.

Wie falsch diese Einschätzung ist, realisiere ich noch im selben Moment – als Jake sich vor mir aufbaut.

Denn nicht ich bin hier der wütende Bär. Er ist es.

Ich bin nichts als ein getretener Welpe, der ihm versehentlich in den Weg gestolpert ist. Fuck.

»Was zum Teufel soll das werden, wenn es fertig ist, Edwards?«, knurrt er mich so wütend an, dass ich sämtlicher Worte beraubt werde.

So hat er noch nie mit mir gesprochen. Nie.

»Halt dich da raus, Jake!«, ruft Helena aufgebracht. Und dann: »Lass mich los, Mason, verdammt noch mal! Was soll das? Habt ihr eigentlich den Verstand verloren, oder was?«

»Nein, wohl eher du!«, fährt Jake sie an, ehe er sich wieder auf mich konzentriert. Tiefe Schatten liegen unter seinen Augen, die gefährlich funkeln.

»Wie kannst du uns das antun? Wie kannst du sie die ganze Nacht bei dir behalten, uns eine Scheißangst einjagen und dann nicht einmal deine Finger bei dir behalten?«

»Moment«, begehre ich auf, im selben Moment, als Helena »Du hast doch einen Knall!« brüllt.

Etwas Dunkles braut sich in mir zusammen, als Helena abermals »Lass mich los!« fordert, doch sie hat keine Chance. Mason zerrt sie weiter Richtung Haus. Ich sehe, wie sie stolpert, wie sie an seinem eisernen Griff zerrt, aber er lässt sie einfach nicht los.

Und das … erweckt mich aus meiner Starre. Ich meine, was zum Teufel? »Du hast sie doch gehört, Mann! Lass deine verdammten Finger von ihr!«, rufe ich Mason hinterher, den ich bislang immer sehr geschätzt habe. Ich versuche, mich an Jake vorbeizuschieben, doch dann …

*Bäm.*

Überrascht, beinahe entsetzt, fasse ich an meine Schulter, gegen die Jake soeben kräftig gestoßen hat.

So kräftig, dass ich das Gleichgewicht verliere und gegen das Heck meines Wagens knalle. Durch meine Hüfte schießt ein ähnlicher Schmerz wie durch meinen Arm. Fuck.

»Jake!«, kreischt Helena mit schriller Stimme, und die Tatsache, dass sie eine solche Szene miterleben muss, nach allem, was sie mit Richard durchmachen musste, lässt mich beinahe rotsehen. Einzig, weil ich Respekt vor ihrer Familie habe – und weil ich nie zu den Menschen gehören wollte, die Gewalt anwenden –, poliere ich ihm nicht die Fresse für sein Verhalten. Beiden nicht.

»Das hättest du wirklich nicht tun sollen«, presse ich stattdessen wütend hervor. Die Hände zu Fäusten geballt, stoße ich mich vom Pick-up ab und trete auf Jake zu, obwohl jede Faser in mir fordert, dass ich den Rückzug antrete.

Aber nicht, wenn es um Helena geht.

Nicht dann.

»Ach ja?«, knurrt Jake. So habe ich ihn wirklich noch nie gesehen. So außer sich. Er deutet mit einer Hand locker hinter sich Richtung Haus. »Hast du auch nur einen Moment darüber nachgedacht, was es mit Mom und Dad gemacht hat, dass sie nicht zurückgekehrt ist? Dass sie nicht geantwortet hat? Wir haben das vier Jahre lang mitgemacht …«

»Denkst du etwa, ich nicht?«, falle ich ihm aufgebracht ins Wort.

»Genau deshalb hätte ich mehr von dir erwartet!«, brüllt er mich an – und ich erstarre.

In mir ist so viel Wut.

Irre Wut.

Ungläubigkeit.

Aber auch … Verständnis. Ich will das nicht fühlen, will Jake nicht zugestehen, dass seine Gefühle einen nachvollziehbaren Ursprung haben.

Aber ich muss. So schwer es mir auch fällt, aber ich muss.

Resignierend hebe ich beide Hände. »Okay, okay. Du hast recht. Ich hätte Bescheid geben müssen«, erkläre ich beschwichtigend. »Oder zumindest Helena daran erinnern sollen, dass sie es tut. Wir waren einfach zu abgelenkt …«

»Mit Vögeln, oder was? Hast du völlig den Verstand verloren? Ist dir klar, durch welche Hölle sie gegangen ist? Und da denkst du, es wäre eine gute Idee, sich ausgerechnet jetzt an sie ranzumachen, wenn sie noch so verletzlich ist? Das hätte ich dir niemals zugetraut. Wir alle nicht. Wir haben dir vertraut …«

Die kleine Flamme der Vernunft ist längst wieder erloschen. Harsch ausgepustet vom Wind seiner hässlichen Worte. Enttäuscht schüttele ich den Kopf. »Du tust ja so, als wäre ich ein verdammter Triebtäter! Hörst du dich eigentlich selbst reden, Jake?« Mein Blick löst sich von seiner erstarrten Miene, wandert zu Helena – die sich in diesem Moment von Mason befreit und wirkt, als würde sie zu mir zurückrennen wollen – bis sie ihre Mom entdeckt, die im Türrahmen steht.

Und Sally sieht wirklich fertig aus …

Über die Distanz treffen sich unsere Blicke. Meine Kehle schnürt sich zu, als ich die Zerrissenheit in Helenas Miene entdecke. Sie will zu mir. Sie will Jake Paroli bieten. Sie will nicht, dass ich so behandelt werde – dass *wir* so behandelt werden. Aber der Schmerz ihrer Mutter wiegt so viel mehr. Jedes von mir erhoffte Szenario zerfällt vor meinem inneren Auge.

Ich hatte wirklich gehofft, wir könnten noch ein wenig Zeit miteinander verbringen. In meiner Vorstellung hätte mich Helenas Familie überrascht, aber freudig in ihren Kreis aufgenommen – immerhin war ich längst ein Teil von ihnen.

Mit dieser Feindseligkeit habe ich jedoch nicht gerechnet. Sie löscht die Wärme aus, die sich in den vergangenen Stunden so in mir festgesetzt hat. Sorgt dafür, dass die Realität grausam über mich hereinbricht.

Und Helena steht inmitten dieses emotionalen Schlachtfelds, wirkt völlig hin- und hergerissen. Ich weiß, was sie empfindet. Weiß, welche Gefühle gerade in ihr ringen. Ich habe sie immer schon so gut lesen können wie mich selbst.

Obwohl es mir wehtut – und alles in mir dagegen protestiert, dass Jake und Mason mit ihrem verflucht neandertalerartigen Verhalten durchkommen – nicke ich mit dem Kopf Richtung Haus und lächle sie schief an. Denn das Letzte, was ich will, ist, dass sie unglücklich ist.

Das wollte ich noch nie. Auch wenn es auf meine Kosten geht.

Sie versteht. Ich erkenne, dass kurz so etwas wie Bedauern in ihrer Miene aufflackert, ehe sie mir mit einem schwachen Lächeln zuwinkt. Mason will erneut nach ihr greifen, doch sie gibt ihm einen Stoß, nicht unähnlich dem, den ich von Jake kassiert habe, auch wenn sie Mason dadurch keinen Millimeter bewegt.

Mein Herz verkrampft sich. Es ist völliger Bullshit, aber irgendwie fühlt sich das wie ein großer Rückschritt an.

»Du solltest gehen«, knurrt Jake mich an. »Ernsthaft. Diesen Scheiß können wir gerade echt nicht gebrauchen.«

Er müsste dringend in seine Schranken verwiesen werden. So darf er nicht mit mir reden, mit mir umgehen. Doch urplötzlich fühle ich eine tiefe Erschöpfung. Klar könnte ich meinen Mann stehen. Ihm deutlich machen, dass er ein paar sehr wichtige Grenzen überschreitet.

Aber er ist Helenas Bruder. Das hier ist Helenas Familie. Stress mit ihnen steht nicht gerade weit oben auf meiner Wunschliste. Schlimmer noch, dass Helena Stress mit ihnen hat.

Unser Atem steigt in Wölkchen zum Himmel hinauf. Erfüllt von dem Gefühl, etwas Wichtigem beraubt worden zu sein, nicke ich knapp, ehe ich mich wortlos umdrehe und zu meinem Jeep zurückkehre.

Fort von Helena.

Der Frau, die mich schon den Großteil meines Lebens

begleitet. Mit der ich geschlafen habe. Die ich ganz sicher nie wieder gehen lassen will.

Doch in diesem Moment ist das alles, was ich tun kann, um die Wogen irgendwie zu glätten.

*Denk an das große Ganze. Denk daran, dass das hier eine Sache mit Zukunft sein soll. Dass ihre Familie so durchdreht, ist in gewisser Weise nachvollziehbar. Auch wenn ich wirklich gedacht hätte, dass sie mir mehr trauen.*

Wie betäubt setze ich zurück und biege in die Zufahrt. Im Rückspiegel sehe ich, wie Helena gerade von ihrer Mom in die Arme gezogen wird.

Nichts ist mir je schwerer gefallen, als jetzt davonzufahren. Es fühlt sich an, als würde ich einen Teil von mir zurücklassen.

Zuhause packt mich eine tiefe Unruhe. Egal, wo ich hinsehe, ich entdecke Helena.

Das Tablett mit dem benutzten Geschirr, das neben der Spüle steht, erinnert mich an heute Morgen, als sie tief und ruhig schlafend in meinem Bett lag, ehe sie der Duft von Kaffee sanft geweckt hat.

Die Aschereste im Kamin erinnern mich daran, wie sie sich gestern völlig selbstverständlich davor gehockt hat, um wieder warm zu werden, ein Weinglas in der Hand, funkelnde Augen. Sie hat so *perfekt* dort hingepasst.

Der Teppich, der nicht mehr so liegt wie vor vierundzwanzig Stunden, ein dezenter Hinweis darauf, dass wir für eine andere Hitze gesorgt haben. Eine, die von innen kommt …

Oh Gott. Wenn ich den Teppich nur ansehe, denke ich daran, wie ich mich gefühlt habe, als Helena zum ersten Mal nur in Unterwäsche vor mir gelegen hat. So triumphierend. So glücklich. In jenen Augenblicken war ich mir absolut sicher, dass nichts, aber auch gar nichts schiefgehen kann. Ich habe mich nie vollständiger gefühlt.

Mit zugeschnürter Kehle und wachsendem Druck trete ich näher, nehme die beiden Weingläser, die gestern plötzlich gar nicht mehr wichtig waren, und gieße sie im Waschbecken aus.

Dann beginne ich, zu spülen.

Ich könnte der Maschine die Arbeit überlassen, doch ich brauche etwas zu tun. Muss mich beschäftigen. Ich muss … eine Aufgabe haben.

Sonst drehe ich noch durch.

Während mehr und mehr Erinnerungen in mir aufblitzen, widme ich mich dem Geschirr und anschließend der ganzen Küche, wische die Oberflächen ab, dann die Schränke.

Fuck, in mir ist so eine rastlose Unruhe, dass ich gar nicht weiß, wohin ich mit meiner Energie soll.

Das Schlimme ist, es hilft alles nichts. Egal, wie sehr ich mich auch beschäftige, ich lande immer wieder beim selben Gedanken: Es ist falsch, wie das heute abgelaufen ist.

Falsch, dass Jake mich so blöd angemacht, mich *geschubst* hat.

Falsch, dass Helena so ein schlechtes Gewissen haben musste.

Natürlich hätte sie sich bei ihrer Familie melden können, aber ich bin nicht ihr Ex, verdammt. Ich würde ihr niemals etwas tun. Würde sie immer wohlbehalten zurückbringen. Es sei denn, ich werde nun jedes Mal so begrüßt wie heute …

Als es draußen dämmert, ist mein Haus von oben bis unten geputzt. Zugegeben, da es nicht riesig ist, klingt es nach mehr Arbeit, als es tatsächlich war. Einzig die zweite Zahnbürste in meinem Badezimmer weist noch darauf hin, dass Helena heute hier war. Ich werde sie ganz sicher nicht entfernen. Müde gieße ich mir einen Scotch ein, schüre das Feuer und setze mich in den Sessel am Kamin. In jenen, wo Helena vergangene Woche gesessen hat, nachdem sie mir stundenlang durchs Reservat gefolgt ist, ohne je zu murren. Geduldig, interessiert, ruhig.

Es ist verrückt. Sie ist erst seit kurzer Zeit wieder ein Teil meines Lebens, und doch hat sie jeden Aspekt durchdrungen. Ich kann sie nicht mehr fortdenken. Sie ist … perfekt. Wieso habe ich nicht damals schon bemerkt, dass sie alles ist, was ich je gebraucht habe?

Aber was, wenn die Reaktion ihrer Familie ihr gezeigt hat, dass es ein Fehler ist?

Obwohl ich weiß, wie dumm das ist – und das nicht nur, weil ich morgen wieder nach Johnson muss –, versuche ich, die Verbitterung mit Scotch runterzuspülen. Versuche, dadurch die wirren Gedanken irgendwie in Schach zu halten.

Als schließlich mein Handy vibriert, greife ich so hastig danach, dass ich beinahe den Tumbler vom Beistelltisch fege, doch ein Blick aufs Display offenbart mir lediglich eine Nachricht von Elsie. Dass sie es überhaupt noch wagt, mir zu schreiben …

Gereizt lese ich ihre Frage, ob ich nicht mal wieder Lust auf einen Drink hätte, und archiviere dann ihren Kontakt, ohne darauf zu reagieren.

Spätestens seit ihrer letzten Aktion ist der Ofen aus, was sie angeht. Selbst wenn Helena und ich weiterhin nur platonische Freunde wären …

Mein Handy vibriert erneut, kündigt dieses Mal einen Anruf an, und im ersten Moment glaube ich, es wäre wieder Elsie. Bereit, ihr gereizt meine Meinung zu geigen, wische ich über das Display – und sehe noch im selben Moment Helenas Namen.

»Hey!«, rufe ich atemlos in den Hörer. Und ein wenig verwirrt. Die hochkochende Wut auf Elsie tobt immer noch in mir, was es mir etwas erschwert, normal zu reagieren.

»Hey«, tönt ihre leise Stimme aus dem Lautsprecher – und sofort beruhigen sich meine Nerven. Zumindest ein bisschen.

Schwer schluckend stelle ich sie auf laut. »Wie geht es dir? Haben sie es dir noch sehr schwer gemacht?«

Für einen Moment herrscht Schweigen. So ohrenbetäubendes Schweigen, dass ich mir bereits das Schlimmste ausmale. Doch dann seufzt sie auf. »Nein, es ging eigentlich. Das meiste war vorbei, als …«

»Ich weg war«, führe ich ihren Satz zu Ende und spüre, wie sich ein schwerer Knoten in meiner Magengrube formt. Das ist nicht gut. Wenn ich nun als Ursprung allen Übels abgestempelt wurde …

»Es tut mir leid, dass sie sich so idiotisch aufgeführt haben. Besonders Jake. Ich habe ihm meine Meinung dazu mehr als deutlich gesagt. Es ist nur …«

Shit.

Das hier ist nicht gut, oder? Es läuft nicht so, wie erhofft. Oder besser gesagt: Es läuft genau so, wie ich es mir den ganzen Nachmittag über ausgemalt habe.

Sie macht einen Rückzieher.

Ihr Atem streicht deutlich durch die Leitung. Ich stelle mir vor, wie sie in ihrem Zimmer sitzt. Vielleicht auf der Fensterbank, die sie immer mit Kissen ausgepolstert hat, um gemütlich nach draußen blicken zu können, während sie liest oder Musik hört – oder Tagebuch schreibt. Bestimmt hat sie die Stirn gerunzelt, während sie in die Dunkelheit starrt. Ihr Gesicht spiegelt sich in der Scheibe wider …

»Helena«, murmele ich leise, und das Wort vibriert voller Gefühl. Sehnsucht. Verständnis. Angst. Unsicherheit.

Sie seufzt erneut. »Ich denke, heute ist mir bewusst geworden, wie tief die Verletzungen reichen, die ich ihnen zugefügt habe. Allen.« Sie pausiert, und ich schließe die Augen, will losbrüllen, sie fragen, ob es fair ist, mir dafür noch mehr wehzutun … aber stattdessen beiße ich mir auf die Lippe, bis ich Blut schmecke. »Es war nicht richtig«, murmelt sie leise. »Dass ich mich nicht melde, meine ich. In den vergangenen Jahren ebenso wie gestern. Ich bin erwachsen, ja, und wir müssen einen Weg finden, damit sie mich nicht einengen, ich sie aber auch nicht in Panik versetze. Damit sie mir wieder vertrauen.« Sie schluckt. »Das mit dir …«

»Bitte nicht«, platzt es aus mir heraus, obwohl ich es gar nicht wollte. Meine Augen brennen und ich spüre, wie sich meine Brust zuschnürt. Panik. Ich bekomme eine Panikattacke …

»Was denn?«, fragt sie – und klingt verwirrt.

»Tu das nicht«, flüstere ich. »Ja, es war blöd, dass wir nicht an sie gedacht haben, aber wir haben doch gerade erst angefangen, uns neu kennenzulernen. Es war kein Fehler …«

»Natürlich war es das nicht!«, fällt sie mir so heftig ins Wort, dass mir die Worte vergehen. »Oh Gott, dachtest du etwa … Nein, Noah, nein! Mist, so war das nicht gemeint! Ich wollte nicht Schluss machen – sofern man davon sprechen kann. Ich meine, sind wir …«

»Was mich angeht, ja«, erkläre ich rau. Die Mischung aus Panik und Erleichterung ist so intensiv, dass mir schwindelt. Ich komme nicht hinterher. Fuck. Dieser Tag macht mich offiziell fertig, raubt mir ein paar meiner Lebensjahre. »Wir sind so was von zusammen, Honey, und ich will einfach nicht, dass es schiefgeht. Ich bin durchgedreht. Den ganzen Nachmittag über. Ich habe so fest damit gerechnet, dass es dir zu viel wird, dass ich geglaubt habe, du rufst an, um …«

»Es zu beenden? Oh, Noah, wieso sollte ich? Du hast es doch selbst gesagt, wir haben gerade erst angefangen. Und schon vergessen? Ich war dabei. Ich habe auch gespürt, wie gut es ist. Du bedeutest mir viel zu viel, um dich zu opfern. Nicht einmal für meine dämlichen Brüder.« Sie schnaubt auf. »Außerdem – wow, glaubst du wirklich, ich bin der Typ, der solche Gespräche am Telefon führt? Ich bitte dich!«

Ich lache auf, zittrig und gleichzeitig so erleichtert, dass ich die Augen zusammenkneife. Und beinahe … beinahe rutschen mir Worte raus, die ich auf gar keinen Fall das erste Mal aussprechen möchte, wenn ich ihr dabei nicht in die Augen sehen kann.

»Also«, sagt Helena, klingt irgendwie schüchtern. »Was ich eigentlich sagen wollte – und mich dabei offenbar wirklich beschissen angestellt habe: Ich muss meiner Familie ein bisschen Zeit geben, ja. Aber ich werde ihnen auch klarmachen, dass sie das mit uns akzeptieren müssen.«

Ich schlucke.

Dass sie das mit uns akzeptieren müssen.

Mit uns.

Eine Beziehung. Eine …

»Noah?« Zaghaft dringt ihre Stimme durch den Lautsprecher.

Ich räuspere mich rau. »Ja?«

»Bist … bist du mir böse?«

Erstaunt reiße ich die Augen auf. »Was? Nein! Um Gottes willen! Ich kann nicht einmal so sauer auf Jake sein, wie er es eigentlich verdient hätte, denn ein Stück weit kann ich ihn verstehen. Ich will einfach nur, dass sie nicht vergessen, wer ich bin. Sie kennen mich, seit ich klein bin. Sie sollten mir mehr vertrauen.«

»Es hat nichts mit dir zu tun, Noah. Dir vertrauen sie. Nur mir nicht.«

Die Worte hängen schwer in der Leitung. Eine Weile ist es still, während ich den Widerspruch, der mir auf den Lippen liegt, zurückhalte. Nicht, weil ich denke, dass sie sich selbstkasteien sollte, sondern vielmehr, weil es ohnehin nichts bringen würde. Helena ist voller Selbstvorwürfe. Das ist sie, seit sie hier angekommen ist. Nicht nur ihre Familie braucht Zeit – sondern auch sie selbst. Sie muss es schaffen, sich selbst zu verzeihen, vielleicht kann sie dann auch endlich akzeptieren, dass wir anderen es längst getan haben.

»Ich muss in der kommenden Woche ziemlich viel arbeiten«, sage ich langsam. »Das gibt uns vielleicht ein wenig Raum. Du weißt schon, dann kannst du die Wogen glätten, was deine Familie angeht, ganz in Ruhe und ohne Druck.«

»Du könntest kommendes Wochenende zu uns kommen. Bis dahin habe ich den Gorillas klargemacht, was Sache ist.«

Obwohl mich die Bezeichnung sehr amüsiert, brumme

ich: »Bin gerade nicht so erpicht darauf, so schnell wieder auf euren Hof zu kommen.« Als sie scharf einatmet, füge ich schnell hinzu: »Aber natürlich tue ich das. Ich denke, das ist ein vernünftiger Plan. Bis dahin können wir alle die Geschehnisse sacken lassen und dann hoffentlich … neu starten. Wenn man das so nennen kann.«

Wieder dieses Schweigen, doch es ist nicht unbehaglich. Ich angle nach meinem Glas, nippe daran und starre in die Flammen, die schon wieder kleiner werden. Wie gern ich sie jetzt bei mir hätte. Seite an Seite am Kamin, gemeinsam schweigend. Kuschelnd. Leise Gespräche. Egal wie …

»Honey, hm?«, dringt da ihre Stimme sanft, neckend an mein Ohr und ich muss lächeln.

»Was soll ich sagen? Das kam einfach so.«

Ich höre ihr Schmunzeln, spüre es regelrecht auf meinem Körper. »Ich glaub, ich mag's.«

»Prima«, erwidere ich lächelnd. »Ich auch.«

So schnell hat sie ihn also. Ihren Kosenamen.

# Helena 21

Ich bin so sauer auf diese Hornochsen.

Wann immer ich Jake oder Mason sehe, würde ich sie am liebsten … kopfüber ins Klo stecken.

Ihre Zahnbürsten mit scharfer Soße beträufeln.

Salz in ihren Kaffee mischen.

Zahnpasta unter ihre Türklinken schmieren.

Ihre Unterhosen zusammennähen.

Oh, ich könnte den ganzen Tag so weitermachen! Mir fallen noch einige Dinge ein …

Ich verstehe ja, dass sie sich Sorgen gemacht haben. Mir ist klar, dass der Fehler auch bei mir liegt – ich hätte einfach eine einzige, verdammte Nachricht an einen von ihnen schicken sollen. Sechs Worte. *Hey, ich schlafe heute bei Noah.*

Aber ich war viel zu sehr auf mich konzentriert, auf uns, und das hat Mom, Dad, Jake und Mason eine ruhige Nacht gekostet.

Ich kapiere, dass die vergangenen Jahre ihre Wunden hinterlassen haben. Aber all das hat einzig mit mir zu tun, nicht mit Noah. Wie Jake sich ihm gegenüber aufgeführt hat, war unverzeihlich.

Und genau das lasse ich ihn auch spüren.

Mom hingegen mache ich keine Vorwürfe. Sie ist eben Mom und hat den Gedanken, ich könnte wieder abgetaucht sein, nicht ertragen. Wie lange sie wohl brauchen wird, um zu begreifen, dass ich dieses Mal bleibe?

Sie alle?

Denn so viel steht für mich mittlerweile fest: Ich bleibe. In Eden. Hier ist nicht nur meine Familie, hier ist auch Noah. Mein bester Freund aus Kindheitstagen, für den ich mittlerweile eine so tiefe Zuneigung empfinde, dass sie mich bereits wärmt, wenn ich nur an ihn denke.

*Honey ...*

Dass er in dieser Woche viel arbeiten muss, ist offenbar nicht gelogen. Wenn überhaupt, meldet er sich abends, und dann ist er sehr müde. Dennoch telefonieren wir, wenn ich im Bett liege, und seine Stimme zu hören, ist jedes Mal mein Highlight des Tages.

Wenn ich nicht gerade versuche, über Jakes ätzendes Verhalten hinwegzukommen oder Mom klarzumachen, dass ich nicht wieder weggehen werde, sitze ich an meinem Blog.

Mehr als alles andere ist mir bewusst geworden, dass ich nicht länger zögern sollte, weshalb das erste Layout bereits Dienstag online geht.

Natürlich wäre es naheliegend, zuerst über unseren Hof zu berichten, aber einerseits finde ich Jake und Mason immer noch blöd, andererseits soll es nicht zu sehr nach Eigennutz aussehen, weshalb ich mich mit Steph treffe. Bei selbstgebackenen Brownies und himmlischer

Toffee-Nut-Latte – wir treffen uns im Café, nachdem sie offiziell Feierabend gemacht hat – plaudern wir beinahe zwei Stunden über ihre Visionen und ihre Leidenschaft. Sie verrät mir eines ihrer Rezepte – nicht das für die Brownies, buh – und wir schießen ein paar Fotos von ihr und den Räumlichkeiten.

Genug Material, um einen ersten, ausführlichen Beitrag über Edens Vorzüge zu schreiben, der noch morgen online gehen wird. Vielleicht locke ich ja so ein wenig Kundschaft zu ihr – wenn ich überhaupt im Netz gefunden werde. Aber daran werde ich hart arbeiten.

Im Anschluss ziehen wir in den Pub um, wo ich misstrauisch von Elsie beäugt werde, die darüber hinaus jedoch keinerlei Anstalten macht, mir zu nahe zu kommen. Ich schätze, es hilft, dass meine Begleitung weiblich ist.

Steph ist total sympathisch. Sie ist ein heißer Anwärter auf meine neue Freundin. Noah wird zwar niemals seinen Rang als besten Freund verlieren, selbst wenn unsere Beziehung sich verändert hat, aber ich kann mit ihm nicht alles besprechen. Gerade jetzt, wo wir zusammen sind … Und zum ersten Mal in meinem Leben wird mir bewusst, dass es manchmal gar nicht so schlecht ist, mit einer Frau zu reden. Wir plaudern über alles und nichts, und zu meiner großen Überraschung erzähle ich ihr sogar ein wenig von New York. Nicht im Detail, aber genug, um einander irgendwann in den Armen zu liegen.

So werden neue Busenfreunde geboren, schätze ich.

Richtig interessant werden die Dinge, als Jake gegen

zehn vorbeikommt, um mich abzuholen. Keine Kontrolle – ich habe ihn darum gebeten, damit er Steph und mich heil nach Hause bringen kann. Eventuell hatten wir ein Cider zu viel. Oder zwei …

Steph, vorher das blühende Leben und voller Selbstbewusstsein, stolpert plötzlich über ihre eigenen Füße, als Jake ihr die Tür öffnet, und ihre Wangen färben sich dunkelrosa.

Interessant …

Weil ich natürlich eine gute Freundin bin, fordere ich Steph auf, nach vorne zu gehen, und klettere auf die Rückbank. Ihren verzweifelten Blick ignoriere ich dabei gekonnt.

»Wo soll ich dich absetzen?«, fragt Jake, der offensichtlich gar keine Ahnung hat, welche Schwingungen gerade im Auto hin und her wabern, und als Steph murmelt, dass er sie beim Café rauslassen kann – offenbar wohnt sie in einer Wohnung direkt darüber –, macht er sich sofort auf den Weg.

Eden ist zwar weitläufig, aber dennoch klein, weshalb wir in weniger als fünf Minuten vor dem Café stehen, das dunkel und verlassen vor uns aufragt. Steph und Jake haben kein einziges Wort miteinander gewechselt, im Prinzip war mein Manöver also völlig unnötig. Als ich ebenfalls aus dem Wagen steige, um mich von ihr zu verabschieden, wirft sie mir einen strafenden Blick zu.

»Was sollte das?«, zischt sie leise.

»Was sollte was?«, erwidere ich unschuldig.

Zum Glück prustet Steph los. »Mein Gott. Keine

Ahnung, wieso du all die Jahre weg warst und wir vorher nichts miteinander zu tun hatten, aber jetzt bin ich verdammt froh, dass du wieder hier bist.« Sie runzelt die Stirn. »Du bleibst doch, oder?«

Noahs Worte kommen mir in den Sinn – dass es vielleicht wirklich nötig war, zu gehen, um eine gewisse Entwicklung zu erleben. Anstatt mich aufgrund ihrer Frage mies zu fühlen, nicke ich feierlich. »Absolut. Ihr habt mich wieder, davon kannst du ausgehen. Meine Rückkehr nach Eden war das Beste, was mir passieren konnte.« Ich pausiere kurz, denke an Noah. An meine Familie. »Uns.«

Steph lächelt begeistert, und als wir uns zum Abschied in den Arm nehmen, drücke ich sie besonders fest.

Manchmal spürt man es einfach – wenn magische Dinge geschehen. Und heute habe ich definitiv eine Freundin dazugewonnen. Ein weiterer Grund, hierzubleiben.

Dementsprechend gut ist meine Laune auch, als ich zu Jake in den Wagen klettere, dieses Mal auf den Beifahrersitz. Er wirft mir einen Blick zu, den ich nicht so recht deuten kann, und als er rückwärts ausparkt, räuspert er sich laut.

»Hattet ihr einen schönen Abend?«

»Jepp«, erwidere ich leichthin – völlig vergessend, dass ich eigentlich noch sauer auf den Blödmann bin. »Steph ist super witzig. Ich mag sie.«

Jake brummt – und etwas an seinem Tonfall lässt

mich aufhorchen. Doch als ich ihm einen Seitenblick zuwerfe, konzentriert er sich aufs Fahren.

»Ich freue mich, dass du Anschluss findest«, sagt er schließlich, als wir die Straße zurück Richtung Pub nehmen. Unser Hof liegt am anderen Ende von Eden, ein wenig außerhalb.

»Ach ja?«, hake ich nach – und denke nicht länger an Steph. Furchen graben sich in meine Stirn. »Letztens hatte ich nicht so den Eindruck.«

Seine Kieferpartie verhärtet sich sichtlich. »Das ist etwas anderes.«

Die Stimmung droht zu kippen, aber ich beschließe, am Ball zu bleiben. Ausnahmsweise verspüre ich gar nicht so viel Verbitterung deshalb, sondern vielmehr Wagemut. Entschlossenheit. Zeit, diese Sache ein für alle Mal zu klären. »Ja? Und wieso? Weil Noah ein Mann ist?«

Jake stöhnt auf. »Komm schon, darüber will ich nicht nachdenken.«

»Worüber? Dass ich einen Freund habe?«

»Das ist es – er war immer dein bester Freund, und jetzt …«

»Was und jetzt?«, falle ich ihm ins Wort. Nun flackert doch etwas von der Wut in mir auf. Zu früh gefreut. »Glaubst du wirklich, er hat irgendetwas ausgenutzt? Kannst du dir denn gar nicht vorstellen, dass wir uns nach all der Zeit einfach verliebt haben?«

»Verliebt?«, ruft er aus – so überrascht, als hätte ich

ihm erzählt, dass es kommende Woche dreißig Grad warm werden soll.

»Ja, sicher«, erwidere ich kopfschüttelnd. Seine Verblüffung nervt mich ein bisschen. »Denkst du, das war nur Spaß? Ein One-Night-Stand, oder was? Uns ist es ernst, Jake. Noah war schon immer mein Lieblingsmensch. Ich weiß, dass es dir nur darum geht, mich zu schützen. Du willst, dass es mir gut geht, umso mehr seit …« Ich verstumme kurz, will seinen Namen nicht einmal aussprechen. Auch Jake umfasst das Lenkrad fester. So fest, dass ich beinahe befürchte, er könnte es in Stücke brechen. »Glaubst du nicht, dass es kaum besser kommen könnte, als wenn ich mit meinem allerbesten Freund zusammenkäme? Ist das nicht der Idealfall? Komm schon, du kennst Noah. Bist ebenso mit ihm aufgewachsen wie ich. Er geht bei uns ein und aus, seit er fünf ist! Hast du jemals das Gefühl gehabt, er würde mir schaden wollen? Nur auf seinen eigenen Vorteil aus sein? Ich dachte, du magst ihn!«

Jake knurrt, aber ich sehe, wie sich sein Schraubstock-Griff am Lenkrad ein wenig lockert. Die Dunkelheit verschluckt uns, als die Bäume dichter an die Straße heranrücken, ehe sie sich wieder lichten und wir unsere Hofeinfahrt erreichen. Stille dehnt sich aus, doch ich habe alles gesagt, was ich sagen wollte, und bin nicht bereit, sie zu durchbrechen. Es ihm irgendwie leichtzumachen.

Erst, als Jake geparkt hat, seufzt er, wendet sich mir zu. »Ich war ein ziemlicher Idiot, oder?«

Ich nicke. »Jepp.« Dabei halte ich Daumen und Zeigefinger ein Stück weit voneinander entfernt zwischen uns in die Höhe. »Ein bisschen.«

Er verengt die Augen. »Das hättest du auch netter sagen können.«

»Wieso? Es ist die Wahrheit. Ich wollte Noah Samstag mitbringen und euch sagen, dass sich etwas verändert hat.« Meine Nase zieht sich kraus. »Da hättest *du* netter sein können.«

So etwas wie Bedauern flackert in seiner Miene auf, ehe sie wieder neutral wird. »Wir haben ihm einen tollen Empfang bereitet, was?«

Ich seufze. »Du kannst froh sein, wenn er überhaupt noch mal vorbeikommt.«

»Dein Ernst?«

Ich kann nicht anders, lache los, als ich seinen entsetzten Gesichtsausdruck sehe. Wahrscheinlich wäre mir weniger nach Lachen, wenn ich wüsste, dass er tatsächlich nicht mehr wiederkommen wollte. So knuffe ich Jake nur in die Seite. »Ich weiß, ihr testosterongesteuerten Machos haltet solche Machtkämpfe für normal, aber cool ist es trotzdem nicht. Ich bin sehr froh, dass Noah dir nicht einfach eine reingehauen hat. Ein anderer Kerl hätte das vielleicht getan. Und nur weil ich Gewalt verabscheue, sage ich nicht, dass du es verdient hättest, du Chauvie.« Schlagartig werde ich ernst. »Er ist mir wichtig, okay? Verdammt wichtig. Ich möchte, dass er sich nach wie vor wohlfühlt, wenn er da ist.«

»Wir wollen am Wochenende das Spiel der Bruins gucken. Vielleicht hat er ja Lust – hey!« Aufgebracht sieht er mich an, weil ich ihm erneut einen Stoß verpasst habe. »Dafür, dass du Gewalt verabscheust, bist du ganz schön kratzbürstig.«

Und nur, weil Jake Jake ist, nehme ich ihm diesen Kommentar nicht übel. Ganz davon abgesehen, dass ich ihn vermutlich maximal gekitzelt habe. »Wenn er vorbeikommt, dann sicher nicht, um mit euch irgendein blödes Spiel zu sehen, sondern meinetwegen. Ich schätze, erstmal wäre eine Entschuldigung fällig.« Ich entfalte die wahre Macht meines Blicks. »Und zwar eine aufrichtige.«

Jake brummt widerwillig, und ich weiß, dass ich nicht mehr von ihm kriegen werde. Er ist ein Holzkopf. Liebenswert, aber stur. Immerhin hat er von sich aus das Wochenende angesprochen … Ich muss ihm nicht auf die Nase binden, dass ich ohnehin geplant hatte, dann einen weiteren Versuch mit Noah zu starten.

Wir steigen aus und schlendern langsam zum Haus. Ich inhaliere die kalte, frische Luft und spüre, wie sich etwas in mir verschiebt. Erneuert. Als würde ich jahrelangen Ballast Stück für Stück abwerfen und hätte gerade eben einen besonders großen Brocken von mir geschüttelt. Mein Blick gleitet über die Fassade unseres Elternhauses. Im Erdgeschoss ist alles dunkel, aber oben brennt noch Licht. »Wird es euch nicht manchmal ein bisschen eng, mit Mom und Dad unter einem Dach und so?«

Jake folgt meinem Blick, zuckt mit den Schultern. »Das ging schon, zumindest bis du gekommen bist.«

»Hey!«, rufe ich aus. Mein Atem steigt in Wolken zum Himmel, der sternenklar über uns funkelt.

Er dreht sich zu mir um, lächelt mich auf eine warme Weise an, die mir deutlich macht, dass er nichts davon ernst meint. Dann deutet er hinter sich, Richtung Haus. »Du hast schon recht. Wir sind erwachsene Männer, oder? Irgendwann wird es wohl auch für uns Zeit, die Flügel auszubreiten. Im Frühjahr beginnen die Arbeiten an einem Anbau. Mason und ich wollen dort einziehen. Genug Platz wäre da. Es macht einfach keinen Sinn, ins Zentrum zu ziehen, wenn unser Lebensschwerpunkt hier ist. Bis dahin ist es aber gut so, wie es ist. Hey – Moms Kochkünste sind nicht von dieser Welt, oder?«

Kopfschüttelnd hake ich mich bei ihm ein. Ich kann es ja verstehen. Mom und Dad haben uns immer nur mit Liebe überhäuft. Hier zu leben ist definitiv nichts Schlechtes. Jungs brauchen ohnehin länger, um auszuziehen, oder nicht? Und was es bringen kann, wenn man die Flucht aus dem Nest wagt und dabei ein wenig zu mutig wird – nun. Ich bin der lebende Beweis dafür, wie viel dabei schiefgehen kann.

Nachdenklich starre ich meinen Bruder an. Ich habe nie mitbekommen, dass er irgendwen datet. Mason hatte früher immer mal wieder irgendwelche Frauengeschichten, aber nie etwas Ernstes. In der Regel ist er dafür nach South Burlington gefahren. Jake hatte nie Interesse an solchen Oberflächlichkeiten. Es mag am Frauenmangel in Eden liegen. Meine Gedanken wandern zu Steph. Vielleicht tut sich ja eine Chance auf … Ich werde das mal verfolgen.

Wir erklimmen die hölzernen Stufen zur Veranda, klopfen den Schnee von unseren Schuhen.

Jake sperrt unsere Tür auf. »Nach dir, Schwesterherz.«

Ich nicke ihm zu. »Danke, Holzkopf.«

Und dafür kitzelt er mich durch.

Hoffentlich wecke ich mit meinem überraschten Kreischen nicht das ganze Haus …

# 22 Noah

Mit Helena zu telefonieren oder Nachrichten auszutauschen ist definitiv nicht dasselbe, weshalb ich froh bin, als ich Freitagabends endlich aus Johnson zurückkehre. Die Woche war hart. Ich musste den Zwischenbericht zur Besiedlung im Reservat vervollständigen, hatte in dem Zusammenhang ein ziemlich langes Meeting mit den anderen Biologen und dazu noch einen Stapel Tests zu korrigieren. Immerhin haben keine Jugendlichen ihr Unwesen getrieben – oder zumindest keinen Müll an den einschlägigen Orten hinterlassen. Und die zwei Exkursionen mit meinen Studenten waren auch ohne Zwischenfälle, wenn man mal von blauen Lippen und Eiskristallen an den Wimpern absieht.

Nun habe ich das Wochenende frei und muss erst Mittwoch wieder an die *NVU*. Die freien Tage erstrecken sich verheißungsvoll vor mir – und das nicht nur, weil ich hoffe, sie zu einem großen Teil mit Helena verbringen zu können.

Okay, okay.

Vor allem deshalb.

Obwohl ich total fertig bin, treffe ich mich mit ihr im Pub. Nichts kann mich davon abhalten, sie heute zu sehen. Sie klang ziemlich aufgeregt, als sie mir vorgeschlagen hat, noch einen kurzen Abstecher zu machen. Insgeheim bin ich froh, dass sie den Ort nicht meidet, auch wenn mir ein gemütlicher Abend bei mir besser gepasst hätte. Das letzte Mal, als wir beide zusammen im Pub waren, hat Elsie ihr eine Bierdusche verpasst. Es kommt mir vor wie in einem anderen Leben, obwohl es gerade einmal zwei Wochen her ist. Wie viel sich in kurzer Zeit doch ändern kann …

Ein Teil von mir will ein Exempel statuieren. Sie sollen alle sehen, dass wir nun ein Paar sind … Elsie vorneweg. Und wenn sie noch einmal auf blöde Gedanken kommt, keine Ahnung. Dann werde ich Mick bitten, ihr Hausverbot zu erteilen. Oder der Pub ist zukünftig für uns gestorben. Wäre ja gelacht, wenn wir nicht auf andere Weise die Zeit rumkriegen würden.

Helena ist bereits da, als ich den Pub betrete. Mich erfasst ein seltsames Déjà-vu, als ich sie in derselben Nische entdecke wie beim letzten Mal. Ihr Gesicht erhellt sich, sobald sie mich sieht, und sie gleitet von der Bank. Im ersten Moment weiß ich nicht, was sie vorhat, wie ich sie begrüßen soll, doch dann schlingt sie ihre Arme um meinen Hals, und mir stockt der Atem, als ihr Gesicht meinem ganz nah kommt.

»Hi«, haucht sie – und klingt dabei erstaunlich verlegen. Dann zupft ein so wunderschönes Lächeln an ihren Mundwinkeln, dass meine Beine schwach werden wollen.

»Hi«, gebe ich rau zurück – und überbrücke die wenigen Zentimeter zwischen uns, um sie zu küssen.

Auf zwei Dinge war ich nicht vorbereitet: die intensive Hitze, die sich schlagartig in mir ausbreitet, und das pfeifende Getöse, das um uns herum ausbricht.

Überrascht weiche ich zurück, sehe noch aus dem Augenwinkel, wie sich Helenas Gesicht knallrot färbt, ehe ich mich umwende und erkenne, dass uns der halbe Pub beobachtet und begeistert applaudiert. Ein paar der Idioten haben zwei Finger im Mund, um zu pfeifen, andere schütteln amüsiert den Kopf.

Ein paar scheinen dagegen unbeeindruckt zu sein. Mick grinst – aber nicht dieses dreckige Grinsen, das er manchmal zur Schau stellt, wenn er denkt, dass wieder irgendwelche schmutzigen Allianzen geschmiedet werden, sondern irgendwie anerkennend. Und Elsie? Sie steht beim rechten Billardtisch, die Arme vor der Brust verschränkt, und schmollt.

Ich könnte ein schlechtes Gewissen kriegen, weil ich ihr anfangs versichert habe, dass Helena »nur« eine Freundin ist – aber nein. Dinge ändern sich, und ganz gleich, welche Rolle sie in meinem Leben spielt, Elsie hat sich nicht korrekt verhalten. Allein dafür hat sie jedes Mitleid verspielt.

Ich wende mich von ihr ab, begegne Helenas Blick. Sie wirkt ein wenig verlegen.

»Also, falls dir das jetzt nicht so recht war, tut es mir leid, aber …«

Ich verschlucke ihre Worte mit einem weiteren Kuss,

denn wieso genau sollte es mir nicht recht sein, dass alle Welt weiß, wie es um uns steht?

Gut, Edens Welt ist klein, aber ein Anfang. Am liebsten würde ich von sämtlichen Dächern posaunen, dass Helena und ich nun zusammen sind. Der Pub ist da ein guter Anfang, schätze ich. Von hier aus wird sich die Neuigkeit wie ein Lauffeuer verbreiten – und dann weiß jeder, dass Helena offiziell vom Markt ist.

Ebenso wie ich.

Könnte wirklich schlimmer sein.

Am kommenden Morgen mache ich mich gegen halb elf auf den Weg zur Farm.

Helenas Familie hat mich zum Brunch eingeladen. Ich werde niemandem erzählen, dass ich bereits seit sieben auf den Beinen bin, weil mich die Aussicht, Jake und Mason unter die Augen zu treten, nervöser macht, als ich zugeben möchte.

Sie haben sich letzte Woche nicht korrekt verhalten, aber ich bin bereit, es zu vergessen, wenn sie sich heute nicht wieder wie Arschlöcher aufführen. Und verdammt, ich hoffe *sehr*, dass sie das nicht tun. Für Helena.

Allerdings bin ich mir traurigerweise nicht sicher, ob das der Fall sein wird oder nicht. Und das ist es wohl, was mich am meisten beschäftigt. Was, wenn sie mir wieder mit Feindseligkeit gegenübertreten? Ich glaube nicht, dass ich damit umgehen könnte.

Obwohl Helena gesagt hat, dass ich nichts mitbringen muss, habe ich ein paar Zimtbrötchen gebacken. Kochen liegt mir zwar mehr als Backen, aber ich will nicht mit leeren Händen auftauchen und weiß, dass Helena sie früher immer geliebt hat. Es ist ein Rezept meiner Mom und die hüte ich wie Schätze. Apropos Mom, ich sollte sie dringend anrufen und über die neuesten Entwicklungen unterrichten. Auch wenn sie nie ein großer Fan von Helena war, nachdem sie einfach verschwunden ist – mein Bauch sagt mir, dass sie sich sehr für uns freuen wird. Insbesondere nach ihrer neuen »Ausrichtung« wird sie das große Ganze erkennen und vermutlich ebenso begreifen wie ich, dass die Trennung nötig war, um zu erkennen, wer wir wirklich füreinander sind.

Als ich vor dem Haus der Jacksons parke, fliegt die Tür bereits auf. Und noch ehe ich ausgestiegen bin, steht Helena auf der Veranda. Mein Herz macht einen Satz. Sie ist wunderschön. Nahezu atemberaubend. Das ist sie immer, aber heute Morgen ganz besonders. Sie trägt einen smaragdgrünen Strickpullover mit einem weiten Ausschnitt, der über ihre rechte Schulter zu rutschen droht, dazu eine dunkle Hose. Ihr Haar ist offen und sieht von weitem weich und duftend aus. Unendliche Dankbarkeit, dass sich unsere Wege erneut gekreuzt haben, flutet mich, dicht gefolgt von Belustigung, weil ich an mein eigenes Outfit denke – ein dunkelgrüner Pullover zu einer dunklen Jeans. Als hätten wir uns abgesprochen. Ob wir eines dieser Pärchen werden, das zu Weihnachten matchende Outfits trägt?

Und wieso gefällt mir dieser Gedanke so ausgesprochen gut? Früher habe ich mich über genau diese Leute doch lustig gemacht …

»Hey«, ruft sie mir zu, als ich näherkomme, schlingt dabei die Arme um ihren Oberkörper und erzittert.

»Geh doch rein«, erwidere ich, lege aber einen Zahn zu. Als ich vor ihr stehe, hauche ich einen schnellen Kuss auf ihre Lippen, bevor ich sie ins Haus scheuche. »Es ist viel zu kalt ohne Jacke!«

»Was hast du mitgebracht?«, fragt sie, neugierig über meinen Einwand hinweggehend, und zupft an der Tasche. Ich drücke sie ihr in die Hand und schlüpfe aus Mantel und Schuhen, im selben Moment, als Sally in der Tür zur Küche auftaucht.

»Hallo, mein Junge«, ruft sie freundlich – und hinter meinen Augen beginnt es ganz seltsam zu prickeln. Sie breitet die Arme aus, kommt auf mich zu – und ehe ich mich versehe, befinde ich mich in einer warmen, mütterlichen Umarmung, von der ich gar nicht wusste, wie dringend ich sie eigentlich brauche.

Wie wichtig es mir war, sie noch einmal zu kriegen.

»Ich freue mich so für euch«, murmelt sie mir ins Ohr, ehe sie zurückweicht – und mir scheint, ihre Augen sind ebenso gerötet, wie sich meine anfühlen.

»Danke«, erwidere ich schlicht, weil ich nicht weiß, was ich sonst sagen soll.

Sally hebt ihren Finger. »Wenn Jake oder Mason dir blöd kommen, sag Bescheid. Ich kümmere mich um sie.«

Und das entlockt mir ein Lachen – denn wenn in

diesem Haus eines niemand will, dann Ärger mit der sonst so sanftmütigen, warmherzigen Sally. »Wird gemacht«, stimme ich grinsend zu. Sie als Backup zu haben, ist irgendwie beruhigend – auch wenn ich schätze, dass es meine Meinung bei den Brüdern nicht gerade steigern wird, wenn sie meinetwegen Ärger mit ihrer Mom bekommen. Auch wenn sie selbst daran schuld sind.

Sally nickt zufrieden. »Gut. Dann komm rein. Der Kaffee ist fertig. Dein Timing ist mal wieder perfekt.«

Ich werfe Helena einen Blick zu und sehe, wie sie mich anlächelt, während sie ihrer Mom meine Tüte reicht. Der Anblick fährt mir geradewegs ins Herz, beruhigt auch noch die restlichen, flatternden Nerven. Das hier ist kein Feindgebiet. Ich bin nicht zum ersten Mal hier. Auch wenn es sich ein wenig so anfühlt. Ich strecke meine Hand aus, die Helena sofort ergreift. So miteinander verbunden fühle ich mich ausreichend dafür gewappnet, ihren Brüdern zu begegnen – und ihrem Dad. Denn was der von uns hält, weiß ich auch noch nicht. Ihn habe ich in diesem Durcheinander letzte Woche gar nicht gesehen.

»Hallo«, rufe ich in die Runde, mutiger, als ich mich fühle, sobald wir in der Küche stehen.

Der Esstisch ist üppig gedeckt. Ich erkenne eine große Schüssel Rührei, Speck, kleine Würstchen, Hash Browns, Brioche, den typischen Vermonter Apfelkuchen, Pancakes mit Ahornsirup, Beeren, verschiedene selbstgemachte Marmeladen, Cheddar, der sich sicher auch in dem Apfelkuchen befindet, und eine dampfende Auflaufform mit Kartoffelgratin. Gerade stellt Sally einen Korb mit meinen

Zimtbrötchen dazu. Helenas Dad, der bereits saß, springt auf und kommt zu uns, während Jake und Mason sich mittig zwischen Esstisch und Wohnzimmer herumdrücken und kaum in unsere Richtung blicken.

Wenn ich es nicht besser wüsste, würde ich sagen, sie schämen sich.

»Mein Junge«, brummt Conrad – und wenn mich diese Worte aus Sallys Mund bereits berührt haben, hauen sie mich aus seinem regelrecht um.

Meine Kehle wird eng, als er meine Hand ergreift, mich mit der anderen in eine Umarmung zieht, die ein wenig ungelenk wirkt, aber offensichtlich von Herzen kommt. Mit einem lauten Klopfen tätschelt er meinen Rücken, und etwas in mir reißt noch weiter auf – nur um dann endgültig zu heilen.

Shit.

Das Letzte, was ich will, ist, nun vor ihnen allen zu weinen – aber die Emotionen drohen, mich zu übermannen. Alles ist zu viel. Das Durcheinander der vergangenen Wochen. Dads Verlust. Das Gefühl, entwurzelt zu sein, einsam. Hier in dieser Küche zu stehen, die den Großteil meiner Kindheit und Jugend eine bedeutende Rolle gespielt hat, und zu wissen, dass es dieses Mal anders ist, sich die Dinge endgültig geändert haben … es überwältigt mich.

»Jake! Mason!«, zischt Helena, und es klingt ein bisschen so, als würde sie Hunden Befehle erteilen. Wenn man bedenkt, wie sie vergangene Woche mit ihr geredet haben, ist es umso grotesker.

Gott sei Dank treibt das die Rührung in mir ein wenig zurück. Stattdessen muss ich mir ein Grinsen verkneifen – und das ist wesentlich besser als ein verschwommener Blick aus glasigen Augen.

»Nun kommt schon her«, fährt sie fort – und ja, wäre ich an deren Stelle gewesen, ich hätte sofort meinen Hintern in Bewegung gesetzt. Denn Helenas Ton verspricht absolut nichts Gutes.

Mit zuckenden Mundwinkeln beobachte ich, wie Jake und Mason einen ergebenen Blick tauschen, ehe sie zu uns geschlurft kommen. Erst, als sie direkt vor mir stehen, wagen sie es, mir in die Augen zu sehen.

»Hör zu, Noah ...«, beginnt Jake, bricht jedoch ab und blickt mit gerunzelter Stirn durch das Fenster.

So wie wir alle.

Denn just in diesem Moment fährt ein Wagen auf den Hof, den ich niemandem zuordnen kann – und die anderen offenbar auch nicht. Kies spritzt auf, als er rasant neben unseren Autos parkt.

»Erwarten wir noch mehr Besuch?«, fragt Mason verwirrt, im selben Moment, als Helena scharf einatmet und blass wird.

Und da setzen Jake, Mason und ich uns auch schon in Bewegung.

# Helena 23

»Tut das nicht!«, rufe ich panisch, als die drei Männer wie wildgewordene Bullen in den Flur rauschen. Aber sie ignorieren mich.

Natürlich tun sie das.

»Was ist hier los?«, fragt Mom, die nicht so schnell schaltet wie Noah oder meine Brüder.

»Unliebsamer Besuch«, brummt Dad, der offenbar ebenfalls begriffen hat, was los ist. Sein ernster Blick streift mich. »Bleib lieber drinnen, Kleines, und lass das die Jungs regeln …«

Doch ich weiche seiner Hand aus, mit der er mich zurückhalten will.

Das kann ich nicht zulassen. Auf gar keinen Fall.

Denn auch wenn da draußen der Mann steht, den ich am allerwenigsten wiedersehen wollte, kann ich nicht zulassen, dass meine Brüder und Noah sich darum kümmern. Das würde Richard nur in die Karten spielen. Ihm das Gefühl vermitteln, er hätte immer noch Macht über mich. Und unabhängig davon, ob das nun stimmt oder nicht – diesen Erfolg kann ich ihm einfach nicht gönnen.

»Ich muss«, murmele ich mit einem entschuldigenden Blick und folge dann Noah und meinen Brüdern.

Mein Herz rast so heftig, dass es sich anfühlt, als würde es jeden Moment meine Rippen brechen. Übelkeit steigt in mir auf, dicht gefolgt von einem Gefühl der Ohnmacht, das eigentlich gar keine Daseinsberechtigung hat.

Richard *hat* keine Macht über mich. Nicht mehr. Ich habe es geschafft, mich von ihm zu trennen, habe mein Leben mit ihm zurückgelassen. *Ich* habe diese Entscheidung getroffen, habe mich selbst gerettet. Vielleicht zu spät, aber ich habe es geschafft.

Keine Ahnung, was er hier will, nach beinahe anderthalb Monaten, aber was auch immer es ist – ich muss ihm nicht allein gegenübertreten.

Ich habe meine Familie.

Ich habe Noah.

Ich bin *nicht* allein.

Und vor allem bin ich glücklicher denn je.

Das bete ich mir immer wieder vor, während ich in meine Boots steige, den Mantel vom Haken nehme, hineinschlüpfe und auf die Terrasse trete.

Dennoch trifft mich sein Anblick mit der Wucht eines Vorschlaghammers.

Richard ist attraktiv. Natürlich ist er das. Das war er immer. Doch nun, da ich in sein scharfkantiges Gesicht blicke, wird mir zum ersten Mal bewusst, wie durchtrieben seine Züge sind. Wie vergiftet seine Schönheit. Nichts an ihm kann mit Noah mithalten. Gar nichts. Die kühle Attraktivität mag viele blenden, sie hat auch mich geblendet, aber ich konnte hinter die Fassade blicken und feststellen, dass nichts davon wirklich Tiefe hat. Die hübscheste Maske versteckt die schmutzigsten Wahrheiten.

Fröstelnd schlinge ich meine Arme um meinen Oberkörper, trete einen zögerlichen Schritt vor … und in diesem Moment fällt sein Blick auf mich.

»Da bist du ja!«, ruft Richard mir entgegen. Sofort erkenne ich wieder diesen ätzenden Unterton, mit dem er mir in den vergangenen Jahren Angst eingejagt hat. Angst, ihn zu enttäuschen. Diese subtile Form der Manipulation. Vier Worte, und ich fühle mich wieder wie ein Versager. Dabei hat er keinerlei Recht, mir dieses Gefühl zu geben – oder Ansprüche zu stellen. Er hat es verwirkt, als er mich geschlagen hat.

Nein, er hätte dieses Recht niemals haben dürfen.

»Geh wieder rein, Helena!«, ruft Jake wütend, während Mason Richard nicht aus den Augen lässt. Die beiden wirken noch aufgebrachter als letzte Woche, und das soll etwas heißen.

Doch es ist Noah, auf den ich mich konzentriere. Noah, der einen Schritt auf meinen Ex zu macht. So viel Zorn spiegelt sich in seiner Miene. Ich fand ihn bereits erschreckend wütend, als wir uns zum ersten Mal nach meinem Verschwinden begegnet sind. Er war außer sich, als Elsie mir die Bierdusche verpasst hat, und völlig aufgebracht, als Jake und Mason sich letzte Woche wie Hornochsen aufgeführt haben. Doch das alles war nichts im Vergleich zu heute. Zuvor hat es mir bereits die Knie weich werden lassen. Heute bin ich unsäglich froh, dass sich sein Zorn nicht auf mich konzentriert.

»Du hast hier nichts zu suchen«, sagt er in diesem Moment scharf – entlockt Richard aber nichts als ein höhnisches Lachen.

»Und das sagt mir wer? Helenas kleiner Sandkastenfreund? Das bist du doch, oder? Der gute, alte Noah.« Er gibt einen verächtlichen Laut von sich, der sämtliche meiner Nackenhaare aufrichtet, während Noahs Miene steinern wird. »Was ist, stehst du etwa auf abgelegte Kleidung? Vögelst du sie …«

»Halt den Mund!«, fällt Jake ihm scharf ins Wort, die Hände zu Fäusten geballt. Erstaunlich, wie groß seine Klappe ist, obwohl er deutlich in der Unterzahl ist.

»Wie kannst du es wagen, herzukommen? Nach allem, was du getan hast?«, ereifert sich nun auch Mason, tritt einen Schritt auf Richard zu, der neben seinem schicken, dunklen Mietwagen in seinem cremefarbenen Wollmantel und mit den glänzenden Oxfords so fehl am Platze aussieht, wie man nur sein kann. »Welcher armselige Mann schlägt seine Freundin?«

Richard besitzt die Dreistigkeit, überheblich zu reagieren. »Ich bin nicht hier, um mit euch zu reden – sondern mit dir, Darling.«

Sein Blick richtet sich auf mich – und ja, ich zucke unter ihm zusammen. Immer enger schlinge ich meine Arme um meinen Oberkörper, als drohte ich, auseinanderzufallen, wenn ich es nicht tue. Ein Gefühl, das bei meiner Ankunft hier mein ständiger Begleiter war. Ich dachte, ich hätte es endgültig hinter mir gelassen. Erinnerungen an jene Silvesternacht fluten mich. Wie sein Speichel mein Gesicht benetzt hat. Wie seine Hand schmerzhaft mit meiner Wange kollidiert ist und etwas in mir unwiderruflich zerstört hat.

Dennoch setze ich mich in Bewegung. Auch wenn es sich anfühlt, als würde ich durch Wasser waten. Geradewegs auf seine Ängste zu, nicht wahr? So stellt man sich ihnen doch.

»Helena«, murmelt Noah. Er hat augenblicklich sein Interesse an Richard verloren, kommt stattdessen mir entgegen, was ihm ein höhnisches Schnauben von meinem Ex einbringt.

»Ach komm schon, sie ist nicht halb so zerbrechlich, wie sie tut …«

Aus dem Augenwinkel sehe ich, wie Jake mit ihm dasselbe macht wie vor einer Woche noch mit Noah – er stößt ihm kräftig gegen die Schulter.

Im ersten Moment will ich ihn ausbremsen – ich stehe nicht auf Gewalt, auch wenn ich nicht umhinkann, zuzugeben, dass Richard es verdient hätte. Es ist reichlich scheinheilig, unter Schlägen zu leiden, wenn man im Anschluss gutheißt, dass andere welche kassieren. Aber das ist nicht mein Bier. Richard ist unangekündigt hierhergekommen, an einem Samstagmittag. Und er ist kein Opfer. Meine Familie hat jedes Recht, ihn in seine Schranken zu weisen.

Dennoch räuspere ich mich trocken. Wir sind besser als er. »Lass es, Jake. Fass ihn nicht an …«

»Genau! Sorg dafür, dass deine Pitbulls mich in Ruhe lassen!«, ruft Richard empört aus, während er über seine Schulter streicht, als hätte Jake widerlichen Dreck hinterlassen.

»… denn er ist deine Lebenszeit nicht wert«, führe ich meinen Satz zu Ende, wenn auch leise. Schwach.

Noah bleibt vor mir stehen. »Komm schon, Honey, tu das nicht«, murmelt er mir zu. »Er ist ein absoluter Vollidiot. Du musst nicht mit ihm reden.« Seine dunklen Augen schimmern warm, verständnisvoll, obwohl ihm die Wut nach wie vor deutlich ins Gesicht geschrieben steht.

Ich straffe meine Schultern. »Doch, ich muss. Er muss verstehen, dass er keine Macht mehr über mich hat.«

Anerkennung blitzt in Noahs Miene auf – und wandelt sich in Freude, als ich meine Hand in seine schiebe.

Seite an Seite treten wir zu meinen Brüdern, die sich wie eine Mauer vor Richard aufgebaut haben.

Dessen Augen weiten sich, als er sieht, welche Verbindung Noah und ich eingegangen sind, ehe sich ein bitterer Zug um seine Mundwinkel legt. »Das ist also wirklich dein Ernst, ja? Tauschst du dein Leben in New York ernsthaft gegen das hier ein?« Er macht eine ausschweifende Bewegung mit der Hand, ehe er auf Noah deutet. »Stinkende Höfe? Endlose Weiten? Und irgendwelche Hinterwäldler, die …«

»Pass auf, was du sagst!«, zischt Mason und macht

einen großen Schritt auf Richard zu, der so eilig zurückweicht, dass er gegen das Heck seines Wagens stolpert. Und ja, das bereitet mir enorme Befriedigung. Er hat *Angst.*

»Nein«, sage ich mit einer so überraschend ruhigen Stimme, dass ich mir mental selbst auf die Schulter klopfe. »Ich tausche einen widerlichen, handgreiflichen Narzissten gegen Familie und einen richtigen Mann ein. Einen Mann, der mich liebt, wie ich bin. Der mich kennt. Und der mich niemals schlecht behandeln würde.«

Richard verengt seine Augen, doch da Jake und Mason noch näherkommen, weicht dieser überhebliche Gesichtsausdruck sofort wieder der Panik.

Und ja, ich bin definitiv kein Fan von Gewalt – aber das hier … es erfüllt mich mit enormer Genugtuung. Zu sehen, wie dieser manipulative Mann immer kleiner wird, hilft mir, endgültig abzuschließen.

Mit gerecktem Kinn trete ich vor. Spüre, wie Noahs Finger durch meine Hand gleiten, als ich mich von ihm löse – und er es zulässt. Weil er mir *vertraut*. Nicht, weil er mich hängenlässt oder mich in irgendeiner Weise fallen lässt. Nein. Er ist exakt das für mich, was ich gerade brauche. Weil er mir ebenso vertraut, wie ich ihm vertraue. Auf eine Weise, die von einer tiefen Verbindung spricht, einfach einzigartig ist.

Mit diesem Wissen als Rückhalt stelle ich mich breitbeinig vor Richard, dessen Blick sich zunehmend verdüstert. Wäre ich mit ihm allein, bekäme ich es nun mit der Angst zu tun.

Aber ich bin nicht allein. Ich habe den besten Rückhalt, den ich mir nur wünschen kann. Und ich weiß – auf die Weise kann ich ihm Paroli bieten. Kann ihm zeigen, dass er keinerlei Macht mehr über mich hat.

Seine verächtliche Miene zuckt zu meinen Brüdern, dann zu Noah, der schräg hinter mir steht. Testosteron pulsiert nur so in der Luft. »Ich bin hergekommen, um mit dir zu reden – vernünftig und zivilisiert. Du bist es, der meint, mit …«

»Stopp«, falle ich ihm scharf ins Wort. »Hör auf damit. Nach all den Jahren wagst du es immer noch, diese Rolle zu spielen? Die Tatsachen zu verdrehen und mich zu gaslighten?« Sein Mund klappt auf, aber ich fahre unbeirrt fort. »Zwischen uns gibt es nichts mehr zu bereden, Richard. *Du* hast mir nicht gutgetan. *Du* hast mich von meiner Familie und meinen Freunden isoliert. *Du* hast mich geschlagen. Und *ich* mache das nicht mehr mit. Die Trennung war endgültig und ich habe keine Ahnung, wieso du nach all der Zeit glaubst, etwas daran ändern zu können. Tut mir leid, dass du den weiten Weg umsonst auf dich genommen hast, aber ich werde dich auf gar keinen Fall wieder in mein Leben lassen. Mir geht es ohne dich so viel besser.« Ein Runzeln vertieft meine Stirn. »Wie … hast du mich überhaupt gefunden?«

Es hat ihn nie interessiert, wer ich vor New York war, weshalb er nur wusste, dass ich in einer Kleinstadt aufgewachsen bin. Wenig verwunderlich, er wollte mich ja ohnehin nur zu dem formen, was er brauchte. Hübsches, hirnloses Beiwerk, das keine Widerworte gibt und die Beine breitmacht, wenn ihm danach ist.

»Dein Amateur-Blog«, spuckt er verächtlich aus. »Dein lächerlicher Versuch, dich aufzuspielen. Wer ist schon so dumm und nutzt seine Privatadresse für das Impressum?«

Obwohl ich gern Gegenteiliges behaupten würde, schaffen es seine Worte dennoch, mir wehzutun. Diesen einen Punkt in mir zu triggern, den er über all die Jahre wund und klein gekriegt hat. Eine Wunde, die nicht innerhalb weniger Wochen einfach so schließt, auch wenn ich genau das gehofft hatte, und die dafür sorgt, dass mein Selbstbewusstsein noch lange nicht da ist, wo es hingehört.

Und das spürt Noah, der mit einem großen Schritt neben mich tritt. Nicht mehr länger die stumme Rückendeckung, sondern eine wütende Naturgewalt. »Mach mal halblang«, knurrt er in einem Ton, den ich noch nie von ihm gehört habe. »Du bist …«

»Halt's Maul«, fällt Richard ihm bösartig ins Wort, und ich zucke erneut zurück, denn da ist dieser düstere Wahnsinn in seinen Augen, der mir bereits unzählige Male Angst eingejagt hat. Das letzte Mal an Silvester, als ich panisch in mein Büro gerannt bin, um mich einzuschließen.

Und dann geht es auf einmal sehr schnell.

»Nein, du hältst dein verdammtes Maul!«, erwidert Jake eisig kalt, während Mason ihn am Arm packt und Richtung Fahrertür schiebt.

»Fort von hier!«, grollt er ihn an.

»Sonst was?«, faucht Richard, der offensichtlich nicht

zugeben kann, dass er diesen »Hinterwäldlern« unterlegen ist. Denn dass er das ist, liegt auf der Hand. Selbst wenn Richard mehr Muskeln hätte – gegen meine Brüder, die dank der harten Farmarbeit gut in Schuss sind, und Noah, der nicht wie der typische Muskelmann aussieht, aber dennoch groß und breitschultrig gebaut ist, hat er einfach keine Chance.

»Sonst rufen wir die Polizei«, ertönt es da von der Veranda – und ich weiß nicht, ob ich erleichtert aufseufzen oder vor Scham im Boden versinken soll, denn nun sind auch noch Mom und Dad mit von der Partie.

Natürlich sind sie das.

Und jepp … Dad hat seine Schrotflinte in der Hand. Dass er sie in der Kürze der Zeit überhaupt gefunden hat, grenzt schon an ein Wunder. Meine Mundwinkel zucken. Wenn man schon das Klischee des Hinterwäldlers bedienen muss, dann so richtig, was?

Richards Mund klappt auf, doch er besinnt sich offenbar im letzten Moment eines Besseren. Ruppig greift er nach dem Türgriff, doch seine kalten Augen finden mich ein weiteres, ein hoffentlich letztes Mal. »Wenn ich jetzt fahre, brauchst du nie wieder bei mir anzukommen, Helena. Nie wieder. Kapierst du das? Das hier ist deine letzte Chance …«

»Eine Chance, die ich nie wollte«, schleudere ich ihm mit all meiner verbliebenen Kraft entgegen. »Ich habe dich verlassen, schon vergessen? Ich will dich gar nicht wieder. Mir geht es so viel besser ohne dich!«

»Dein ganzes Zeug ist im Müll«, ruft er kalt, ehe er

seine Autotür aufreißt. »Da, wo es hingehört. Du warst nichts als eine Zeitverschwendung.« Er schnaubt verächtlich auf. »Verdammtes Pack.«

Unter sechs Paar wachsamen Augen steigt er ein, parkt rasant rückwärts aus und fährt so schnell vom Hof, dass Kies und Schneematsch aufspritzen.

Erst als seine roten Rücklichter verschwunden sind und der Schwindel in meinem Kopf zunimmt, registriere ich, dass ich die Luft angehalten habe. Keuchend atme ich aus und sacke gegen Noah, der seinen Arm sofort fest um mich schlingt.

Heiße Tränen fließen über meine Wangen. Tränen, die er nicht verdient hat, und doch vergieße ich sie.

Ich weine um die alte Helena, die ihm zum Opfer gefallen ist.

Die junge, ambitionierte Frau, die ihre Träume durch ihn noch viel schneller begraben musste.

Die hilflose Frau, die ihm mehr als einmal ausgeliefert war.

Ich weine, weil seine Worte wehtun, auch wenn sie das nicht tun sollten.

Aber ich weine auch vor Erleichterung, weil ich es geschafft habe, immerhin zum Ende hin für mich einzustehen. Ja, ich habe mich von den starken Männern aus meinem Umfeld verteidigen lassen, aber ich war diejenige, die ihm gesagt hat, dass ich die Fäden in der Hand habe. Ich habe ihn daran erinnert, dass ich ihn nicht mehr will. Und das sorgt dafür, dass der wunde Punkt in mir ein wenig Linderung erfährt.

Ehe ich weiß, wie mir geschieht, schlingen sich mehr Arme um mich.

Jacks.

Masons.

Und schließlich sind da auch Mom und Dad.

Irgendwie werden Noah und ich zum Zentrum dieser großen, innigen Vereinigung. Ich spüre sie alle um mich, ihre Wärme, ihren vertrauten Duft, ihre Sicherheit. Meine Tränen versiegen, als mir klar wird, wie richtig meine Entscheidung war. Meine Rückkehr nach Eden.

Aber auch die Entscheidung, das Wagnis mit Noah einzugehen.

Das hier ist mein wahres Zuhause. Keine anonyme Großstadt. Kein Penthouse mit Blick auf den Central Park. Wie glücklich kann man schon sein, wenn man sich in fremden Grenzen bewegt? Die Freiheit Edens, die raue Natur Vermonts – das ist es, was ich brauche.

»Mir egal, was er entsorgt hat, ich kaufe es dir neu«, brummt Jake plötzlich los.

»Nein, ich«, murmelt Noah.

»Wir alle«, ergänzt Mom.

Ich lache schluchzend auf. »Das war doch alles nur materieller Nonsens. Ich brauche ihn nicht. Was ich brauche – das seid ihr. Meine Familie.«

»Und uns hast du«, murmelt Dad.

»Immer«, fügt Noah hinzu.

Und irgendwie … irgendwie glaube ich, dass damit alles geklärt ist. Alles gesagt.

Oder auch nicht. »Ich habe Hunger«, murmelt Mason, fast schon ein wenig verschämt. »Sorry, aber …«

Ein lautes Rumpeln ertönt, dicht gefolgt von mehrstimmigem Gelächter. Diese große, menschliche Kugel, in die wir uns verknäult hatten, löst sich auf, und alle trotten langsam zur Tür.

Noah greift nach meiner Hand, hält mich zurück. Sein besorgter Blick trifft meinen. »Hey, ist wirklich alles okay?«

Ich versinke in den wunderschönen, dunklen Tiefen seiner Iriden und lächle schwach. »Ja, sicher.«

»Wir können gehen. Oder ich gehe … was auch immer du jetzt brauchst.«

Ich verschränke meine Finger fester mit seinen. »Egal was – Hauptsache, du bist bei mir. Ich meinte jedes Wort über dich ernst, Noah. Ich liebe dich …«

»Und ich liebe dich, Helena. Ich habe dich immer geliebt, denke ich.«

»Denkst du, hm?« Lächelnd schmiege ich mich an ihn. In der winterlichen Kälte Vermonts, vor meinem Elternhaus. Dieser Gefühlswirrwarr ist beinahe zu viel. Wie soll man da mitkommen? Eben erst war mein Ex noch da, hat mein Zuhause beschmutzt und wieder diese Unzulänglichkeit in mir getriggert, und doch fühle ich mich in diesem Moment einfach nur geborgen. Glücklich. Gebadet in Liebe, Zuneigung und Sicherheit – und in Zuversicht.

»Nehmt euch ein Zimmer«, brummt es von der Tür.

Jake.

»Ja? Wie sind denn deine Konditionen?«, antwortet Noah forsch.

Ich halte den Atem an, mustere erst Noah, dann Jake – doch dann brechen die Männer in lautstarkes Gelächter aus.

»Kommt schon rein, das Essen wird kalt. Und ihr wisst, so etwas kann Mom gar nicht leiden.«

Mit diesen Worten verschwindet er im Haus – und wir setzen uns ebenfalls in Bewegung. Denn nein, das Letzte, was wir alle wollen, ist, Mom zu verärgern.

Ein Brunch im Kreise meiner Liebsten – das ist jetzt genau das, was ich brauche.

Und mir wird klar, dass dies meine Zukunft ist.

Zeit mit ihnen. Zeit mit *Noah.* Für den Rest meines Lebens, wenn ich das will.

Das, was mir damals nicht gereicht hat, ist nun alles, was ich brauche.

So ändern sich die Dinge im Leben.

# Epilog
# Helena

Ich lasse meinen Blick schweifen. Überall leuchten die Bäume in kräftigen Gelb-, Rot- und Orangetönen, rahmen unsere Weiden ein, erstrecken sich, so weit das Auge reicht. Hier und da finden sich grüne Inseln der Nadelbäume, die ihre Farbe nicht wechseln, und über alldem leuchtet ein kräftig blauer Himmel. Indian Summer, typisch für Vermont. Das schönste Farbspektakel, das man sich nur wünschen kann.

Und ich liebe es mit jeder Faser meines Seins.

Ein Dreivierteljahr bin ich jetzt schon in Eden. Mein Blog ist gut angelaufen. So gut, dass ich von umliegenden Zeitungen kontaktiert wurde und mittlerweile als Freelancer Artikel schreibe. Mein Blog wird immer mein Fokus bleiben – die Einnahmen, die ich dadurch passiv generiere, sind wesentlich höher als vermutet, vor allem aber habe ich wie erhofft das Sprachrohr geschaffen, das Eden noch gefehlt hat. Besonders beliebt ist die Rubrik »Klatsch und Tratsch«, auch wenn diese nicht gerade zu meinen Favoriten gehört. Aber so etwas kann man wirklich nur schwer aus einer Kleinstadt fernhalten – und ich bediene sämtliche Bedürfnisse.

Steph, die das Café vor ein paar Monaten offiziell übernommen hat, hat eine signifikante Steigerung ihrer Besucher festgestellt. Wir haben eine Warteschlange für Tierpatenschaften. Die Jugendlichen, die so lange im Reservat ihr Unwesen getrieben haben, haben sich gemeldet und sich dafür entschuldigt. Sie hatten nie Böses im Sinn. Seitdem hat man keinen Müll mehr in der Natur gefunden – im Gegenteil. Die Gruppe sammelt freiwillig den Müll von anderen, achtlosen Touristen auf – sozusagen als Wiedergutmachung. Die Wildkamera ist nie nötig geworden. Elsie, die sich mit einem Heim-Kosmetik-Studio selbstständig gemacht hat, hat bereits angefragt, ob ich über sie berichten kann. Auch wenn es mich vielleicht kleingeistig erscheinen lässt: Dazu bin ich dann doch noch nicht bereit. Aber vielleicht bald. Irgendwann.

Möglicherweise.

So viele Dinge haben sich verändert.

*Ich* habe mich verändert.

Als ich Anfang Januar hier ankam, war es für mich, als würde ich in einen lang vermissten Frieden zurückkehren. In das Zimmer meiner Jugend zu ziehen, wäre lange ein Zeichen des Scheiterns für mich gewesen, doch damals … damals war es Balsam auf meiner geschundenen Seele, so kitschig das auch klingen mag. Ich hätte mir niemals vorstellen können, je wieder von hier zu verschwinden. Die Vorstellung, auf ewig mit Mom, Dad, Jake und Mason unter einem Dach zu leben, war erschreckend beruhigend. Eine verdammte Zeitkapsel, die mir den Frieden gegeben hat, den ich so bitternötig hatte.

Und doch … lasse ich gerade zum letzten Mal einen Blick durch mein Zimmer schweifen. Genieße ein letztes Mal diesen wunderschönen Ausblick aus meinem Fenster, auf dessen Bank ich stundenlang gesessen und gelesen oder verträumt rausgestarrt habe.

Denn dieser Abschnitt endet heute endgültig. Die Kartons sind gepackt. Alles, was ich nicht zwingend brauche, befindet sich nicht mehr in diesem Raum, der wahrscheinlich immer mein Jugendzimmer bleiben wird. Egal, was geschieht.

Ein weiterer Abschied.

Ein weiteres Mal ziehe ich von zuhause aus, wenn auch dieses Mal nicht mit dem Ziel, all das so weit wie möglich hinter mir zu lassen.

Damals fühlte es sich an, als würde ich mich aus einem einengenden Leben befreien.

Jetzt ist es vielmehr so, als würde ich einen warmen, sicheren und schönen Kokon verlassen. Die Euphorie bleibt daher irgendwie aus.

»Ist alles okay?«

Ich zucke zusammen – so heftig, dass ein Schmerz durch meine Schultern zieht.

Eilig wende ich mich um und stehe Noah gegenüber, der mit einer Hand seinen Nacken umfasst und schuldig wirkt.

Schuldig.

Wenn das mal nicht perfekt zusammenfasst, welche Art von Mann er ist, dann weiß ich es auch nicht.

Wärme ballt sich in meiner Magengrube zusammen,

verdrängt die bittersüßen Gefühle, während ich auf ihn zutrete, meine Hand auf seine Brust lege und ihn anlächle. »Alles in bester Ordnung. Ich wollte nur sichergehen, dass ich nichts vergessen habe.« Ich schüttle den Kopf, beiße mir auf die Unterlippe – was seine Augen kurz dunkler werden lässt, weshalb ich sie eilig wieder freigebe – und schmiege mich an ihn. »Und selbst wenn: Ist ja nicht so, als wären wir aus der Welt.«

»Niemals«, erwidert er mit diesem kleinen, schiefen Lächeln, das nur mir vorbehalten ist.

Mein Gott, er ist so schön. Innen wie außen. Und ich kann manchmal gar nicht glauben, dass er für den Rest meines Lebens an meiner Seite sein wird. Als mein bester Freund – und als mein Partner. In allen Lebenslagen. »Du weißt schon, dass sie uns jedes Wochenende nerven werden? Bruch, Lunch, Abendessen – was auch immer.«

Er zuckt mit den Schultern. »Gibt Schlimmeres, oder? Ich habe Sallys Kochkünste immer geliebt. Außerdem macht es Spaß, mit deinen Brüdern Hockey zu gucken. Oder Football.«

»Deine Skills in der Küche sind auch nicht zu verachten«, erwidere ich grinsend – und denke daran, wie er in den vergangenen Monaten versucht hat, mir einiges beizubringen. Ich bin nicht schlecht in der Küche, nein, dafür hat all die Zeit mit Mom gesorgt, aber ich bin meist viel zu abgelenkt, wenn er mit hochgekrempelten Ärmeln dasteht und anfängt, Dinge zu schnippeln, weshalb er vermutlich einen anderen Eindruck hat …

»Wie sieht's aus bei euch?«, ertönt da Jakes Stimme von unten.

Ich rolle mit den Augen. Brüder, ehrlich. Auch wenn sich die Beziehung zwischen Noah und ihnen vollständig von diesem einen Ausraster erholt hat, gehen Jake und Mason mir manchmal echt auf den Keks. Es ist nicht unbedingt besser geworden, seit sie in dem Anbau leben, der vor einem knappen Monat endlich fertig geworden ist. Abgesehen von nachts sind sie immer im Haupthaus, diese Nervensägen.

Sie alle lassen es sich nicht nehmen, mich mit meinem Kram zu bringen. Jake, Mason, Mom und Dad.

Die anderthalb Meilen bis zu Noahs kleinem Haus, in das ich heute offiziell ziehen werde. Als würde ich erneut aus ihrem Leben verschwinden. Was faktisch nicht möglich ist, denn in einer Kleinstadt wie Eden bleibt niemand unter dem Radar. Niemals.

Ich gehe die Treppe hinab, lausche auf das vertraute Knarzen der Stufen und verstaue die traurigen Gefühle in mir. Ich werde immer zurückkehren können, wenn ich will, ja, aber vor mir erstreckt sich schillernd meine neue Zukunft mit Noah, und ich kann es kaum erwarten, dass sie startet.

Obwohl Jake mir anbietet, bei ihm mitzufahren, steige ich zu Noah in den Wagen.

Bislang habe ich mir kein eigenes Auto gekauft. Noch sträube ich mich dagegen, obwohl es langfristig nötig sein wird. Wenn man so abseits lebt, muss man irgendwie mobil sein. Und dass Noah manchmal den ganzen Tag in

Johnson ist, hat sich nicht geändert. Ich habe ihn schon ein paar Mal begleitet, um in der Bibliothek der *NVU* zu arbeiten, und auch ins Reservat komme ich ganz gern mit.

Noah verschränkt seine Finger mit meinen, während wir zu seinem Haus fahren.

Zu *unserem*.

Sein Lächeln zeugt von purem Glück.

»Ich freu mich so«, sagt er schlicht.

Ich lächle ihn an. »Und ich mich erst.«

Bei ihm geht es schnell. Einen Teil meiner Sachen haben wir schon rübergeschafft, der andere ist im Laufe der Monate nach und nach rübergewandert. Die wenigen Kartons, die ich jetzt noch dabeihabe, schleppen Noah, Jake, Mason und Dad in einem Rutsch rein, während Mom und ich ins Haus gehen, um die Kaffeemaschine anzuschmeißen, die Noah mir zum Geburtstag geschenkt hat. So toll der von Hand aufgegossene Kaffee von ihm auch ist – mir fehlt dazu die Geduld.

Für eine Weile ist es ziemlich trubelig.

Mom hat ihren berühmten Muschel-Eintopf gemacht – das erste Mal in diesem Herbst! –, den sie auf dem Herd erwärmt, Jake, Mason und Noah fachsimpeln über irgendwelche baulichen Dinge – höre ich da etwa Worte wie »Anbau« und »Kinderzimmer«? –, während Dad durch das Erdgeschoss marschiert, als wäre er zum ersten Mal hier.

Im Arbeitszimmer oben habe ich meinen eigenen Schreibtisch bekommen – wir haben die vergangenen Wochen renoviert und umgestellt, damit wir beide Platz finden. Ansonsten hat sich nicht viel geändert. Außer, dass nun auch ein zweiter, bequemer Sessel am Kamin steht. Den hat Noah mir letzte Woche geschenkt. Ein vorzeitiges Geschenk zum Einzug. Ich sehe uns bereits im Winter vor dem Kamin sitzen, plaudernd, lesend, einfach glücklich.

Schon jetzt fühle ich mich so verdammt heimisch in diesem kleinen, gemütlichen Haus. Und das hat viel mit dem Mann zu tun, dem es gehört.

Es fühlt sich gleichermaßen schön und unwirklich an. Dieser Tag, auf den ich so lange gewartet habe … wir verbringen ihn in fröhlicher Geselligkeit. Einerseits ändert sich nichts.

Aber andererseits … einfach alles.

Am frühen Abend klingelt es an der Tür. Ich werfe Noah einen Blick zu, für einen winzigen Moment unruhig – so geht es mir leider nach wie vor, wenn ungeplant Besuch vor der Tür steht. Doch Noah lächelt mich nur an und bedeutet mir, nachzusehen.

Ich gehe zur Tür, öffne sie und stehe Steph gegenüber, die mit einem riesigen Karton wedelt und »Willkommen in deinem neuen Zuhause, Süße!« ruft.

Wir fallen einander um den Hals. Denn das ist eine weitere Entwicklung: Wir sind wirklich verdammt gute Freundinnen geworden. Ich trage den Karton rein, in dem sich ein ganzer Haufen Brownies befindet, und sehe aus dem Augenwinkel, wie Noah nach draußen verschwindet. Kurz irritiert mich dieser Umstand, aber ich vergesse es sogleich wieder, als ich sehe, dass Steph knallrot anläuft, weil Jake sie begrüßt. Die Dinge zwischen ihnen haben nicht wirklich irgendeine Veränderung erfahren, aber dass Steph auf ihn steht, ist offensichtlich. Mein Holzkopf von Bruder checkt das nur nicht.

Oder er will es nicht checken.

Hinter mir räuspert es sich. Ich löse meinen Blick von Steph, die gerade meine Mom umarmt, drehe mich zu Noah um, der das Haus wieder betreten hat – und erstarre.

Denn Noah ist nicht allein. Warm lächelnd trägt er ein kleines Fellknäuel in den Armen, das mit einer roten Schleife am Halsband versehen ist.

»Ist …«, murmele ich heiser. »Ist das …«

Noah nickt, kommt näher, streckt die Arme aus. »Möchtest du?«

Tränen schießen mir in die Augen. Nur halb nehme ich wahr, wie still es im Raum geworden ist. Wie sehr die Luft vibriert. Zittrig nehme ich das helle Bündel entgegen. »Oh Gott«, wispere ich ergriffen.

»Ich dachte, wir sollten den Start von Anfang an gemeinsam wagen. Ich weiß, wie sehr du dir einen Hund wünschst. Ich konnte nie einen halten, weil ich so oft weg bin, aber jetzt sieht die Sache anders aus. Ich hoffe, du bist nicht böse, dass ich ohne dein Wissen …«

Ehe er weiterreden kann, bin ich bei ihm, küsse ihn, jedoch so, dass ich den kleinen, warmen Hund in meinen Armen nicht zerquetsche, der ein wenig zu zappeln beginnt. »Danke«, sage ich brüchig, ehe ich zur Couch gehe, vollkommen überwältigt auf die Kante sinke und den kleinen Hund so anhebe, dass ich in die braunen, treuen Knopfaugen sehen kann. Nur halb nehme ich wahr, wie Noah zu uns tritt, sich setzt, den Blick auf uns gerichtet. Der Hund wirkt unruhig, schüchtern, aber als ich ihn anlächle, schnellt seine Zunge aus seinem Maul, als wollte er mich zur Begrüßung abschlecken, und seine dunklen Barthaare erzittern, während seine feuchte Nase in meine Richtung zuckt.

Liebe explodiert in meiner Brust. Für Noah, aber auch für dieses kleine, junge, noch so zerbrechliche Wesen in meinen Händen. »Ich passe auf dich auf, kleiner Junge – oder kleines Mädchen?« Ich werfe Noah einen fragenden Blick zu.

Seine Augen funkeln warm. »Sie ist ein Mädchen.«

»Mein Mädchen«, murmele ich verliebt. Und während ich mich von dem kleinen Hundewelpen abschnuppern lasse, spüre ich, wie etwas in mir an den rechten Fleck fällt.

Ich bin genau da, wo ich hingehöre. Im Haus meines besten Freundes, meines *Partners*, umgeben von meiner Familie und meinen Lieblingsmenschen.

Und ich habe ab sofort einen Hund, den ich schon jetzt mit jeder Faser meines Körpers liebe.

Eden ist wirklich der Himmel auf Erden.

Und ich bin zutiefst dankbar, dass ich hier leben darf.

# DANKSAGUNG

Und wieder bin ich an diesem Punkt angekommen.

Bei der Danksagung.

Es ist jedes Mal aufs Neue absolut magisch und gleichzeitig seltsam, ein Buch abzuschließen. Im Laufe des Schreibprozesses knüpft man ein enges Band mit seinen Protagonisten, und von diesem zurückzutreten, ist immer ein Abschied. In diesem Fall fällt er mir besonders schwer, weil ich Noah so sehr liebe. Und Helena mit ihrer Familie. Und überhaupt das wundervolle Eden. Am liebsten würde ich weiterschreiben. Wessen Geschichte mir da wohl im Kopf herumschwirrt …?

Mein Mann war mir wie immer eine große Stütze; beim Schreiben, beim Brainstormen, beim Entlasten, damit ich mich ins Manuskript vertiefen kann. Und diese eine Mail von ihm … war der Wahnsinn. Danke dafür! <3

Ich danke Miri, Jens, Susanne, Iris und Anja für ihr Feedback zur Geschichte. Ich freue mich sehr, dass sie euch so gut gefallen hat. Ihr habt dazu beigetragen, dass sie noch besser wird!

Danke an Sarah, dass du meine Coverdealerin bist und bleibst. Niemandem vertraue ich so sehr wie dir!

Danke an meine Blogger, die so zuverlässig für mich da sind, auch wenn ich mal wieder nicht die Zuverlässigste war.

Und ein großer Dank geht natürlich an DICH. Danke, dass du bis hierhin gelesen und meine Geschichte zum Leben erweckt hast. Ohne dich gäbe es all meine Bücher gar nicht, du hauchst ihnen Leben ein. <3

Wir lesen uns hoffentlich bald wieder!

Deine Emma

Nieheim, im Januar 2025

## DU WILLST MEHR?

Dir fällt es ebenso schwer wie mir, Abschied von Helena und Noah zu nehmen? Dann melde dich jetzt zu meinem Newsletter an und erfreue dich an einem weiteren Kapitel!

*Bonus!*

**DU WILLST NOCH MEHR?**

Dir hat die cozy Kleinstadt-Geschichte gefallen? Du hast auch das Bonuskapitel bereits runtergeladen und hast immer noch nicht genug? Nun. Kennst du meine Paradise-Reihe, die im Buch erwähnt wurde? Vielleicht ist die ja was für dich? :-)

## ÜBER DEN AUTOR

Geboren und aufgewachsen ist Emma S. Rose im schönen Ostwestfalen. Im Mai 2014 verwirklichte sie ihren langgehegten Traum und veröffentlichte ihren Debütroman "Lina - Hoffnung auf Leben". Seitdem schreibt sie fleißig an neuen Werken.

Sie hat einen Master in Sozialer Arbeit gemacht und auch in dem Bereich gearbeitet, mittlerweile aber ist sie hauptberuflich Autorin.

www.emma-s-rose.de
emma.rose@gmx.net